ख़ाली जगह

(उपन्यास)

ख़ाली जगह

गीतांजलि श्री

राजकमल प्रकाशन

ISBN : 978-81-267-1119-2

मूल्य : ₹ 795

पहला संस्करण : 2006
चौथा संस्करण : 2022

प्रकाशक : राजकमल प्रकाशन प्रा.लि.
1-बी, नेताजी सुभाष मार्ग, दरियागंज
नई दिल्ली-110 002

शाखाएँ : अशोक राजपथ, साइंस कॉलेज के सामने, पटना-800 006
पहली मंजिल, दरबारी बिल्डिंग, महात्मा गांधी मार्ग, प्रयागराज-211 001
36 ए, शेक्सपियर सरणी, कोलकाता-700 017

वेबसाइट : www.rajkamalprakashan.com
ई-मेल : info@rajkamalprakashan.com

मुद्रक : बी.के. ऑफसेट
नवीन शाहदरा, दिल्ली-110 032

KHALI JAGAH
Novel by Geetanjali Shree

नेवेन्का और नॉर्मन के लिए

आभार

फ्रैंच कल्चरल सेन्टर को जिनकी राइटर-इन-रेज़िडेन्स योजना के तहत मैं फ्रांस में रहकर इस उपन्यास पर काम कर पाई।

जयदीप को इतने .खुलूस से कवर डिज़ाइन कर दोस्ती निभाने के लिए।

समय ये
ऐसा
जो टुकड़े टुकड़े बनाता है
इसलिए मैं टुकड़ों
के बीच से फिसल जाना चाहती हूँ
टुकड़े में क़ैद न होने के लिए सौंप
देती हूँ उस लुप्त ओझल वजूद को
इस कलम को
जो लिखता है और लिखती है
जो कभी उसकी न कहानी कहेगा न मेरी आपबीती
लुप्त को लुप्त में लुप्त करेगा
क्योंकि दुख
का कोई चेहरा नहीं होता
दुख की कलम भी नहीं होती

1

शायद तभी।

जब बम फटा।

जब बम फटा और हम छितरे। और हमेशा के लिए वह पल थिर हो गया और फिर हमेशा के लिए हम उसी में टँक गए। राख बनाम राख। इधर उड़ती उधर उड़ती। आग बनाम आग भी और लोथ बनाम लोथ भी। पंखे, गुलाबजामुन, पाव भाजी, इडली, वड़े, ब्रह्मांड में छिड़ी बहस की तरह, ले इधर और दे उधर।

कैफ़े आजकल के। ऐसे ही होते हैं। न इडली वड़ा सिर्फ़ दक्षिण में, न पाव भाजी सिर्फ़ पश्चिम में। यहाँ भी वहाँ भी और यहाँ का वहाँ भी। पंखे तक पेरिस में भी। और बम ... ? मज़ाकों में मज़ाक। कहीं भी कभी भी।

उस कैफ़े में पहली बार। तब तक बेचारा सेफ़ एरिया कैफ़े ! युनिवर्सिटी का कैफ़े। लड़के लड़कियाँ, जवान छोरे छोरियाँ, हाथों में एडमिशन फ़ॉर्म लिये और नई नई मुलाक़ातें, तुम धरती के किस कोने से। एडमिशन कोई तय तो नहीं पर उम्र उम्मीदों की। एन्ट्रेंस परीक्षा के लिए युनिवर्सिटी खुलनी थी और सुबह से बच्चों की आवाजाही। नर्वसिया भी लो, खा पी भी लो, फिर बढ़ लो आगे। हम होंगे कामयाब एक दिन। उस कैफ़े में सब सटा अटा धक्कम धक्का।

बस एक ख़ाली जगह, तीन बरस के बच्चे के माप की। वह बच्चा मैं।

मुझे याद है। चाहो तो मानो। न मानो तो फेंक दो मेरी कही।

याद कुछ इस तरह गोया बम की बोरी में मैं ही भरा था। कि यों फटा और यों छिटका और वहीं गिरा जहाँ मेरे जितने बच्चे के माप की जगह पहले से मेरे लिए ख़ाली पड़ी थी। वहीं अटना था सो अट पड़ा। और नहीं जला। आग की चीख़ पुकार के बीच देव सा पड़ा। या दैत्य सा। जीता। क्या तब मुस्कराता ? रोता ? कुछ न करता। मैं पड़ा रहा बस पड़ा रहा। आग जलती रही, मैं पुरानी यादों से मुक्त होता गया, नई कल्पनाओं से सिक्त होता गया और फिर जो होना था वही हुआ कि याद और कल्पना का फ़र्क मिट गया और इस युग में मेरा प्रवेश साधारण हो चला, यह युग ही साधारण हो गया और बम ... बस ... क्योंकि बम तो अन्दर लापता हो जाता है, ऊपर सब साधारण रह जाता है।

मंज़र कुछ इस तरह। मेरे छिटकने से फूटी आग में भस्माता कैफ़े। सूली चढ़े, मसीहों से लगते, ख़ून के फ़व्वारे उड़ाते, भागते लोग। जो भाग गए सो भाग गए। जो रह गए उनके फ़व्वारे आग हो गए। वे ख़ुद, कालिख के टुकड़े। बैरे और बच्चे और कुर्सी और प्लेटें।

और वह।

अट्ठारह बरस का। जिसकी चिन्दियाँ सरकारी पिटारे में ठुँक ठुँका के घर लौटीं। जो फैल गया था, धज्जियाँ बनकर, कैफ़े की लम्बाई में। और चौड़ाई में। फिर बटुर के सरकारी पिटारे में ठुँक ठुँका के घर लौटा। उन औरों की तरह जो परीक्षा के पहले समोसे वमोसे खा रहे थे, जो खाए जाने के पहले राख हो गए।

चिन्दियाँ। साल दर साल अख़बार हवाला देते रहे। झर झर कालिख ख़बरों में आज तक झरती। और मेरे बयान। आपबीती। आँखों देखी। चुपचाप आग के बीच पड़ा, दैत्य, देव, ख़ाली जगह। माँस के उड़ते लुकमों के बीच सुरक्षित।

जब कैफ़े जल भुनकर ख़ाक हो गया और सायरन बजाती पुलिस की गाड़ियाँ आईं तब उन्होंने पाया कि तीन बरस के बच्चे के आकार का लाल, चींटियों में रेंगता लोथ, एक तरफ़ बिना रोते गाते पड़ा है पर ज़िन्दा है और चींटियाँ उसे खा रही हैं या बचा रही हैं।

2

ज़माना ही ऐसा, माँ चुप, लोग कहने लगे। जब जाते हैं बच्चे और लौटते हैं सरकारी डब्बों में अपने टुकड़े बन्द कराके। जाते हैं बाप की ज़मीन टौरने – तुम, तुम्हारे वंशज कौन, और मैं ? फिर लौटते हैं भुरकुस बनकर। वक़्त ही ऐसा, माँ चुप रहती, लोग कहते। आज़ादी के बाद का। राष्ट्रवाद के बाद का। आधुनिकता, उत्तर आधुनिकता, बाद के बाद का। जब बहुलता की खोज हो चुकी पुरानी है और एक हैं हम एक हैं की गुहार रीत गई है। हिन्दू मुस्लिम सिख ईसाई आपस में हैं भाई भाई न सवाल है न जवाब। सभ्य, असभ्य, आदमी, औरत, एक हैं, हम एक हैं, न सपना है न जगार। सयाना होके समय पूछ रहा है मैं कौन हूँ और कैसे अलग और कहाँ का और कैसा कहाँ ?

यही सवाल उसका, उस टुकड़ेवाले का, जिसकी मौत मैं बरस दर बरस जीता हूँ। हूँ कौन मैं, उसने पूछ लिया और अब तक जवाब दे रहे हैं अख़बार, प्रचार, शोध पत्र, वक्तव्य, मैं ...। जाऊँगा मैं उस प्रदेश में जो तुम्हारा है, वह बाप से बोला, जो पहले उसके बाप थे और बाद में मेरे। या नहीं, क्योंकि आजीवन फिर वे अपनी सभाओं में कहते, कुछ कुछ मेरी तरफ़ देख के, कि जबकि होना चाहिए था मुझे वहाँ, जिससे लोग समझते कि उन्हें ख़ुद, पर मैं समझता कि मुझे। होना चाहिए था, उस मौत के बिन्दु पे, जिसने उनके बेटे के परखचे उड़ाए। न कि ख़ाली जगह में।

जहाँ माँ उतर आई मेरी माँ बनने, पर उसके पहले बस उसी की माँ थी और फिर लौटी गोद में मुझे बिठा के और पिटारे में उसके

टुकड़े सहेज के, जिनके बीच फिर आजीवन वह फिसलती रही और गिरते हुए, राह में, मुझे थाम लेती कि जैसे मैं वह हूँ जो गया और वह उसे वापस खींच लेगी। मगर वह तो नहीं मैं। पर मैं भी तो नहीं मैं।

पर इसमें क्या ? यही होता है। एक जीवन हम जीते हैं जो हमारा नहीं और एक जीवन हमारा जिसके हम नहीं। एक हमें नहीं अपनाता, दूसरे को हम नहीं अपनाते। ख़ुद ही फिसलते रहते हैं अपनी ही उँगलियों के बीच से !

इतना सुन्दर लड़का, लोग कहते, उसे याद करके। यह भी तो प्यारा, थपकाते मुझे याद करके। जैसा होता है हश्र चले गए बेटे का और रह गए बेटे का।

पर पड़ गई होगी मुझे तंज़ मारने की आदत। वर्ना असुन्दर कहाँ वह बेटा, निरी उसकी तस्वीरें जिनके बीच मैं रहता, दिखाती रहीं। यह भी दिखातीं कि गर वह टुकड़े न बनता तो क्या बनता। कहीं मय किताब, गम्भीर फ़िलॉसफ़र। कहीं गिटार बजाता स्टार म्यूज़िशियन। कहीं सागर फलाँगता फ़न्ने तैराक। कहीं माँ बाप के काँधे घेरता उनके बुढ़ापे का पालक। कहीं बस बेटा, चाव चोचले वाला, मुँह में कौर डालता, जैसे कैफ़े में करा होगा, उड़ जाने के पहले। और मेरे बिस्तर की बगल में तीन ही बरस का, ऊपर टी शर्ट, नीचे नंग धड़ंग, हाथ में मुल्क के नेता का लाल गुलाब, दूसरा हाथ नए ईजाद टी.वी. पर, दोनों के शुरू के दिनों में। उस तस्वीर को देख के लोग अलबत्ता पूछ लेते कि क्या मैं हूँ वह, वर्ना तो वह ही वह और मैं न वह न मैं !

गोरा, कंजी आँखोंवाला, बाप कहते, जो मैं नहीं। एकदम विलायती कि उनके गाँववाले उसके भूरे भूरे बालों को छूते ही रहे। लाल चेहरेवाला अरुणायी से वह, और लाल चेहरे वाला शर्माशर्मी से मैं, तो एक बात कहाँ ? यह बोले हैं विलायती पिट्टू, मन मुँह बिचका लेता, बाप के ग़रूर पर, बड़े, आज़ाद नागरिक, शिक्षित, बुधियार !

अकेले, बड़े, शिक्षित, अपने गाँव के और वैसा ही रुतबा वहाँ उनका। जब वे गए और वह भी उनके संग, एक बार, चिन्दियाँ बनने से पहले।

3

राजे महाराजे पधारे हों !

गाड़ी रुकी तो दूर सीमा पार तक जाती सँकरी सड़क और दाएँ बाएँ की झाड़ियाँ, गाँववालों के प्रणाम करते गुच्छों के पीछे लगभग ग़ायब। गाँव मिट्टी के टीलों के पीछे नदारद। चल पड़े वे, ज़र्क बर्क से, धूल उड़ाते और धूसरित धरती में से और आदमी और बच्चे दौड़े निकले, और फिर औरतें भी दिखीं, और झोपड़ियाँ, और दो बस पक्की कोठरियाँ, जहाँ वे रुकेंगे, और हवा में पतले से झूलते तार पर लटका एक बल्ब, जैसे एक अकेला कपड़ा, सूखने को फड़फड़ाता, पर यों कि बड़ी शान उसकी और बाप वह सबका ! बाप की ही तरह और उस बेटे की जो अपने शहज़ादेपन पर .खुश और बड़ा .खुश। इतना कि तीन दिन का कब्ज़ भी .खुशी कम न कर पाया, जो ठीक तब हुआ जब पुराना अख़बार बिछा और उस पर टूटी कुर्सी बिठाई ताकि वह बैठे और जने टुकड़े जो अख़बार बटोरे।

देखा ! कैसे .खुद-ब-.खुद पूरे जीवन को इंगित करता इशारा निकल आया ! चूँकि फिर तो जीवन भर – मेरे – अख़बार 'टुकड़े' बटोरता रहा !

ज़िद जीवन की कि संयोग मिलाए। इशारे ढूँढ़ ले और उनके जोड़ जमाव बनाए। आकार पाए जीवन की कहानी।

तो यों रहा। वह (और क्या मैं भी ?) अभी साबुत, टुकड़े टुकड़े नहीं (क्या मैं भी ?) जोड़े, .खुशी से यादें, उस गाँव की, उस प्रदेश की, जहाँ के बाप, इसलिए कुछ कुछ वह भी (और मैं ... ?)। आया था तब बाप के साथ, मन में उस सपने की शुरुआत लिये, जो ढूँढ़ेगा अपना पूरक, अपनी कहानी, अपने टुकड़े, अपना समापन।

4

शुरू से उसमें वह उन्मत्त जिज्ञासा, बाप कहते, कि कहाँ का मैं और किसका ? सितारों का और मेरा, माँ ने कहा। "तो ला दो ऐसी सीढ़ी", जब छोटा था तब बोला, "जो ऊपर तक जाए। मैं चढ़ लूँ और टोह लूँ अपनी वहाँ।"

फिर वही ! संयोग के गठजोड़। गूँज पुरानी बातों में उन बातों की जो होंगी।

इसीलिए बड़ा हो गया तो बोला। कि जाने दो मुझे वहाँ खोजबीन करने। बाप तुम वहाँ के तो मिट्टी कैसी वहाँ की ? उस प्रदेश में जहाँ गाँव गए थे मिल के। वहाँ के बड़े शहर में नामी विश्वविद्यालय में पढ़ूँगा, जाने दो।

"हर समय डरना ? हर जगह में डरना ? मैं चाहता हूँ न ? जाना।" करे बरजोरी।

"पर वहीं ?" माँ बबकी और बाप की कनखी में फ़िक्र। "और नाम तुम्हारा अनजाना कि कोई न समझे किधर के।"

"कोई बात नहीं," बाप ने समझाया, अपनी फ़िक्र को ढहाने। "गाँव पास है, नाते रिश्तेदार हैं ...।"

"और सारे में जो फ़साद है ?" माँ बिगड़ी।

"वह राजनीति है।"

"और यह विषय कहीं और नहीं पढ़ाते ? और नई सरकार तो बन जाए, देखें तो क्या होगा, कौन आएगा ?" माँ अड़ी की अड़ी।

"चुप।" बाप ने फ़िक्र को पुचकारा, माँ को दुतकारा। "सारे में

उस युनिवर्सिटी का शोर है और बदली सरकार क्या कर लेगी कुछ अभी नहीं बदलेगा।''

वह बोला तब, जिसकी जगह मैं रह गया हूँ, कि ''ऐसे रोने रोने को तुम दोनों कि जैसे मैं कालेज नहीं मौत के मुँह में जा रहा हूँ।''

सच उसने ऐसा कहा होगा और कब ? पर है न अपनी वही लत – इत्तेफ़ाक़ जो इत्तेफ़ाक़ नहीं हैं, खोज पूरक की, ज़रूरत जोड़ मेल की। तो मानना है मानता हूँ कि उसने कह दिया प्यार से कि जैसे मैं सीधे मौत के मुँह में जा रहा हूँ।

और भी बलबलाया। ''फिर घर से न निकलो आज के समय में। और आज क्या, कभी भी, कहीं भी। वह झुका था कि नहीं दूध की थैली उठाने और दरवाज़ा टूटकर गर्दन पर यों गिरा कि गिलोटीन ऐतिहासिक वक़्तों का ? और वे गए थे कि नहीं फाटक के बाहर क्या सोच के मूतने, हगने भी नहीं, और चिपक गए बिजली के नंगे तार से और हरदम गुल रहनेवाली बिजली भी उस पल पूरे तेवर में ?''

दिखता चला भविष्य – जब अतीत हो गया – इन शब्दों में !

माँ ने दुनिया जहान में नगाड़ा पिटवा दिया, लगा दिया सबको फ़िलफ़ौर सर्विस में कि समझाओ, रोको, न जाने दो, इसे। पुलिसकर्मी बनो जो शासन की पोल जानते हैं, डॉन बनो जो गुंडों की नब्ज़ पहचानते हैं, डॉक्टर, टीचर, लॉयर, माँ, बाप, दोस्त, दुश्मन, कुछ बनो, हँस के, गा के, लतिया के, मिमिया के, जैसे भी बताओ, दिल दे के देखो, जान लगाओ, जहान न लुटाओ, रोक दो इसे।

''जाओ।'' अन्त में माँ ने कहा। ''आज तक तुमने कुछ नहीं माँगा। कैसे रोक सकती हूँ एक बार जब माँग रहे हो, जा बेटे।''

तुम दुनिया की सबसे अच्छी मॉम हो सब कहते हैं वह बोला सबकी आँखें नम कि उसे जाने दिया।

वह गया। नियम कानून की पटरी गले में लटकाए कि शहर के संवेदनशील इलाक़ों में नहीं जाएगा, सुनसान इलाक़ों में नहीं जाएगा, भीड़ भाड़ की जगहों में नहीं जाएगा, मेले ठेले, बस वस में नहीं, न अँधेरों में, न उचक्कों में, जैसे स्टेशन, बस अड्डे पर।

बस सुरक्षित जगहों में।
युनिवर्सिटी के आस पास।
जहाँ कभी कुछ नहीं हुआ।
जैसे उस कैफ़े में। सुरक्षित, युनिवर्सिटी का, जहाँ कुछ नहीं हुआ।
उस दिन तक।
जब बम फटा।

5

कुछ टुकड़े, बाक़ी राख।

कैफ़े के पंखें यों नरम पिघले लचके ज्यों नृत्यांगना की मुद्राएँ। बर्तन झाड़न यों लटके कतार में और बोतलें भी, जैसे काली अदाकारियों की नुमाइश। पूरा कैफ़े किसी कलाकार का स्याह सपना। टुकड़े टुकड़े। एब्स्ट्रेक्ट आर्ट। टुकड़े टुकड़े। जो कुर्सियाँ हो सकती थीं, मेज़, इडली, साम्भर, गुलाबजामुन, पाव भाजी, अब काले और चूर चूर। टुकड़े, जो लोग हो सकते थे, लड़के और लड़कियाँ, युनिवर्सिटी की इमारत में घुसने के पहले। टुकड़े, जो उन्नीस जन जुड़ते अगर जोड़ना आता तोड़नेवाले को। अगर होता वह ब्रह्मा विष्णु महेश सब !

उन्नीस लोग। जिनकी पहचान होनी थी। टुटहे फुटहे टुकड़े जिनकी पहचान बाक़ी थी। पहचान में डालना ही टुकड़े में तोड़ना है। यहाँ कोशिश हो रही थी टुकड़ों को पहचानने की !

और एक मैं, साबुत टुकड़ा, जिसे चींटियाँ गोद रही थीं या गोद में लिये थीं ! उन्नीस जन के टुकड़े और तीन बरस का टुकड़ा जो किसी का भी हो सकता था, बम का भी, या बम ही, या दानव, या देव, जो आता है अभी भी रातों में खुरच खुरच चींटियों को लेकर कि मुझ पर पड़ी नींद का कवच उतार दें खुरच खुरच और फिर वही तीन बरस का पड़ा हो ख़ाली जगह में और फिर वही भकभक लपटें उससे दूर मगर एकदम पास उछलें और फिर वही अट्ठारह बरस के टुकड़े टुकड़े अँधेरे में भर जाएँ जिनके बीच से फिर सब गिरता ही गया गिरता ही गया और है किसी का दिल जो धड़के जा रहा है विस्फोट के पहले

और है उसी की नींद जो उतर गई है खुरच खुरच और पूरी लम्बी रात है जिसे पार करना है किसी तरह किसी न किसी तरह ...।

मेरे पूरे बदन पर लाल लाल रैश फट पड़ता है।

6

उन्नीस हाड़ माँस वाले। सारे में फैले।

एक और। एक जगह।

शनाख़्त जारी हुई। एक शर्ट कॉलर। एक दस रुपए का अधजला नोट। अजनबी देश का नक्शा एक एडमिशन फ़ॉर्म। पीली भूरी लिपि वाला, जैसे संग्रहालय से पाया, भुसा रेफ़रेन्स लेटर। तचे हुए ढूह। कौन क्या पता करे और कैसे ?

शहर में जासूस निकल पड़े। जो शहर से लापता उसका पता राख में। ना रे, घरवालों ने आनाकानी की, लापता होने की तो उसकी आदत थी। मतलब कि उस शहर में जो रहते थे और जो दो दिन को भी आ जाते उनकी सभी की यह आदत कि बिना कहे ग़ायब और अचानक फिर नमूदार !

जासूस न माने। एक, दो, तीन, पहचानते चले गए। होते होते सोलह ढूह की पक्की पहचान। नाम, बाप का नाम, बाप के बाप का नाम। बचे सत्रह, अट्ठारह, उन्नीस। दो को क़यास लगा के राख के टीले से इंसान बना दिया। बाक़ी बचा उन्नीसवाँ।

एक की शनाख़्त बाक़ी। उसकी।

और एक और की शनाख़्त बाक़ी। मेरी।

वह ! मैं ! कौन है है कौन ?

उसका अख़बार में फ़ोटो। मेरा भी अख़बार में फ़ोटो। मेरा कौनो फ़ोन वोन नाही। उसके माँ बाप और फ़ोन।

''वह नहीं,'' बाप ने कहा। ''हो ही नहीं सकता। पाँच दिन पहले

तो गया था। बहुत चाहता था जाना। बस। बस इतना ही।''

फ़ोन करने के सिवाय कोई काम नहीं। बाप फ़ोन करे, माँ बगल में बैठी रहे। बाप फ़ोन करें, माँ आँखें मिहच बैठी रहे, बाप फ़ोन करें, माँ आँखें चीर चीर देखने लगे। फ़ोन युनिवर्सिटी, फ़ोन पुलिसकर्मी, फ़ोन अख़बार। फ़ोन धर्मसभा, फ़ोन सर्वधर्मसभा। फ़ोन बड़े बड़ों। फ़ोन इनके सम्पर्क उनके सम्पर्क।

क्यापताचलाकुछपताचला ? यह कि बम फटा था। युनिवर्सिटी की कैफ़े में। पहली बार। लिस्ट अधूरी है बचे, खुचे, गयों, की।

चिन्ता मत करिए, पड़ोसी परिचित बोल रहे थे। उस घड़ी में जब धरती को चक्कर आ गया था और वह स्पीड लिमिट तोड़कर भँवरा रही थी।

''चिन्ता मत करो,'' बाप ने सबकी सुन माँ से कहा। ''कल ही तो उसने फ़ोन किया था कि पास के शहर में दुनिया के सात अजूबों में से एक है और वह जाएगा उसे देखने। चला गया होगा, और क्या ?''

शनाख़्त जारी थी। अड़चन इतनी बस कि आबादी भरपूर और तिस पर ऐन उस दिन को आए बाहरगाँव के लोग। प्रवेश पत्र, परीक्षा, नए बच्चे, उनके सपने देखते माँ बाप, समन्दर गमागम, कुछ भी हो सकता है, बम भी फट सकता है, सकता क्या, फटा ही, लोग मर भी सकते हैं, मरे ही, पर बच भी सकते हैं ...।

''अभी तो सारे जख़्मियों की लिस्ट पूरी नहीं हुई।'' बाप ने माँ को डपटा। ''और बार बार फ़ोन करके करनेवालों के काम में अड़ंगा मत डालो।''

फ़ोन जबकि बाप के हाथ में, ताला बस माँ के होंठ पर !

शनाख़्त चलने दो। दिल, उँगली, पकौड़ा, कलेजा, कलेजी की।

जैसा युनिवर्सिटी की एडमिशन लिस्ट का इन्तज़ार, वैसा इस लिस्ट का। टप -- एक नाम और गिरा। मेरे बच्चे को कहाँ दाख़िला मिला ? बचे, खुचे, गए, किस लिस्ट में ?

एक के बाद एक नाम आते गए। उस अकेले का अता पता नहीं।

महज़ इत्तेफ़ाक़ ? उस अकेले की शनाख़्त बाक़ी और इस अकेले

की। अपना भी कोई अता पता नहीं ! एक बचा है वह, एक बचा है मैं। अपने अपने रूप में। न उसकी ख़बर, न मेरी। वह और मैं। कहीं क्या हमारे फ़र्क उलझ गए और हमेशा उलझे रहे ? वह और मैं। वह या मैं ? एक मरा पहचान को बाक़ी। एक बचा। पहचान को बाक़ी। कौन एक मरा, कौन एक बचा ? मज़ाक नहीं, पता चला ?

सब गड्डमगोल। एक टुकड़ों में, एक लावारिस टुकड़ा। मैं धुआँ धुआँ घुटा घुटा। वह धुआँ धुआँ और कुटा हुआ। वह मुर्दा, मैं ज़िन्दा, दोनों बेपता। और है न कि शायद वही ज़िन्दा, मैं ही मुर्दा, दोनों लापता ?

रुके हैं कि हमारे नाम लिस्ट में दर्ज हों। अख़बार में छपी हम दोनों की तस्वीरें कोई पहचाने, उसे ले आए, मुझे ले जाए।

पर। न फ़ोन, न कोई, न वंडर ऑव द वर्ल्ड।

सिर्फ़ बाप को बुलावा कि आओ कागज़ पर साइन करो।

साइन बाप के चाहिए। माँ की कोई ज़रूरत नहीं।

7

पर माँ की ज़रूरत हमेशा होती है। राख बाप मुट्ठी में उठाता है, टुकड़े माँ पहचानती है। कौन सा बटन किस कमीज़ पर सिया था माँ जानती है, बाप नहीं। और नाड़ा कहाँ तक लटकता है जिसे पेंसिल में लपेटकर उसने पायजामे में डाला, वह जानती है। यह भी कि जेब यह वही जिसमें उसने एक गुड लक टॉफ़ी डाली थी जिसे बच्चा मुँह में डाल चुका होता तो माँ की दुआ बम को फटने के पहले ठंडा न कर देती ?

पुलिस ने नहीं, माँओं ने मुस्तैदी दिखाई थी। सारी माँएँ आ धमकीं जिन्होंने बच्चे भेजे थे ऊँची शिक्षा पाकर दुनिया के बोझ मिटाने। माँएँ पहुँची थीं इडली, गुलाबजामुन, दिल, गुर्दा, जिगर की अलग अलग पहचान करने। एक दीखती राख में, क्या दही में फुलाई, भाप से बनाई, इडली है, क्या अपनी जान से बनाई बच्चे की आँत है ?

बसों गाड़ियों में माँएँ चलीं। जली फ़ैक्टरी, जली दुकानें, बसों के काले कंकाल, निरी ऐसी निशानियाँ कि शहर किस तरह के हो चले हैं अब, इनके पार, कैफ़े तक।

कैफ़े पूरी तरह जला हुआ जब औरतें पहुँचीं। रोना कलपना थमा हुआ। आसमान नीला, धूप उजली, माँएँ जैसे बस से नहीं ऊपर से उतरी हैं और रोशनी की शहतीरे हैं।

जीवन गाथा है तो हर छवि एक साइन है, हर कण एक इशारा !

बम के फटने के बाद कैफ़े संवेदनशील एरिया में आ गया। शहर में दंगाई पिल पड़े। कैफ़े में आना ख़तरा ही ख़तरा।

औरतों ने कैफ़े को टैरोरिस्टों की तरह घेर लिया। उनकी निगरानी

को आई पुलिस पीछे हट पड़ी। औरतों ने अन्दर क़दम रखा कि आसमान में बादल उमड़ पड़े। बादल उमड़ पड़े और फट पड़े। फट पड़े और बारिश गिरने लगी।

हर चीज़ चिह्न, हर कण गाथा जोड़ता !

कैफ़े में कोई नहीं जाता। भूत भी भटकने को राज़ राज़ अँधेरे, जलते बुझते, तलाशते। कैफ़े में साफ़ स्पष्ट कोरी राख। बस महक राख, दृश्य राख, चुप्पी राख। फ़र्श राख। हवा राख। छत राख। भूत राख। एक बटन उसी का टँका। एक इज़ारबन्द जो उसने डाला।

माँओं के क़दम जली धरती से ममता भर ऊपर। बिसरी बिसरी नज़र कैफ़े में फैलती।

माँओं ने पैर नीचे नहीं रखे। कि न जाने कहाँ ... किस पर ...? बस धीरे धीरे उड़ने लगीं। कैफ़े में जली खड़ी लोहे की अलमारियाँ खोलती गईं। जिनमें से खुलते ही राख के भुतैले भभके निकल के उनके साथ साथ उड़ने लगे। धरती के भीतर से राख उठ उठ के उनकी क़दम-बोसी करने लगी। और बर्बाद कैफ़े में उड़ती माँओं के चारों ओर राख भर गई और वे उसमें मोमबत्तियों की तरह लहराती उड़ती रहीं कि यहाँ हमारा बच्चा ... यहाँ ... यहाँ ...।

यों उड़ रही थी माँ जब उसके पाँव से ममता भर नीचे वह एक टुकड़ा जगह थी जहाँ तीन बरस का बच्चा बस समा सकता था।

उस जगह में राख नहीं उड़ी और माँ ने पैर वहीं उतार लिये।

8

माँ ने अपने बेटे को पहचान लिया। किस टुकड़े को, किसी को ख़बर नहीं। बस जिधर उसकी उँगली उठी वही थे उसके बेटे के अवशेष। जिन्हें बीनकर बाइज़्ज़त सरकारी रुआब के पिटारे में हिफ़ाज़त से रख दिया और थमा दिया माँ को कि ले जाए सीने से लगाकर अपने बच्चे को। शहर के सबसे वरिष्ठ पुलिस अधिकारी ने।

रेडियो पर घोषणा हुई। आख़िरी टुकड़ा पहचान लिया गया। अट्ठारह बरस के बेटे का नाम घर घर में गूँजा। अख़बारों में तस्वीर छपी। तस्वीर में डब्बा। इन हाथों से उन हाथों में जाता हुआ। माँ के हाथों में। माँ एक बच्चे को थामने हाथ बढ़ाती है, दूसरे को अपनाने आँख उठाती है।

इसी तरह देखती है वह तस्वीर। माँ कह चुकी है यह मेरा बच्चा है और कहने वाली है वह बच्चा मुझे चाहिए। दोनों को जोड़ते पल की है तस्वीर। कैमरे का शटर बन्द हो चुकता है जब माँ कहती है जो तस्वीर में कहनेवाली है।

वह कह चुकी है। उसका कहा नहीं टल सकता दुख के पगे दिनों में। न पुलिस अधिकारी का जो हुक्म देता है। मातहतों के बूट हुक्म की तामील में बजते हैं। पुलिस वैन माँ को लेकर शहर के बीच दन्नाती है। पुलिस स्टेशन पर माँ उतरती है। 'पीछे', वह दिखलाती है। बन्दूकधारी उसे रास्ता देते हैं। कोठरी में पुलिस दाई मेरे नीचे पोतड़ा बिछा रही है।

अभी माँ अन्दर नहीं पहुँची है।

अभी मैं निर्विकार ताक रहा हूँ। यही मेरा कायदा है। बम की आवाज़ और राख की महक अपने अन्दर भरे, निर्विकार ताकना। ख़ाकी दाएँ बाएँ मेरे आगे परेड करते रहे हैं, बूट दमामा बन कानों को फोड़ते रहे हैं और अनचाही, अनजानी महक उड़ाते निरे अनासक्त हाथों की छुअन मुझे बेकार करती रही है। आँख बन्द कर देता हूँ और मुँह भी, जिस पर पूरी पुलिस फ़ोर्स जुट गई है कि दूध की दो एक बूँद जबरन मुझमें उँड़ेल दें।

तब आती है वह महक। जानी पहचानी राख की बू। मैं आँख खोल देता हूँ। माँ कोठरी में क़दम रखती है। मेरी आँखें उसके साथ आए सरकारी डब्बे से चार होती हैं। मेरा निचला होंठ फफक फफक बाहर निकलता है। मैं रोया नहीं हूँ। माँ ने मुझे गोद में उठा लिया है। बाप कागज़ पत्तर की ढेरी में एक और हस्ताक्षर पेलने चले जाते हैं।

एक और फ़ाइल बन्द, पुलिस ने सोचा। तीन बरस की मेरी फ़ोटो अख़बार में देखकर माँ के अलावा किसी ने हक नहीं आज़माया।

उस तीन बरस वाले को कोई नहीं पहचानता।

मैं तक नहीं। इतने बरस तीन में जोड़कर भी।

न पहचान पाता हूँ न अपना पाता हूँ उस तीन बरस वाले को जो एक तस्वीर में क़ैद माँ के लॉकर में बन्द है, न पहचान पाता हूँ उस दूसरे – यानी पहले ! – बेटे को जो राख में पड़ा उस सरकारी डब्बे में बन्द हुआ और माँ के लॉकर में गया।

डब्बा और मैं साथ साथ इस घर के लिए रवाना हुए थे। वह लौटने में अधूरा, मैं शुरू होने में।

9

सरकारी डब्बे का साइज़ क्या होता है इस पर बात न ही हो ! सरकारी कुछ भी का साइज़ छलावा है। डाली, पेटी, डब्बा। मतलब तक तय नहीं। और इस, जिस बेटे के डब्बे की बात हो रही है, वह तो निराला, तो क्या उसका माप ? इतना कि बस मुट्ठी भर राख आ जाए ? उतना कि जितना उसे होना चाहिए था मौत में भी, कि घुस के पूरा लेट जाए ? कौन जाने माप नाप जब इंच टेप और वज़न की मशीन का ही सहारा है। जबकि नाप बदलता है उम्र के घटने और बढ़ने के साथ ! जितना मैं बढ़ता हूँ उतना वह घटता है और उसे सहेजे डब्बा भी।

अन्दाज़ने की कोशिश में यह करता हूँ कि अपने कमरे में – जो था तो उसका कमरा। और है। और रहेगा। – मन माँहि उठता हूँ, उकड़ूँ झुकता हूँ और घुस जाता हूँ चित अटने उस पिटारे, सन्दूकचा, सन्दूकची, बक्से, डब्बे, के ठंडे फ़र्श पर, जिस पर चिप्पी है 'फ्रेट' की और जो हवाई जहाज़ के बाक़ी साज़ोसामान के साथ, कतार में रुका है, एक्सरे मशीन में अपनी अँतड़ियाँ गिनवाने।

सरकार ने दिया हवाई जहाज़ का टिकट माँ बाप को, मुझे और उसे लाने। दो फ़ाइलों से रुख़सत दिलाने का इनाम ! मैं माँ की गोद में उसका बेटा बनने आया, वह 'फ्रेट' बनकर एक्सरे बेल्ट पर उछलता फिसलता आया।

कैसे लगता है 'फ्रेट' बनकर आना ? ठुंकते पिटते उई उई दर्द ? कि उछल उछल जॉयराइड का चस्का ? ठंडा अँधेरा और न दिखती आवाज़ें ? ट्रॉलियों का खिंचना, पहियों का घुमरना, जल्दी है देर हो रही

है के उबाऊ संवाद, इस ज़ुबान और उस ज़ुबान में, लास्ट कॉल फ़्लाइट गेट बन्द हुआ जाता है की हलबली, बक्स के अन्दर से एयरपोर्ट का तरापा। कनवेयर बेल्ट पर चढ़ाना। मतलब कि सफ़र पक्का, एक्सरे ने गो एन्जॉय शेन्जॉय आगे बढ़ा दिया है !

क्या डब्बे के अन्दर कुछ गमकता है, राख हल्की सी हिलती है ? सूत भर ऊपर ? या झटका था कनवेयर बेल्ट जहाँ घूमती है वहाँ से एक तिहाई हवा में उतर जाने का ? अन्दर बन्द। नीचे बेल्ट की झटक झटक चाल। रगड़ती है पर वापस अपनी लय में नहीं शामिल करती। हवा में अटका डब्बा। कोई देखता है तो ठेल देता है, धम से पटरी पर गिर पड़ता है, फिर झटक झटक बढ़।

जानता है धक्का मारनेवाला, कि किसे धक्का दिया उसने ?

हवाई अड्डे के कर्मचारी भी नहीं जानते। "क्या है इसमें," खूँखार आँखों से बाप को देखते हैं।

बाज़ जगहें ऐसी हैं जहाँ से आनेवाला हर शख़्स टपकेबाज़ है और हर सामान आर डी एक्स !

बाप के हाथ सरकारी चिट्ठी निकालने में कागज़ सा फड़फड़ करते हैं। "मेरा बेटा," माँ फुत्कारती है।

जो बात पल्ले न पड़े वह सुनी ही न होगी, कर्मचारी की घुड़क ज्यों की त्यों। "एक्सरे !" उसकी वॉयस बॉक्स की मशीन जो उसके गले में फिट है, बोलती है।

हलचल मची है। कर्मचारी सरकारी रुक्का अनपढ़ की तरह पढ़ रहा है। मॉनीटर पर चित्र बन रहे हैं। दूर से अफ़सरान पास दौड़े आते हैं। जाने दो ये वो हैं, मचती है। अचानक सब बाआदब खड़े हो जाते हैं। शाही जुलूस को सलाम करने।

पत्रकार, जनता, सुरक्षा स्टाफ़, यात्री बने दर्शक, जमादार, क्षमादार, सब जो उस ढब में आ जाते हैं, जो वही कहानी वही कहानी हवा में लटके तो और कैमरा सामने हो तो, बन जाता है।

सब उतर आए फ़ोटो में – बाल का झटकना, संवाद का लच्छा, वी फ़ॉर विक्टरी दर्शाता किसी गुलरु का हाथ, कर्मचारी की फ़ुर्ती, नए

नए एयरपोर्ट का लकलका, मगर वह नहीं, वह चुप्पी नहीं, जिसकी सिहरन सबको छूती निकली थी जब डब्बा एक्सरे में गया। उस तस्वीर में क्या था ? चीज़ या इंसान ? फूल या बमगोला ? या कंकरी या सीपियाँ ? एक्सरे ने निर्वस्त्र किया, निर्खाल भी, तो क्या पाया ?

मैं अपने – या उसके – कमरे में लेटा अपने मन में कंकाल बनकर मॉनीटर पर उभरता हूँ और मुस्करा देता हूँ। बचपन की आँखों में ताबूत जैसा बक्सा है, बालिग की मुस्कान में ज़रा सी, पिंडदान की हाँडी भर है, पर दोनों में राख के धुएँ में सूनी आँख, बटन की तरह पड़ी मिलेगी।

10

होने लगा है कि डब्बे में बेटा लेके माँ बाप पहुँचे, तो शहर बात को सनसनीख़ेज़ बना देता है। साथ गोद में एक बेटा और, तो उससे भी सनसनी कम नहीं होती। ओहदेवाला बाप, शोहरत वाले बेटे, गंज गुबारे वाली कहानी, जिवारी प्यारी माँ, तो फिर सबकी एक ही बैन कि एक का यों जाना एक का यों आना !

कैमरा होता है। फ़ोटोग्राफ़र, पत्रकार, सरकार, नेतागण भी। डब्बा लेकर उतरनेवाले कठुवा गए हैं, उन्हें क्या करना है तय कर दिया जाए। आइन्दा के लिए फ़िट कर दिया जाए।

शोर हुआ यह कि सर्वधर्मसभा हो। सर्वधर्मसभा का इन्तज़ाम दुरुस्त। बड़ी, पुरानी इमारत, इतिहास और पुराने धर्म की गूँज से भरी। लीडरान के चित्र और चित्र लगते धर्मों के प्रतिद्वन्द्वी, सहचारे के प्रतिनिधि बने, साथ कतार में। उमड़ आए शहर से हॉल बजबजाता। और शोर शोर शोर के बीच डब्बा सुन्न !

जब सार्वजनिक बम बेटे को उड़ाता है तो बेटे के टुकड़े सार्वजनिक हो जाते हैं। माँ बाप देख पा रहे हैं तो देखें, बेटा डब्बा है जो सभा का नायक है। हॉल के मंच पर अपनी तस्वीर के सामने सजा।

तस्वीर में बेटा स्कूल में भाषण दे रहा है। डब्बे में बेटा चिन्दियों में रेंग रहा है। हम ख़ास मेहमानों की तरह ठीक उसके सामने बिठलाए गए हैं। मैं लाल घुमौरियों में छिप रहा हूँ, माँ हकबक नज़रों से तस्वीर में, कभी डब्बे में, घुसती सी, बाप मुस्कराते से जब किसी से आँख मिल जाए और रोते से जब डब्बे से मिल जाए। चाह यह कि अपने

चेहरे में कहीं एक जगह टिक जाएँ, ठहर जाएँ।

पादरी, मुल्ला, मुनि, पंडित, सन्त, फ़कीर, चोगे, साफ़े, माला, जाप, प्रवचन, गुरबानी, गान, तार, लोक से परलोक में उठाते हुए। इहलोक से आगे का मामला सुन्दर, कितना सुन्दर। दुख कितना सुन्दर, सौम्य, गम्भीर, निख़ालिस। दीये और मोमबत्ती की लौ में टिमटिमाता। वह लौ नाज़ुक काँच के लटके पुराने झाड़फानूस को हज़ारों घंटियों की तरह बजा देती है और दुख की टिमटिम हॉल में बरसने लगती है।

स्कूल के प्रिंसिपल की आँख भर आती है और वे डब्बे वाले के संग बीते हँसी के पल माइक पर सुनाने लगते हैं। वे अपनी नकल उतार के दिखाते हैं जैसे वह किया करता था जिस पर वे उसे डाँटते थे फिर चुपके से अकेले में हँसते थे। शरारती मगर होनहार भी, अभी तो उसे बहुत कुछ करना था।

सभावाले कर रहे हैं। रिश्तेदार यादें सुना के रुला रहे हैं, दोस्त उसके संग जो गाना गाया और बजाया था सुनाते हैं, लीडरान जो उससे नहीं मिले थे पर जान गए हैं किस लायक वह था, फड़कते शब्द कहते हैं कि हम सबका बच्चा है, ज़माने का सितारा है, प्रतीक उन सम्भावनाओं का है जो बर्बर, अनैतिक, ग़ैर-इंसानी ताकतें कुचल देना चाहती हैं मगर हम ऐसा नहीं होने देंगे, उसे मरने नहीं देंगे, वह मरा नहीं है, हम सबमें है, हमें उकसाता कि याद करो और इन धूर्तों की जीत मत होने दो, नमस्य हैं वह माँ बाप जिनका ऐसा बेटा था।

"आप कुछ बोलिए।" कोई माँ पर झुककर बोला। उसने सुना नहीं।

"आप कुछ बोलिए," बाप से कहा और उन्हें हाथ देकर उठा दिया। मंच पर चढ़ा दिया। बाप उज्झड़ देखें। अधर यों कँपकँपाए रहे हैं ज्यों नयो नयो लड्डू बिकस गयो रे!

बाप ने कुछ कहा। कुछ उसके बारे में जिसने उन्हें अट्ठारह उम्दा वर्ष दिए, जग भर का प्यार और सम्मान दिया, लकी हूँ कि उसका बाप बनने दुनिया में आया।

तय हो गया तभी कि फिर वे ज़िन्दगी भर यही कहेंगे, साल दर

साल की सभाओं में, साक्षात्कारों में, दोस्तों में, जलसों में, चौबारों में, अकेले में और बहुत बार उस अकेले में, जिसमें वे जतलाएँगे कि उन्हें पता नहीं मैं पास हूँ, सुन सकता हूँ।

पंक्ति बनाकर लोग मंच पर चढ़ते गए। किसी ने फूल चढ़ाया, किसी ने पूरी माला पहनाई। डब्बे को। हाथ से छुआ, माथे पर लगाया। डब्बा डूबता गया फूलों और फूल मालाओं में। उतराता जा रहा है फूलों में, गहरा और गहरा, अब ज़रा सा नज़र आ रहा है, अभी भी इक कोना झाँक रहा है, अब ग़ायब, जलसमाधि ले ली।

ऐसा होता है। माँ के गले से कोई शब्द निकलता है जो इंसानों की बनाई किसी भाषा का नहीं। मुझे गिराती नहीं है माँ, कस के गोद में चिपटाती है कि घुमौरियाँ दबने से टीस जाती हैं और क्यू को तेज़ी से लाँघ जाती है, सीधे मंच पर जा चढ़ने। मुझे लिये हुए वह घुटनों पर बैठ गई है और अपने बेटे पर झुकी फूल और मालाएँ उससे अलग फेंकती जा रही है ! मंच फूलों की झील बन गया है, मैं बन्दर की तरह माँ से चिपका हुआ हूँ और उसने फूलों की तल में से डब्बे को ऊपर खींच लिया है।

तब वह अपनी दोनों बाँहें फैलाकर डब्बे पर बिछा देती है और चेहरा उसमें गड़ा देती है। दोनों बेटों को अपने आगोश में लिये। माँ की हथेलियाँ धरती को ढक रही हैं कि बस और मुझे कुछ नहीं चाहिए बस।

11

सब हो चुका था।

जब सब हो चुका होता है तब उसका अहसास होता है। जैसे जिस पल बाप ने चाभी लगाकर घर का दरवाज़ा खोला।

या यों कहें कि जिस पल बम फटता है पता नहीं चलता। फिर जीवन भर वह फटता रहता है, बार बार फटता है और बार बार पता चलता है कि फटा।

या यों कहें कि बम वह चीज़ है जिससे कभी उबर नहीं सकते। क्योंकि बाहर फट चुकने के बाद वह बाहर की गहमागहमी छोड़, चुपके से भीतर लुक जाता है। एक ढिपे कोने गोलियाता पड़ा। और गोलियाता है। और गोलियाता है। और मौका बेमौका लुढ़कता आता है और निकलता होगा चुपकी की टप से पर फटता है उसी पुराने दहलाते धमाके के साथ।

डब्बे को थामे अन्दर पैर रखा उस बाप ने कि बम फटा ! उस बड़े से घर में अचानक हर चीज़ उड़ने लगी। धु धु धुधुकार ! वह सोफ़ा सामने, जिस पर स्प्रिंग धँस गई है, उस पर वही गड्ढा है जो बाप की अनसुनी कर बच्चे ने कूद कूद कर बना दिया है। ढिलाए स्प्रिंग पर बच्चा फिर उछला ...।

वह डायनिंग टेबल जहाँ चाय के दौर चलते और बाप डाँटते थे कि इतनी चाय फिर चाय हमारे वक़्त में लड़के दूध पीते थे। चाय छलकी ...।

वह सीढ़ियाँ जो ऊपर उसके कमरे को जाती हैं जहाँ से जली बत्ती

देखकर बाप सुनाते हमारे समय में रात सोने के लिए दिन पढ़ने के लिए थे। उसके कमरे की बत्ती जल गई है और बेटा हुँकारता है मॉम कॉफ़ी।

बैनिस्टर पर धड़धड़ाता हुआ बच्चा फिसलता आता है। नहीं नहीं बाप किसी और वक़्त में चिल्लाए हैं। हर तरफ़ नाकामी की चिन्दियाँ उड़ी हैं। राख गँजना के बाप ने डब्बे में सँभाल ली है।

माँ ने देखा विस्फोट हुआ। उसने अपना सैंडल पावदान पर रगड़ा। धूल उड़ी। कुर्सी के हत्थे को छुआ। उँगली पर धूल लग गई। मेज़ पर हाथ लगाया। वहाँ भी धूल। रसोईघर में जाकर फ्रिज खोला। ठंडा धुआँ उसके चेहरे पर फैला। जल्दी जल्दी दूध, दाल, माँस, अगड़म बगड़म निकाले, सूँघे, फेंके। फिर उसने चाभियों का गुच्छा खूँटी से उतारा और कमरे, अलमारियाँ, खोलने लगी। जो कपड़ा पहने थी, उसी के छोर से इधर उधर पोंछने लगी, धूल झटकने लगी। गुसलखाने में रखे पानी को कमोड में फेंककर बाल्टी की लिसलिस रगड़ी और उसे नल के नीचे लगा दिया। चूल्हे पर पानी खौलाने को चढ़ा दिया। व्यस्त व्यस्त। कहीं खिड़की खोलती पोंछती, कहीं पर्दे खींच फटक। एक पैर यहाँ एक हाथ वहाँ। टुकड़े टुकड़े।

न सुनेगी। न देखेगी। ऐसे वह अपनी आँखों में धँसती चली गई। उनको घेरती मछली के आकार की परछाईं गहराती चली गई। आँखें मछली के पेट में निगली पड़ी मरी पुतलियाँ हो गईं। जो न देखती हैं न सुनती हैं।

इसीलिए उसने न देखा न सुना कि जब जब उसने खिड़की दरवाज़ा खोला तो बाप के भीतर हुए विस्फोट से एक टुकड़ा और उड़ा। प्यार, कामना, उम्मीद, हास परिहास, जिज्ञासा, नर्मी, सादगी, हुमक ठुमक, रस, आठ रस, नौवाँ रस भाव, शान्त, जज़्बात, टुकड़े टुकड़े, जो भरते थे उन्हें तलबल, उड़े और तितर बितर कहीं अन्तरिक्ष में कि अब कभी ढूँढे न मिलें, जोड़े न जुड़ें, बस टँगा हो कहीं ब्रह्मांड में इंसान, अंश अंश।

फिर वही हुआ था। बम फ़टा था। सब भस्म हुआ था। घर राख

राख हुआ था। बेटा सरकारी डब्बे में बन्द पड़ा था।

और पड़ी थी एक जगह ख़ाली, तीन बरस के नाप की। मैं फिर से छिटका पड़ा था, साबुत, सलामत, हुई वारदात में अछूता, बचा हुआ या ठुकराया हुआ, बस धूल और ख़ाक में धुरेटा हुआ, लाल लाल दानों में निर्लिप्त पड़ा।

12

मैं बढ़ता हूँ तो कहानी बढ़ती है।

अमूमन लोग चाहते हैं कहानी ऐसे कहो कि सुननेवाला भूल जाए कोई कहानी कह रहा है। हॉल में घुप अँधेरा हो और थ्री डाइमेंशन स्क्रीन पर चलते बोलते पात्र हाड़ माँस के लगें और हम अपने से छूटकर उनका जीवन जिएँ। पर वह कुछ देर का छलावा है, दूसरे आफ़ताबी सुख दुख भोगने का मज़ा। अपनी खाल के नीचे चर चर चरचराते जीव से कुछ पलों का छुटकारा। कुछ देर कोई और बन जाने का करिश्मा।

और घोर राहत। राहत कि जो आँसू हमारी आँख में झलझल कर रहे हैं, हमारा फूटा भाग्य नहीं है, यह पीड़ा क्षण भंगुर है, सपना है, विडियो है, फ़िल्म है, किताब है। अभी किस्सा पूरा और हमारा आसन अडिग ! पर्दे पर आ जाएगा या पन्ने पर लिख जाएगा दी एंड और बत्तियाँ जल उठेंगी, सब कुछ जाना पहचाना, आरामदेह हो जाएगा। यह देह हमारी हो जाएगी, हम साबुत हो जाएँगे। मैं या माँ या बाप या टुकड़े टुकड़े बेटा नहीं।

यह वे जानें, तुम जानो। तुम्हारा ज़माना जाने, उनका जाने। मैं झगड़ना नहीं चाहता। कौन कम झगड़ा है हर तरफ़ ? यह सारी कहानी या जोकहलेंइसे है ही उन झगड़ों की बदौलत। और ज़रूरी तो नहीं कि कहानी कोई कह रहा है या कह रही है तो यह अपने को भगवान रूप देने की बात हो ? सर्वव्यापी, सर्वज्ञानी, रचनाकार ? सहज एक क्रिया को सहज ही रहने दिया जाए। खाल के रंग का स्किन सूट पहनकर

फ़िल्म अभिनेत्री मटकती है, नंगी दीखती है और गुमान यह कि नंगी तो नहीं मैं, तो, वाह रे, कौन सा खेल यह हुआ और कौन सी नग्नता बचा गई ?

जब किसी का जीवन यों हो जाए कि वह किसी और का जीवन है तो कोई बता सकता है वह किसका जीवन है ? वह .ख़ुद कहाँ है, वह कोई और कहाँ है ? दोनों नहीं तो किसका जीवन है वह ? जो चल रहा है, जिसकी कहानी मैं कह रहा हूँ, जो हो चुकी है पर हो भी रही है।

क्योंकि कैसे परिभाषित हो वह जीवन जो शायद है ही नहीं ? प्रेम की हर क्रिया हो, हर शिद्दत हो और पता चले सब झाँसा था तो क्या था ? कहाँ था ? मैं हूँ ? या नहीं ?

अमूमन लोग चाहते हैं कहानी आसान हो, .ख़ुद-ब-.ख़ुद प्रकट होती चले। पर अलग ज़माने की अलग ज़िद हो सकती है। हर ज़ाहिर के पीछे कुछ ढिप जाए, यह ज़िद। ज़माना करता है या है ही। यह देश, यह कल, यह हम, यह भगवान। लुकते भिड़ते, इस दमघोंटू ग्रे माहौल में, भागते थमते।

कहानी के पीछे मैं, मेरे पीछे कहानी, पात्र के पीछे वक़्त, वक़्त के पीछे पात्र और बम के पीछे भी आगे भी बम। बम टू द राइट ऑव देम, बम टू द लेफ़्ट ऑव देम, चार्ज ऑव द बम ब्रिगेड !

13

तो घर मेरा या उसका और मैं और मेरा जीवन या वह और उसका। बात उलझाने का शौक़ नहीं है पर और कहूँ तो कैसे कहूँ ? मर्ज़ी भी मानूँ तो क्या चुनूँ – अपने तीन बरस या उसके अट्ठारह ? बस वहीं कहीं बीच में चलीं मेरी साँसें और माँ और बाप की और उसकी तो नहीं फिर भी सारी उसी की और सरक फिसल सँभल जा मर में कौन जाने मैं तीन का हुआ या अट्ठारह का और यह तो पक्के तौर पर नहीं पता कि जिस दिन बम फूटा और हम दोनों छिटके मैं साबुत वह परखचे वह दिन उसका जन्मदिन है या मृत्युतिथि और मेरी भी क्या ?

मेरी याद पर शक है तो अख़बारों पत्रिकाओं के कॉलम देख लो। किसी ने नहीं भुलाया उस दिन को। त्योहार की तरह मनाया उस दिन को। दिन ख़ालिस दुख का। दिन उसके मुकुट का। मौत का दिन जो ऐसा जी उठा कि क्या किसी का जीवन ऐसे जी उठता होगा !

मौत जो उसका जन्म हो गई। हालाँकि किसी ने कहा नहीं कि उसकी मृत्युतिथि उसकी जन्मतिथि है।

न मेरी।

ऐसा नहीं हो सकता था। कैसे हो जाती उसकी मृत्युतिथि मेरा बर्थडे ? हालाँकि फ़िलहक़ीक़त सबसे ज़्यादा जानी सुनी वही मेरी जन्मतिथि थी ! पर नहीं, वह दिन मान लिया गया मेरा बर्थडे, जिस दिन मेरी कल्पना भी नहीं जन्मी थी, न इस घर में, न जग में। जब बाप बाहर बरामदे में बैठे सुन रहे थे माँ की कराहें और घर में थे

दाई, डॉक्टर और माँ और उसने जन्म लिया। मतलब मेरा भी।

मतलब बर्थडे। मेरा भी वही जो उसका !

उसी तरह जैसे उसका कलम, उसकी माँ, उसके बाप, उसकी छड़ी, उसका कप, उसके संगीत, उसके मेरी नाप पकड़ते कपड़े, उसके चश्मे के फ्रेम में जड़ा मेरा धूप चश्मा, उसका कमरा, उसका ये, उसके वो। क्योंकि माँ उसकी किसी चीज़ से अलग नहीं हुई थी, न उसकी कोई चीज़ माँ ने स्टोर रूम, बक्स वक्स, मन्दिर, मस्जिद, सिनागौग या कहीं ख़ैरात में दी। ख़ैरात वाली नहीं माँ।

अगर मुझे ख़ैरात में मिला न समझा जाए। तो !

तो बैठा दिया मुझे उसके बर्थडे पर सजा धजाकर, उसकी पसन्द के इलायची और दालचीनी की .खुशबू उड़ाते, उसकी अधूरी मुराद समेटे गिटार के आकार के चॉकलेट आइसिंग वाले केक के आगे। और कहा फूँको पर नहीं फूँका मैंने।

मोमबत्ती एक थी उस पर कि शायद हमारी आपस की गड़बड़ाई गिनती कि जब मैं चार वह उन्नीस और मैं पाँच तो वह पूरे बीस, की दूरी पाट दे। और कहा फूँको पर नहीं फूँका मैंने।

कि तब समझा कि कब समझा और था यह समझने के क़ाबिल कि उम्र बढ़ रही है मेरी तो मेहमानों की आँखों में हिसाब चल रहा है उसका। ज़िद सबकी कि .खुशी देनेवाले को .खुशी से याद करेंगे न कि दुख में मिटाकर, जो धूर्तों की सफलता होगी। वह चाहेगा सब .खुश हों। जो वह चाहेगा वह हो।

वह हँसता रहता जगह जगह, बड़ी करके लगी अपनी तस्वीरों से। बढ़ता रहता हर साल एक बरस और। मोमबत्ती एक लगती पर जितनी अदृश्य थीं वे सबको गिननी आती थीं। और पहली ही बार से मुझसे कहा फूँको तो नहीं फूँका मैंने।

ऐसे मुँह फुलाओ, फुसला बहलाकर सिखाने लगे उसके दोस्त, फू, और ऐसे फूँक दो, फू ! कोई बन्दर बना, कोई सुअर, सबके सब गबरगंड लगें !

फूँको बेटा, माँ ने कहा, एकदम मेरे कान में, फिर भी मुझे लगा

मुझसे नहीं बोल रही और मुँह से नहीं बोल रही, दूर उन आँखों से आ रहे हैं उसके शब्द और उन मरी मरी मछली की पुतलियों में फँस रहे हैं।

नहीं आता इसे फूँकना, बाप ने कहा, पर ऐसे नहीं जैसे बच्चों को प्यार से उकसाते हैं बल्कि ऐसे जैसे वह कहते थे नहीं आता बोलना इसको इस उम्र पर जबकि ...। वह आगे कुछ न कहकर भी सब कह देते मुझे यों देखकर कि जैसे मैं खोखा हूँ और उसमें होना था किसी को जो है नहीं और कितने अफ़सोस की बात है।

14

जिसको जलते चटकते बारूद ने नहीं छुआ उसको .ख़ुद-ब-.ख़ुद आ जाता है भूले पड़े रहना। भुलाए पड़े रहना भी। फूँकना, बोलना, चबाना, कहीं तल में भीतर और चुप, सपाट चेहरा, ताकि हाथ मलें बाप और बोलना पड़े उन्हें !

"ये लड़का कभी नहीं बोलेगा," बाप ने कहा और आँखें फेर लीं अन्तरिक्ष में अपने किसी टुकड़े का पीछा करतीं।

बर्थडे का ही दिन। उसके दोस्तों का हल्ला गुल्ला। हँसती तस्वीरें। उड़ती .ख़ुशबूएँ।

माँ ने केक का पहला टुकड़ा मेरे मुँह में डालना चाहा। उसके दोस्तों ने तालियाँ बजाईं और जन्मदिन की मुबारकबाद गाने लगे। हैपी बर्थडे टू यू।

मेरी ज़बान तालू से चिपकी। माँ ने चम्मच से मुँह सूत दर सूत खोलने का शगल किया। बन्द गुफ़ा की दरार में कुल्हाड़ा घुसा है ! मुँह में केक डाल दिया।

तो केक तालू से जा चिपका !

नहीं निगला नहीं निगला। अपनी खाल में कहीं पड़ा रहा।

दोस्तों ने डायनिंग रूम सजाया था। उसकी याद में किस्से ताज़े किए जा रहे थे। गुब्बारों के गुच्छल किसी ने मेज़ के ऊपर बाँध दिए, लह लह मेरे सामने करने को। रंग बिरंगे। पीले, लाल, नीले, हरे। बैंगनी भी।

मुझे वह धीरे धीरे काले होते दिखाई पड़ने लगे।

पेप्सी लिमका बीयर चली। बाप अन्तरिक्ष में अलग थलग लटका एक फुचड़ा ले आए हैं और बीयर के घूँट लेकर उसे किसी खोयी बुनावट में मिला रहे हैं। एलबम से एक तस्वीर निकालकर, उसकी कहानी कहकर।

तस्वीर में माँ ऊपर के कमरे की रॉकिंग चेयर पर बैठी है और टुकड़ेवाला, सरासर साबुत, उसकी गोद में। बच्चा नहीं, बालिग। माँ से लम्बा तड़ंगा। हाथ ऊपर उठा के चियर्स कहने की मुद्रा में झागीली बीयर से लबालब मग दिखा रहा है। दोनों हँस रहे हैं – माँ बेटा। बाप बोल रहे हैं जैसे वक़्त बेवक़्त वह करेंगे जब जब कोई फुचड़ा अन्तरिक्ष में लटका पड़ा पा जाएँगे। बोल रहे हैं कि यह उसकी पहली बीयर थी और वह उसने माँ की गोद में नटखट बैठकर पी। बाप कह रहे हैं यह उसकी अट्ठारहवीं वर्षगाँठ की बात है जब वह बोला अब मैं बालिग, बीयर पी सकता हूँ।

कोई नहीं कहता कि यह उसकी आख़िरी वर्षगाँठ है ! क्योंकि किसी मायने में यह जो मन रही है यह भी उसी की वर्षगाँठ है, चाहे मेरी भी। जश्न मना रहे हैं और कह रहे हैं यह उसकी पहली बीयर थी। कोई नहीं कहता आख़िरी। जो वह माँ की गोद में बैठकर पी रहा है। जो उसने माँ की गोद में बैठकर पी।

कोई नहीं कहता आख़िरी बार माँ की गोद में बैठा। फिर दाख़िला पाने वहाँ चला गया और कहीं और दाख़िला पा गया। जाना था जापान पहुँच गए चीन !

बस माँ ऐसे देख रही है जैसे वह भी उसके संग गई और दोनों मर गए।

चुपचाप मैं काले पड़ते गुब्बारे को देख रहा हूँ। चुपचाप मेरे अँधियारे कोने से गुब्बारा लुढ़कता हुआ सामने आ रहा है। होगा अभी धमाका। छितरेंगे अभी सब लोग। माँ बाप मैं दोस्त पार्टी तस्वीर। एक सुई में पिरोए, एक धागे में चढ़े, एक इन्तज़ार में लटके। फूटने के। गुब्बारे के।

बम क्या है आख़िर ? एक सुई जो छितरों को पिरोए। एक गोला

जो आकाश से बरसे। एक बोरा जो जगह जगह फटे। एक प्रेम कहानी जो जोड़े और तोड़े। एक वह एक मैं। एक जीवन जो जो ... और तो ...। जो ...। और ...। किसी ने अलमस्ती में मेज़ से छुरी उठा गुब्बारों को टीप मार के डुलाना शुरू कर दिया है। बजो बजो ... फूटो। फूटता है। मैं रोने लगा हूँ। बुबुक बुबुक कर।

सब सन्नाटे में आ गए, क्यों रो रहा है यह बच्चा ? गुब्बारा चाहिए क्या ? उछल उछलकर गुब्बारे तोड़ रहे हैं और मुझे दे रहे हैं।

15

वह और मैं गड्डमड्ड हैं ही कि क्या उसे करना था, क्या मुझे करना है, पर और भी यहाँ जो आए वह गड्डमड्ड उलझ जाए। स्कूल की टीचर मेरा हाथ माँ को थमाती जैसे गुब्बारे की डोर और रोज़ एक नई हिदायत कि आप किसी तरह इसे सिखा दीजिए ! कभी कि लिखना, कभी रँगना, कभी पढ़ना। कभी कि बोलना, कभी खाना, कभी बैठना। मजबूरी यह, टीचर माँ से कहती, कि जानता है पर मानता नहीं।

माँ की फिटकार यह कि कमाल है फिर स्कूल क्यों जाए अगर मुझे घर पर सिखाना है।

स्कूल और घर गड्डमड्ड, टीचर और माँ गड्डमड्ड ! मैं और वह तो हैं ही।

मगर स्कूल निकाल नहीं पाया ! बैठा रहने देता। उसने इतना सीखा, उसके जुड़े को जो भी हो, सिखाना तो है ही। वही एक स्कूल दोनों का।

गुपचुप गुपचुप फुसफुस फुसफुस, यह वो है वह ये है, स्कूल में टपकता रहता और मैं सबसे कतराता माँ के आने का इन्तज़ार करता।

उसका हाथ पकड़ता और जल्दी जल्दी चलने लगता। मैं ही उसे चला रहा हूँ जैसे ! गदागद भरी इमारतों के बीच सँकरे रास्ते पर उसे खींचता कि जैसे वे और सिकुड़नेवाले हैं। घरों के बीच हवा, पहाड़, आसमान, आग, किसी चीज़ के लिए सुराख तक नहीं, तो साँसें गड़बड़ाएँगी कि नहीं ? उसकी हैं कि मेरी हैं उसाँसें जो भारी भारी मेरे चारों ओर ?

धीरे धीरे। माँ टोकती है।

जल्दी जल्दी। मेरी ज़बान लटपटाती है।

कि इन ग्रे सटे मकानों की जो छत रह गई है, मेरी ज़मीन के लिए, वहाँ कोई बैठा है दोनों हाथ फैलाए कि जैसे ही उठे मेरी घुटी श्वास ऊपर, नीचे उसे फिर ठूँस दे मुझ पर लद्द !

"गरमी लगती है क्या ?" माँ पूछती।

मैं भागता सा कि जैसे कोई आनेवाला पल है जो धमकी बना मुझे घेर रहा है, 'ज़ीरो इन ऑन हिम,' ज़ीरो इन कर रहा है और फिर ...

घर पहुँचने तक लाल चकत्ते मेरी खाल पर फूट पड़ते और माँ हैरान परेशान होती कि कितनी गर्मी लगती है इस बच्चे को।

घर में घुसते ही मैं भागना चाहता हूँ। नज़र न आऊँ इसलिए धीमी से धीमी रफ़्तार से सीढ़ियाँ चढ़ता हूँ। भीतर तन दौड़े, ऊपर तन रोके, तो सीढ़ियाँ गिनने से सन्तुलन बन जाता है। एक ... दो ... तीन ... दस ... दाएँ मुड़ जहाँ उसका लाया इनडोर प्लांट का गमला है ... उसके पार फिर एक ... दो ... तीन ... चार ... हैंडल। दरवाज़ा। कमरा।

अँधेरा। बन्द खिड़की। खिड़की के बाहर आसमान नहीं, धूल, ईंट, सीमेंट की दीवार ज़िन्दा चुनवा दे रही है।

बैठा देख सकती हो मुझे उस खिड़की पर। बड़ा होते देख सकती हो वहीं।

माँ देखती है बड़ा होते मुझे जब नहलाने के पहले वह तेल मलती है, जिससे लाल लाल मेरा दब जाए। धीरे धीरे। दानों पर बचाते हुए।

जैसे उसकी खाल पर हाथ फेरती थी।

बताती है मुझे बहलाने, मालिश के बीच। ऐसे ही छोटे छोटे हाथ। ऐसे ही छोटे छोटे पाँव। ककड़ी है कि कट काट दूँ। गाल रोशोगुल्ला। मीठा मीठा। ये रही पेस्ट्री अम चम चम चम। यमी यम। और जलेबी ... अरे जलेबी ... कहाँ गई कहाँ गई ... खोजो खोजो ... यहाँ है ... हँसो ... कहाँ है ?

माँ अपने बेटे को गुदगुदाती है। मेरे मुँह से अनर्गल हँसी फूटती

है। तस्वीर वाला सब देख लेता है, सब सुन लेता है। तेल मल रही है माँ और बोल रही है बच्चा बड़ा होएगा, उँगली लम्बी होएगी, पैर तगड़े होएँगे, मुन्ना नाम कमाएगा।

बोलती जाती है जब वह स्कूल के बाद मालिश करके मुझे बड़ा कर रही होती है। कि माँ होती है तो बच्चे को कोई डर नहीं। माँ सब सिखाती है। लिखना पढ़ना गाना कूदना। बच्चा कभी नहीं डरता है। माँ उसे बचा लेती है। टीचर वीचर बच्चे वच्चे मोटर वोटर कीड़ा वीड़ा सबसे बचा के माँ उसे पेट में छुपा लेती है। गन्दा सन्दा कोई आता है तो माँ उसे डरा देती है – मुझे खा ले मेरे बच्चे को नहीं छू। कोई मेरे बच्चे का कुछ नहीं बिगाड़ सकता, माँ है न ...।

ऐसे मालिश करती थी माँ और अपनी उँगली की पोर से मुझमें उसे भरती रहती, भरती रहती, उसे बचाती रहती, बचाती रहती।

16

मैं तो यह कहूँगा कि ज़रूरी नहीं नया बेटा ़खुशियाँ बिखेर पाए जब पुराने की जगह वह लेता है। बल्कि ऐसा भी हो सकता है कि पुराना ही नया बनकर ़खुशियाँ फिर बिखेरने आ जाता है। क्योंकि नया तो ख़ाली जगह में पड़ा है, पड़ा रहता है, कौन देखता है ? पर पुराना है जो बार बार दफ़नाया जाता है और हर बार फिर खड़ा कर दिया जाता है।

जब दरवाज़े की घंटी बजी तो नामालूम से पल के लिए घर के काम में लीन माँ का हाथ ठिठका। फिर वह अपनी आँखों में चली गई और काम में लग गई।

बाहर का हर काम वह सुचारु रूप से करती है। जैसे हम सब, घर, दुनिया, गमले, गुलदस्ते, यन्त्र के टुकड़े हैं जिन्हें तेल पिलाते रहो, घिर्री घुमाते रहो, पेंच कसते रहो। यन्त्र के साथ मनमानी करे, यह माँ का हक नहीं।

पर अपने साथ वह जो चाहे फूँक दे, जहाँ जी में आए फुँकती रहे। सिगरेट वह इसी तरह फूँकती है, धुएँ के छल्लों में खो जाने को तत्पर।

दरवाज़ा बाप ने खोला और क़ौमवाले पलटन बनाकर अन्दर आए। बाप की जन्मजात क़ौम तो थी ही भले ही चेतन मन से वे उससे अलग हो चुके थे और ब्याह, जाति और धर्म का बखेड़ा बिना माने, करे बैठे थे। पर आए क़ौमवाले उन्हें नमस्कारते और बेटे को जीवित करने।

क्या ग़लत कहा उन्होंने ? कोई बेटा जाता है तो सिर्फ़ आपका बेटा गया हो ऐसा नहीं। पूरी साज़िश है ख़ौफ़ पैदा करने की, होनहार हमारे बच्चों को होम करने की। आप नहीं आना चाहते मत आइए पर यह सभा तो होगी। वह हमारा कितना क़ाबिल बच्चा बनता। हमें फ़ख्र होना ही था उस पर और अभी भी है। उसकी मौत बेकार नहीं हो सकती, उसकी जान मशाल है। क़ौम में सब बुरा तो नहीं। ग़लत तो नहीं कह रहे थे वे क़ौमवाले। क़ौम का भी पक्ष है। ज़ुल्मी नहीं, मानवीय पक्ष। ख़ूबसूरत दुनिया हम भी चाहते हैं। अपने बेटे की तरह।

क़ौमवालों ने माँ की तरफ़ देखा और फिर नहीं देखा। क़ौम बाप से चल रही थी इसलिए। कि इसलिए कि माँ की उन आँखों में डूबने से डरते हैं।

क़ौमवालों ने सीढ़ियों की तरफ़ देखा, जहाँ आड़ में छिपकर आनेवालों को मैं देखता हूँ।

उसको भी ज़रूर लाइएगा। और मैं और छिपा। हमारे बच्चे ने उसे जीवनदान दिया है। उसे मौका मिला है, प्रेरणा मिली है, बना बनाया घर और रास्ता ...।

"वह लड़का कभी नहीं बोलेगा," बाप का स्वर आया।

झाँका तो वे अपने अन्तरिक्ष में भटक रहे थे जहाँ उनके टुकड़े बिखर गए थे जिन्हें वे समेट लेते तो एक पूरा समूचा इंसान बन पाता।

कौन लड़का कभी नहीं बोलेगा ? तसल्ली से जीभ मैंने तालू पर चिपकाई और ऊपर देखा। जिधर आँख उठाओ उधर उसकी तस्वीर, उसके तामझाम, उसकी पसन्द के रंग, उसकी लत के स्वाद। उसके, जो लड़का कभी नहीं बोलेगा !

रेलिंग से सटे सटे मैं पीछे सरकने लगा। आँखें सामने की दीवार पर। टुकड़ों में उसकी बड़ी सी तस्वीर को देखते हुए। जैसे रेलगाड़ी से बाहर का दृश्य दौड़े। जैसे मैं स्थिर, वह हरकत में ! पैरों पर पैड, रखा एक ज़ोरदार पाँव आगे। मैं सरका पीछे। हाथ में बल्ला, घुमाया ये, दन से, हवा में। मैं ज़रा और पीछे। कमर में स्प्रिंग, लचका दी

यों पूरी, वैसे। मारा जो गेंद को, तो थी वह अभी, पर अब, दूर दूर दूर, चुटकी में, हवा में।

और और पीछे मैं सरकता जा रहा हूँ। वह एक जगह है पर उसे चाल और गति दे रहा हूँ ! पीछे पीछे, ज़रा और पीछे, जहाँ फिर दरवाज़ा है उस कमरे का, जिसमें मैं रहता हूँ, जहाँ तालू ज़बान से सटाए मैं ढिल्लड़ बना रहता हूँ। जब उठता हूँ तो चुपके से झाँक लेने कि नीचे क्या चल रहा है और ऊपर, जहाँ अभी माँ बाप साथ होते हैं, क्या हो रहा है और उसे जिसे मैंने जान दे दी है, अब क्या कर रहा है तस्वीर में, तो आख़िरी झलक दिखती है मेरे यार की। मैं दोस्तानेपन से देखता हूँ उसकी टोपी, उस बल्ले वाले खेल में पहनी जानेवाली।

वह नहीं जो उसके कूच करने के बाद क़ौमवालों ने डिजिटल टेक्नोलॉजी से उसके सिर पर ठोंक दी, उसकी तस्वीर में।

17

ऑव कोर्स कोई भी बाप ऐसा कर सकता है।

बिलकुल यही लाइन मैंने उससे कही जो बाद में आएगी इस कहानी या जोभीयेहै में। कि ऑव कोर्स कोई भी बाप ऐसा कर सकता था।

आज की ही बात नहीं जब बम का जादू ग्लोबल है – एक छींक मारी, उड़ा और छू मन्तर, सब लापता ! पर पहले भी जब जब कोई ऐसे ही ग़ायब हो गया तो सगे सम्बन्धी राह तकते ही रहते। कि नहीं ? जीती जागती लाश चाहिए।

हाँ, जीती जागती ! कि छू लें। अकड़ते, ठंडा पड़ते देख लें। नर्म सुडौल से विकृत बनते देख लें। नल की तरह ख़ून की नली का खुलना देख लें। फटी खोपड़ी में भेजे का उफान देख लें। उधड़ी सीवन से हड्डियों की लीला देख लें।

और देख लें मिट्टी में धँसते या धू धू जलते या चीलों की बोटी बनते। या किसी करामाती पेड़ के नीचे, उसी की छाल में, गोश्त को लपेटकर बिछा दें, कि यहाँ परम्परा है कि माँस सड़ता नहीं वरन् .ख़ुशबू उड़ाते उड़ाते जड़ों में सोख लिया जाएगा और आप देखते रहें अपने प्यारे को जाते हुए। तब हुई तसल्ली, रो लिये, रो भी नहीं पा रहे, हुई पूरी लाश-पीठिका, पता हुआ, पता रहा कि गया वह, अपना जो था।

पर इस तरह अन्तर्ध्यान हो जाना ? किस मौत पर विश्वास करें और किसकी ?

मान लिया माँ ने .ख़ुद टुकड़े की पहचान की थी। टुकड़ा, फुचड़ा,

फाया, बटन, रेज़ा, राख, वही जाने क्या देखकर मज़मून भाँप लिया ! नतीजा कि सरकार ने केस रुख़्सत कहा। पर क्या माँ फ़ाइल बन्द कर पाई ?

छुप छुपकर देखो तो भी दिखता है ! मैं देखता हूँ। दरवाज़े की घंटी बजी और उचक गई माँ। मरी मछलियों की पुतली में रेशा कौंधा। इस तरह की घंटी ? देर तक हाथ उसपे दबाए रखना। बाल्य बेसब्री। ट्रीं ऽऽऽ ... मॉम जल्दी खोलो ... कौन ?

माँ की मरी आँख में कुछ फूटा और धीरे धीरे पूरे में फैल गया।

फिर बुझ गया। मरी मछली। अब यहाँ कोई नहीं, कोई नहीं आएगा।

मगर है यहीं बसा ! मौसम आया कि उसकी पसन्द के फल माँ फ्रूट बोल में भर देती है। उसका पसन्दीदा डिज़र्ट बनाके मेरे पास लाती है। फ़िक्रमन्द कि मैं अपने से खाता नहीं। फ़िक्रमन्द कि मैं बोलता नहीं। फ़िक्रमन्द कि लुकमा मुँह में डाल लूँ तो चबाता नहीं। चुप, मैं चुप। ज़बान तालू से सटाए। क्यों ?

क्यों ? माँ पूछती है। भूख कभी नहीं लगती ? क्या सोच रहा है ? क्या बनेगा मेरा बच्चा ? पायलट, गिटारिस्ट, टेनिस प्लेयर, फ़िलॉसफ़र ?

मैं उड़ाका नहीं हूँ, प्लेन नहीं उड़ाता ! ग़िटार नहीं बजाता। टेनिस नहीं खेलता। फ़लसफ़ा नहीं गुनता।

मैं नहीं के बारे में हूँ। मैं नहीं हूँ ! चारों ओर का सन्नाटा या शोरगुल मेरी पकड़ के बाहर है। दूर पास फूटते बम, आए दिन अख़बार में उसका ज़िक्र ताज़ा कर देते हैं। मेरे बिना कुछ करे धरे, मेरी तरफ़ बिना देखे सुने। तो क्यों न चिपक जाए ज़बान तालू से ?

कुछ न करना, कुछ न बोलना, मुँह न चलाना, दाँत से न चबाना, बस में हो तो कद काठी भी न बढ़ाना, यही मेरी क्रियाएँ ! यही मेरा ज़ोर। देखिए जी ज़ोर कितना तालु-ए-क़ातिल में है !

माँ को मक़सद दिया है। "मुँह खोलो।" प्यार से, ऊब से, धमका के। "मुँह खोलो," खीझ से, गुस्से से, नफ़रत से। "मुँह खोल बच्चे," हार के।

डॉक्टर हार जाएँ पर हार क्यों मानें ? सर्जरी कराइए। ज़बान जहाँ तालू से चिपकी है ज़रा सी काटनी होगी। इसके जन्म के हालात ... कैफ़े में उड़ते अंगार ... हम इसके बारे में अनुमान ही तो ... डॉक्टर ज़हानत भरी नज़र से माँ को याद कराते हैं।

माँ को बेहद घबराया देखता हूँ। ठूँसने लगती है मुँह में। कौर पे कौर। बोलेगा कैसे नहीं ? खाएगा कैसे नहीं ? उसके बाहर सब यन्त्र माफ़िक। सही सही चलने हैं। उसका अन्दर, जो अभी अन्दर है, नहीं तो क्या बाहर फट पड़ेगा, डरती है ?

जबरन जो अन्दर जाता है उसे तालू पर चिपकाता जाऊँगा। पर थूक भी मेरे कहे नहीं बहता ! गुँथा पिसा, खाने का लोथ, लटकता जा रहा है। स्टैलेक्टाइट की तरह !

"निगलो," माँ तमतमाती है। ज़ोरों से खींच के खड़ा कर देती है। पकड़ के मेरी गर्दन पीछे को धकियाती है कि सरक जाए खाना नीचे। सरक सरक सरकता है नीचे और बम का गोला बनकर फूट पड़ता है, सीधे माँ के मुँह पर, छितरा बितरा, कतरा, कचूमर !

तस्वीर में जड़ा बेटा हँस देता। माँ चौंककर देखती। उधर। इधर। ढूँढ़ती बेटे को।

कोई भी माँ ऐसा कर सकती थी।

बाप भी।

बेटे को ढूँढ़े, ढूँढ़ते रहें, कहीं हो शायद, अभी भी, कहीं भी ...

18

टोपी।

कह लो टोपी पर टोपी टोपी ही नहीं होती। साफ़ा, पगड़ी, तुर्रा, कुल्ला, मुँडासा, फेंटा, फ़ेज़, अटहर, वग़ैरह वग़ैरह चिन्ह समझ लो सिर पर, जो क़ौम-सूचक हो सकते हैं। वैसा ही कपड़ा – टोपी मान लो – सभा वालों ने बाप को पहना दिया और मुझ पर भी दबा दिया।

उलटबाँसी में जीवन चलता है। बाप कभी मुझसे कुछ नहीं कहते, साथ कुछ नहीं करते, पर जाति सभा में ले जाते हैं !

माँ तैयार कर देती है। क्योंकि मैं ख़ुद तैयार भी नहीं होता। बटन नहीं लगाता, बेल्ट नहीं बाँधता। क्योंकि टीचरों, डॉक्टरों, पड़ोसियों सबने कहा है सब तरह की जगह भेजिए इसे, कुछ न कुछ तो सीखेगा। माँ भेजती है कि सीखना ही पड़ेगा। क्योंकि माँ चाहती है मैं बाहर की दुनिया में यन्त्र के पुर्ज़े की तरह बढ़िया चलूँ, किसी तरह, किसी तरह, जान लूँ कि यों घिर्र घिर्र घूमना है और तन्मय हो के घूमने लगूँ घिर्रर घिर्रर, किसी तरह, किसी भी तरह, इस सभा, किसी भी सभा में, स्कूल, स्टेडियम में, इस प्राणी, उस प्राणी के संग, किसी खेल में।

यह सभा भी चौकस। यहाँ भी कैमरा, सरदाराँ, कुर्सियाँ, मंच। मंच क्या कम करामाती ? उस पर खड़े हो जाओ तो बाप भी नई आवाज़ में सरिता की कलकल की तरह लाँघते, छलकते, बढ़ते हैं। रेत, पत्थरों को। मुझे !

उसकी तस्वीर के आगे मैं और हम दोनों मय टोपी। और धाराप्रवाह बाप का उन टुकड़ों के बीच ढिवरते जाना जो वह था और वे थे और

अब हवा में टँग गए थे।

बोलते कि दुनिया में जुल्म बहुतेरे। आइवरी कोस्ट, पेरु, रुआंडा, कौंगो, बाली, ईराक, चीन, हिन्दुस्तान, अफ़गानिस्तान, कौसोवो, यूक्रेन, ताइवान। और सो कॉल्ड पहली दुनिया के नागरिक और आगे पलीता लगाने में माहिर, चेहरा अपना बनाएँगे पोप जॉन पॉल और मदर टेरेसा जैसा ! हिटलर उन्हीं का जना और तरक्की और तालीम के वक़्तों का। अभी भी देखो उनकी धकापेल हिटलर पैदा करने की इंडस्ट्री। मगर शातिर हैं, अब उसका चेहरा अपने रंग से नहीं पोतते, ताकि डंका पीट सकें दूसरी नस्ल की बेईमानियों का।

देखिए।

बाप देखते, उसकी तरफ़, मेरी तरफ़।

अपने अलग अलग सुरक्षित जगह में बैठ गए, बाकियों को झोंक दिया तोप के मुँह में। अपने चुप, नदारद। बाक़ी पर बम दनादन बम। कौन मरता है कौन बचता है बताइए आप।

मुझे देखते, उसे देखते।

निरीह मरते हैं। घाती बचते हैं।

तस्वीरवाले की आँखों में चिंगारी है जैसी होगी ही हीरो की तस्वीर में।

अट्‌ठारह बरस। बाप माइक कस के पकड़ते हैं। क्या कर पाता है कोई अट्‌ठारह बरस में ? उसे तो सब कुछ अभी करना था।

माइक गिर न पड़े, आवाज़ में यों भूचाल !

कहाँ है रोशनी ? क्या उम्मीद करें ?

बाप चुप हो गए हैं। तस्वीर को सब प्यार से देख रहे हैं। मैं भी। बेचारा। है तो यार मेरा। साथ रहते हैं हम। वहाँ जहाँ उसे होना था। वह करते जो मैं कर सकता हूँ।

रोज़ अख़बार पढ़िए। एक बेटा और। बाप दुख से कहते हैं। हमारा बच्चा तो हमारी मोमबत्ती है, धीमी, सुखद, मीठी लौ वाली। कैसे बुझने दें उसे ? और देखिए, बाप को याद आता है, आपको मालूम है उसके नाम का मतलब ? सुरंग के छोर पर नज़र आनेवाली रोशनी। वे गर्व

से कहते हैं। मैं भूल गया था, उसी ने बताया, हमारी पुरातन भाषा का पाठ करते हुए। बहुत बड़ा स्कॉलर वह बनता।

बाप रुक गए हैं। जाँचती नज़र सभा पर फेंक रहे हैं कि उनकी बात असरवार है ? हो।

ढेरों टोपियाँ हिलती हैं। बुज़ुर्गवारों की भी। हाँ, वाह ख़ूब, सही है नाम, सुरंग के पार आती रोशनी।

"उसने बताया मुझे," बाप दोहराते हैं और सुरंग से आती रोशनी सभा पर चमकने लगती है।

तालियाँ बजती हैं। मुझे भी कोहनी पड़ती है ताली बजाओ।

बुज़ुर्गवार बाप से माइक ले लेते हैं। "सही सही।" ऐसा अँधेरा पर यह सिर्फ़ आपका निजी अँधेरा नहीं। हमारी क़ौम पर वार है। मोमबत्ती की लौ हम सबके लिए है। हम साथ हैं, वह हमारे साथ है। सुरंग के पार रोशनी है। "वाह !"

ढेरों ढेरों प्यार मंच से सभा की तरफ़ उतरता हुआ। सुरंग की वह रोशनी अब कहाँ जाए, किसको उजास दे, वह प्यार, वह तर्ष, अट्ठारह बरस की छलक, कहाँ बहे ?

19

बुज़ुर्ग और लोग।

सुनो, इस पर सुनाता हूँ।

हर ज़माने में बुज़ुर्ग होते हैं। उनकी छवि बनाई जाती है तो बड़े बूढ़ों सी, जटाधारी वृक्षों सी, लम्बी प्रपाती दाढ़ी, गहरी, शान्त, प्रशान्त, दुखी, प्रेमी, आँखें।

पर यह ग़लत है। बुज़ुर्ग का उमर से वास्ता नहीं। उमर का बुज़ुर्गियत से नहीं।

बुज़ुर्गों की वाणी ध्यान से सुनो। सारगर्भित बोल उनके। सदियों का सहेजा ज्ञान उनका। चिरंजीवी साधना उनकी।

पर यह ग़लत है। सदियों से उनका कोई लेना देना नहीं। ज्ञान से ही उनका कोई लेना देना नहीं।

हमने सब टटल बटल कर दिया है। बाज़ ज़माने ऐसे ! ज्ञान ध्यान पीढ़ियाँ रूढ़ियाँ बुद्धि तत्त्व। सुनाता हूँ, सुनोगी ? सूचना ज्ञान नहीं होती, न ज्ञान दृष्टि। और दृष्टि आती है अनुभव के विवेक से, जो आता है बुद्धि से, जो इन्द्रियों से उपजती है न कि दिमाग से और होती है तीन तरह की – कुबुद्धि, सुबुद्धि और बुद्धिहीन।

सुनाना यह चाहता हूँ कि बुज़ुर्गवार होते हैं हर ज़माने के ज़माने जैसे। उनकी उम्र उनका रूप ज़माने की आँख दाढ़ी अनुरूप !

मैं और वह इस ज़माने के बुज़ुर्ग ! धुएँ का कश खींचा और अनन्त तक गश खाया। चाहे उम्र तीन, चाहे अट्ठारह, हम बराबर। चुपचाप सुनना, चुपचाप देखना, बिना कुछ कहे बहुत कहना, दुखी होना, दुखी

होना, दुनिया को अपनी पकड़ के बाहर फिसलते देखना, ज़िन्दगी को किनारे खड़े, मझधार में गोता मारते देखना, रह जाना ख़ाली जगह में जहाँ कुछ भी हो सकता है पर कुछ भी होगा क्या ?

और लोग ? बुज़ुर्गों को कान देनेवाले ? उनमें न कुबुद्धि, न सुबुद्धि, न ही वे बुद्धिहीन। वे प्योर ब्रीड, नस्ल-ए-असील, ख़ालिस निर्मम हीनबुद्धि। जो सोचते हैं कि वही पुराने वृक्ष हैं बुज़ुर्ग और क्रिया वहाँ है जहाँ हरकत और मतलब वो है जो शब्द।

पर ऐसा कहाँ ? मतलब, बड़े, सयाने, कहानी, क्रिया, कहीं और। हरकत के पीछे, शब्दों से ढके। ब्रह्मांड में छितरे टुकड़ों के आर या पार भटकते। जुड़ जाएँ टुकड़े तो बन जाए पूरा समूचा इंसान। न जुड़े तो ब्रह्मांड को ही झरहरा बना दे। झरेगा बुरादा वहाँ का लाल लाल चींटियाँ बनकर तो दर्द का खसरा मेरी त्वचा पर फैल जाएगा और मैं चाहूँगा घुस जाऊँ किसी बन्द बक्से के शीतल अतल में अपना बचा खुचा सहेज कि कोई न छेड़ पाए मुझे।

20

तुम्हें मालूम है ? क्यों मालूम होगा ? मौत से तुम्हारा साबिका क्या ? पर साबिका उन्हीं का नहीं जो मौत के घाट उतर चुके हैं और जन्नत जहद्‌दम या किसी तीसरी जगह जा लगे हैं माई डियर, वरन् उनका भी जो मौत में बहते अपने जिगरी को देख उसी के आस और पास और आर और पार चकराते रहते हैं कि कूद आएँ या उसे निकाल लाएँ ?

क्योंकि, समझो समझ सकती हो तो, कि मौत एक बाढ़ है। और जब बाढ़ ग़लत सलत वक़्तों में आ जाती है जैसे बम के दिनों में तो जीनेवाले मरनेवालों में ऐसे उलझते हैं कि वे भूल जाते हैं कि जो गया वह तो मछली है और हम तो बन्दर हैं। हम उछल के पेड़ पर चढ़ गए – इस सभा और उस सभा के – और बार बार निकाले ला रहे हैं उस मछली को पेड़ पर और तस्वीर में, टोपी पहना के, तो कभी मोमबत्ती की लौ में, उसकी आज की उमर देके, उस मरे को जिला के, फिर मारने !

न मैं, न मेरा यार, जान रहा है क्या कर रहे हो तुम हम दोनों को यह टोपी पहनाकर और मोमबत्ती तो मैं नहीं फूँकता मगर केक ज़रा सा खा लेता हूँ !

"चलो," बाप सभा पूरी होने पर मुझसे बोले। "कितना बड़ा परिवार उसने हमें दिया है," सभावालों से बोले।

कोई मुझे टॉफी दे रहा था तो उससे बोले, थूक देता है, कुछ खाता नहीं, डोंट वरी, मेरा हाथ पकड़ के बोले, बाज़ार से दिला दूँगा अभी

गुब्बारा वुब्बारा।

हम सभा से बाहर निकल आए उन इशारों के बीच जो मेरी उम्र से बहुत गुना ज़्यादा होते रहते हैं। यही है वह, वही है यह। मैं बाप की आड़ रखता हूँ, सटा सटा बिना छुए। हाथ उन्होंने मेरा पकड़ा हुआ है।

बाज़ार पहुँचकर छोड़ देते हैं।

वे गए अपने अन्तरिक्ष में। गुब्बारा भी नहीं याद। नहीं याद न ?

मैं सिटपिटाई नज़र दुकानों पे दौड़ाता हूँ। हैं भी तो लिफ़ाफ़े में सील्ड, हवा बिना, पिचके चुचके होंगे।

चोर नज़र बाप पे। फुलाने का इरादा हो गया काफ़ूर ?

बाज़ार जगमगा रहा है। सूरज धूमिल और बाज़ार झिलमिल ! दिन अँधेरे और रातें चमचम !

क्या मज़ा बाज़ारों की चौंध का कि मैं उसमें तिनका सा हो जाता हूँ। अँधेरे का तिनका जो भड़कीली बत्तियों में क्यों आवे नज़र ? लोग भी नहीं घूरते इन शॉपविंडों के रहते। उनमें लगी चीज़ें चुम्बक हैं। सब चल रहे हैं पैर इधर, आँखें उधर। अमरीकी मॉडल यहाँ भी आ गया ? यह आदिवासी डिज़ाइन है, अजी सोसायटी में जो क्रीम है – क्रेम द ला क्रेम – उनके घरों में यही शान माना जाता है।

ठैल पैल और ठैल पैल !

मैं अकेला, ओझल, अपने अतल में। आँखें मेरी चूल पर जो पूरा घूम लेती हैं – अन्दर को हैं पर बीच बीच में 'स्विवेल' करके बाहर, कि ख़बरदार, होशियार, गुब्बारा वुब्बारा तो नहीं मटक रहा, गोल वोल, फटने फूटनेवाली चीज तो नहीं डोल रही ?

रहता आया हूँ ऐसे ही अपने अन्दर। रोना, हँसना, बोलना ढुके पड़े वहीं कि जब तक ऊपर पहुँचने का रास्ता तय हो, उनका लम्हा पूरा हो चुका हो !

मैं लोंदा हूँ ! कि बुद्ध हूँ !

लिये बढ़ता हूँ वही मंज़र ! एक गोला जो छिपा कोने में रखा है, बाक़ी ख़ालीपन, ख़ालीपन, ख़ाली, आस लिये पड़ा है गोला, बढ़ती आस,

ललचती आस, कि इतनी ख़ाली जगह है, ख़ाली क्यों रहे, ख़ाली क्यों छोड़ूँ, क्यों न बढ़ता आऊँ, लुढ़कता आऊँ, फट पड़ूँ और सारे में उड़ें चिन्दियाँ जैसे मेले ठेले में झंडियाँ, पन्नियाँ, गुब्बारे।

डर भी, आस भी ! दोनों की ठोकर और बाप से टकराता हूँ। गिरता हूँ, मिट्टी से सन जाता हूँ। एक गाड़ी गुस्से की पीं पीं बजाती है।

"देखते क्यों नहीं ?" बाप फटकारते हैं।

इस पर कि उन पर गिर पड़ा ? इस पर कि गाड़ी से बच गया ? वे बताते नहीं।

बच गया। फिर बच गया। बार बार बच जाता है।

21

इसलिए दौड़ पड़ा मैं घर देखकर। घंटी बजाई, हाथ उस पर दबाए रखा।

चौंकी होगी माँ ? उछलकर आई होगी ? दरवाज़ा खोल मुझे देखकर हड़बड़ाई होगी ?

तुम ? बोली होगी ?

और कौन ? मैंने कहा होगा ?

किसे याद बार बार के संवाद ? किसे याद क्या लबों से निकला, क्या भीतर घुमड़ा ?

हर रोज़ की हाजत का रिकार्ड किस दफ़्तर में होता है ? अब तो सारे बम, सारे बलात्कार, सारी चोरियाँ, सारी कटाकटी भी दर्ज नहीं होती। कितने पहाड़ दरके, कौन से पेड़ भुरभुराए, कितनी बूँदें हमारी नदी तक बहने न दी गईं, किसने हिसाब रखा ?

और क्या वह घबरा के कभी कीचड़ में नहीं गिरा होगा या मैं ही बस मिट्‌टी का बना हूँ, बाप को सुनकर पूछ सकता था ?

बाप बोले कि बिना देखे चलता है जैसे वह भी नहीं आता, हाथ पाँव धुला दो।

जाति सभा की ख़बर इतनी दी और माँ ने इतनी ली ! अभी क्रिया कर्म की बात नहीं उठी थी और डब्बा मय उसके, मेरे यार के, माँ की लॉकर में महफ़ूज़ था।

मछली, मेरा यार, मानती हो ?

माँ ने मुझे गोद में उठा लिया। निराशा से। मेरी टोपी उतार के

फ़ोन के पास रख दी। बाप को पहनाने उतारने से मतलब नहीं, मैं अपने से कुछ करता नहीं, तो जातिवाला गुड्डा आया था घर।

माँ की आवाज़ दूर मछलियों की कोटरों से आती है। किसी की याद में फँसी फँसी। जहाँ भी हो माँ, यहाँ नहीं है, इस तरह मेरा सिर उसकी गर्दन में खोया पड़ा।

गई माँ मुझे मेरे कमरे में बिठा के और मैं लेट गया। उसके बिस्तर पर, उसकी पसन्द के रंगों से घिरा, उसके कम्बल को मैला करता। सामने लगी तस्वीर में वह संजीदा हो गया था और घूरता था मुझे।

मैं भी घूरता था उसे। एक पल, एक महामंडित जगह में, साथ रह चुका है हमारा। हम दोनों हैं मैन ऑफ द स्पॉट ! तभी से हम दोनों चुप रहने लगे हैं, टोपी पहना दो तो, न भी पहनाओ, तो !

"अरे लेट गए," माँ ने खौलता पानी पास रखा और कम्बल हटा के मेरे कपड़े खोलने लगी। लाल लाल चकत्तों पर बचाती हुई, .ख़ुद उन पर टीसती सी सी करती हुई। "रोज़ रोज़ झटकती हूँ, कहाँ से बुला लाता है यह चींटियाँ ?"

तौलिया भिगोकर, निचोड़कर, मुझे स्पंज करने लगी। मैं आँखें मीचे जैसे सच मैं ही बक्स में हूँ और माँ मेरे टुकड़ों के बीच सरकती सहलाती है।

खिड़की बन्द रहती है कमरे की। मैं बक्स में पड़े रहना चाहता हूँ।

"खाना तो पड़ेगा।" माँ खाना पास लाकर बोलती है। अभी भी वह मुझे खिलाती है। "खाना तो पड़ता है," वह जीवन का चलन बताती है। "स्वाद भी आने लगता है।" इलज़ाम भी, दिलासा भी। "बोलना पड़ेगा, बोलना पड़ता है। सब करना पड़ता है।" धमका रही है। "अच्छे से करना पड़ता है।" कोई अट्ठारह तक करता है, कोई करता ही रहता है। "वह सब जो किया था और वह सब भी जो नहीं कर पाया।"

वह आवाज़ मुझे बक्से से निकाल देती है। हम दोनों रोने न लगें

ऐसे देखता हूँ।

"कैसे देखते हो तुम ? कुछ है ... कुछ है ... तुम्हारी आँखों में ... वैसा ही ... वैसे ही देखते हो तुम।"

उसी की तरह जो मुझे घूरता है, जिसे मैं घूरता हूँ, अकेले कमरे में !

22

यही कहना चाहता हूँ मैं तुमसे हाँ यही, मैंने कहा उससे, जो आएगी यहजोभीहै में, कहना चाहता हूँ तुमसे हाँ। सब कुछ कह देना चाहता हूँ, कृतज्ञ नेत्रों से देख रहा हूँ, देखो। बताने को बहुत कुछ है बताने पर आ जाऊँ तो। और इसमें अजूबा कुछ नहीं है क्योंकि हर किसी की ज़िन्दगी में यही है कि वे बातूनी हो जाएँ, बातूनी होना चाहें तो।

पर, सुनती हो न, मैंने उसका ध्यान तस्वीर से इधर खींचा, बता दूँ कि बातूनी तरह तरह से हुआ जाता है। कोई बोलकर बातूनी है, कोई, जैसे मैं, ख़ाली जगह से आया, और माँ, कोटरों में डूबी, और बाप, अन्तरिक्ष में, और वह समूचा, सलोना, अपने टुकड़े पिटारे में बन्द रखनेवाला, हम सब चुप रहकर बातूनी हैं। चड़ बड़, चाँय चाँय, चकर पकर, हमारी खाल के पीछे और हमारे बोल से बजकते हमारे टुकड़े ! दिखते हम यहाँ हैं जहाँ हम चुप दिखते हैं, हैं हम वहाँ जहाँ हम उछल कूद मचा रहे हैं। कल में गोते खा रहे हैं ! कल जो गया। बाय बाय ! जिसके लिए एक शब्द है – अतीत।

अ-ती-त, कहने में होंठ खोपड़ी से जुदा लटक जाएँ, भारी भरकम अ-ती-त !

यों इसमें कुछ भी अजीब नहीं, मैं बुज़ुर्गाना प्रवचन बाँचता रहा और वह नर्मी से सुनती रही। आज के लिए शब्द ही हल्का है। व-र्त-मा-न। पता भी नहीं चला और फिसल आया !

वर्तमान में सुबह होती है, जहाँ हो वही होता है फ़र्स्ट लैंड ऑफ द राईज़िंग सन। अज़ान, घंटे, बाँग, प्रभातफेरी, घंटियों के स्वर आते

हैं। कुड़बुड़ा के सूरज निकलता है। मैदानों में योग, ताईची, सामूहिक खखारती हँसी की वर्जिशें, चलती हैं। स्कूल बस, कूड़ागाड़ी, सड़क छेकती हैं। ठेले टोकरियाँ, फल भाजी, दूध मछली, रेतती आरियाँ, ड्रिल, धूप हड़पती दीवारें, दौड़ लगाते हैं। उबाऊ वर्तमान, ग्रे ग्रे, सपनों से सूखा।

पर अतीत ? भारी, भरा भरा ! सब उसमें। बारूद भरपूर। जिसके उड़ने से फ़व्वारे फूटते हैं, आग बहती है, मैंने कहा, और बुरादा झरता है आज पर। उड़ता आता है, उस भारी भरकम अतीत से, आज की हवा पर, धूल सा लटक जाने, शहरों पर छा जाने, हवा में उड़ते सपने और बीज और फल और फूल और भौंरे और पखेरू को भुसे हुए कुम्हलाए पंखों में बदल देने, ग्रे ग्रे में सब छिपा देने, अतीत, यह अतीत, हाय अतीत !

अतीत जो आज में आ जाए तो केन्द्र से अलग कर दे। बीचोंबीच जहाँ आज की धुरी है, उससे अलग, हमें, गए में, सरकने भटकने खिसका दे। आज के चुलछल्ले पर आज अलग भँवराए और हम अलग किनारे में भचक भचक रह जाएँ !

बहता चला गया मैं, बरसों बाद फूटे प्रलाप में। किनारे से सरकते आते अपने अतीत के संग।

कैसा खुला जा रहा हूँ मैं तुम्हारे साथ, उन्मत्त प्रेमी सा मैं बोला। ओह ! ओह ! कितना। हर जगह, हर तरफ़, रोम रोम में। औरत की तरह क्या ? तुम्हारी तरह क्या ? मैंने शरारत से उसे देखा, शरारती बना रही है वह मुझे ! फट जाना चाहता हूँ देखो, मैं बोला। बाँध की तरह।

बम की तरह, वह बोली, नटखट मुस्कान से। नटखट बना रहा हूँ मैं उसे !

हाँ, बम की तरह। ग़लत कहाँ कहती हो तुम ?

नागासाकी में एक बार बम फटा था और बैंक के बाहर एक आदमी बैठा था, इन्तज़ार में कि बैंक खुले और जा पाए वह अन्दर अपने काम से। उसे क्या पता था कि जा पाएगा वह पर कहीं और अपने काम से ? उसे कभी पता चला ? नहीं। वह बस उड़ गया और

बाक़ी दुनिया को पता चला। आज भी हिरोशिमा म्यूज़ियम जाके देख सकती हो कि यही है वह सीढ़ी जो अब ख़ाली राख की एब्स्ट्रैक्ट कलाकारी है और जिस पर, सुन रही हो, सुनो, जिस पर एक अकेली ख़ाली जगह पड़ी है जो नहीं जली चूँकि उस पर वह बैठ गया था उसे बचा लेने? वही जो हवा हो गया।

क्या इसीलिए छूट जाती है ख़ाली जगह? उसमें रह जानेवाला बचा लेता है ज़रा सी जगह मटिया मसान दुनिया में? हवा जो उस ख़ाली जगह से उठती है छिपाए होती है कोई सपना ... कोई बीज ... कोई जुगनू? कोई नाम कि पता चले कौन है ... क्यों ... क्या है? है ...?

23

बड़े होने लगते हैं बच्चे। जो जी रहे हैं वह भी, जो मर गए हैं वह भी।

अँधेरा .खुद एक तरफ़ हो जाता है और लाल सूरज लहलहा के आता है। खेतों में फ़सल, नदी में पानी, पहाड़ पर बर्फ़, सड़क पर युवक, साइकल की घंटी, बिस्तर में तन मन, गाने लगते हैं। घास पर लोटना पड़ता है, पत्तों के झरहराने में रमकना पड़ता है, पकौड़ियाँ हड़बड़ हपक मुँह में ठूँसनी पड़ती हैं, जिस पर डाँट पड़ती है, बस, और नहीं, कढ़ी किससे बनेगी, तो हुँकारना पड़ता है कि बाप भी दौड़े आएँ और बेटे के संग पकौड़ियों को सताएँ और हँसी, जिसे आता है सबको सच सच हँसाना, उग आती है, माँ और बाप और बेटे के उस शहर में, जो होता है मन के भीतर।

जब आते हैं क़ौमवाले, स्कूल वाले, संगीत बैंडवाले और बाप बोलते हैं जैसे जो चला गया है, है वहीं, उनके बीच, उनकी तरह फ़र्र फ़र्र बोलता।

और जो है वह नहीं है उस लम्बे चौड़े परिवार में जो उसने दिया है !

''बहसिया बहुत हो तुम लोग !'' बाप कह रहे हैं उसके दोस्तों से पर असल तो किसी और वक़्त में जाकर उसी से, चटाख़् चटाख़् ठहाका सा कुछ मार, उस पल को टूटने न देने के हौल में।

सब उपस्थित ऐसे पलों को टूटने नहीं देना चाहते। बेवकूफ़ ज़माने में जब बेमौत मौत होती है तो उपस्थित जन में प्यार और दया उठती

है। बाप की बातें और उपस्थित जन की बातें, बुनकर की तरह उस पल को रेशम के नाज़ुक खोल में बचाती हैं।

हँस पड़ा है कोई सतर्क साथी। अतिरिक्त ज़ोर की हँसी। रेशम के खोल को चिथाड़ न दे ऐसी पलटी, ख़ौफ़-खायी हँसी।

''आपसे सहमत न हों तो बेकार बहसिए हैं हम ?''

''न्न ... अ ... बिलकुल नहीं।'' बाप भी पलट पड़े।

''जनतान्त्रिक धमाल ज़िन्दाबाद।'' युवक छेड़ते हैं। ''तानाशाही चैन अमन मु ...।'' ठिठक जाते हैं। मुर्दाबाद कहने में ज़बान लटपटा गई।

जिसको ख़याल आ गया उसकी ज़बान लटपटा गई। याद एक ऐसी जो छाई होती है पर यह ऐसी कि कौंध जाती है !

बहस चलती है सँभल सँभलकर कि पुराने मतलब ना उकेरे। बाप बोलते हैं बढ़ चढ़कर कि याद छाए तो सही पर आए नहीं !

माँ चाय और पकौड़ियों में महदूद, मैं सीढ़ियों में उलझा, बाप उसके संगियों में।

''पड़ गए न ठंडे,'' उमग कर कहते हैं।

फिर कोई और मतलब सभा को ठेस लगाता है !

यह लोग जो आए हैं चले जाएँगे। शब्दों के गुनह रेशमी डोरों को उधेड़ना चाहेंगे। भीतर का शहर बुझने लगेगा। उसकी लहलह को जाते देख बाप डर जाएँगे और जल्दी जल्दी बर्तन रसोई में पहुँचाएँगे।

माँ की पीठ उनकी तरफ़ है। औरत का जिस्म है यहाँ। है यहाँ ?

बाप ने हाथ लगाया। औरत के तन पर हाथ फिसला। शायद कोई कसमसाहट लौट आए, टुकड़े बटुर पाएँ ? पर छुअन कहीं पता ही नहीं चल रही है। हड़बड़ाए हाथ औरत की कमर, नितम्ब, योनि ढूँढ़ने लगे। माँ उनकी तरफ़ घूमी। उसकी आँखें चोट खाए जंगली जानवर की कंचों सी आँखें और रह रहकर उनमें बारूद की तरह कुछ फटता रहा। जिसकी चिन्दियाँ पुतली पर चिंगारियों की तरह उड़ीं, फिर सन्नाटे में लुप्त हो गईं।

कुछ नहीं जुड़ रहा, कोई सिहरन नहीं उठती, हाथ देर तक एक तन पर फिसलते रहे जैसे मरने के उपक्रम में व्यस्त, बूँद बूँद, कण

कण, डोर डोर, मरते गए, मरता गया, उस निर्जीव पड़ते तन पर गुम सुन्न। कुछ नहीं बचा। सिवाय माँस की ज़रा सी लोथ, बाप की टाँगों के बीच, उनसे, उनके टुकड़ों से, उनकी मंशा से, अछूता, शहर में विकृति सा उगता।

उस शहर में जो बाहर था, जहाँ सवेरा कहते थे एक धुँआए, ग्रे ग्रे, बेनूर सूरज के चढ़ने को।

24

उस मटमैले सूरज से मिलती हैं इस शहर, इस ज़माने को अपनी सूक्तियाँ, अपने मुहावरे, अपने बुज़ुर्ग। जहाँ झूठ की परत खोलो तो सच नहीं, एक और झूठ खुलता है। झूठ कि वह ज़िन्दा है और झूठ कि वह मर गया। और मैं भी !

इसलिए उचक जाएगी निगाह हर चिड़िया को देखकर क्योंकि उसी की तरह उसके भी पंख हैं !

इसलिए पोसा जाएगा यह झूठ कि वह ज़िन्दा है, क्योंकि मरा मानते ही वह रीसरैक्ट हो जाएगा। बस, इस गुत्थी को सुलझाना तर्क कर देंगे माँ बाप और झूठ पर झूठ पर झूठ में बसरते रहेंगे।

या सच पर सच पर सच में।

सच भी झूठ है इस ज़माने में और दोनों की तोड़ मरोड़ एक सी हो चुकी है और उसी में चलेगा बचा खुचा मेरे माँ और बाप का और मेरा।

और उसका। दीवारों में जड़ा झाँकता अपनी ज़िन्दगी के मुसलसल रिहर्सल पर।

उसका लम्बा सुडौल जिस्मानी रूप है। शीशे के पीछे माँसल सम्भावनाएँ गुमेटे।

उसकी बेआवाज़ टेर है कि आने दो मुझे या फिर जाने ही दो।

क्योंकि बोले न बोले और मैं बोलूँ न बोलूँ या उतना ही बोलूँ जितना ज़रा सा कभी कभी बोलने लगा था और अक्सर ज़बान बन्द रखूँ जैसे उसकी उसके डब्बे में, तो भी देख रहा हूँ यह कि घर एक

गुफ़ा है।

गुफ़ाओं में बत्तियाँ अँधेरे को बढ़ाती हैं। गुफ़ाओं में धमाचौकड़ी होती है तो दीवारों पर दैत्य पिशाच परछाइयाँ बन नाचते हैं। गुफ़ाओं में मरे और जीवित अदल बदल जाते हैं और हाड़ माँसवालों की आँखें पलट जाती हैं और तस्वीर वाले की जीभ लपलपाती है। इस तरह रुलमिल जाते हैं ना और हाँ कि तस्वीर के शीशे के इधर भी तस्वीर, उधर भी तस्वीर और दोनों तरफ़ गुमान कि तस्वीर तो आप !

चुपके चुपके देखते रहना। मन्द मन्द पीछे सरकते हुए जाना। छिप जाना, फिर निकल आना, यही कार्यक्रम इस गुफ़ा में।

चुपके चुपके बढ़ते जाना, बेखाए, बेबोले, और जैसे चार के हुए तभी उन्नीस के भी, वैसे ही पाँच के तब बीस भी और छह तो इक्कीस भी और सात तो बाइस, आठ तो तेईस, नौ तो चौबीस, दस तो पच्चीस, ग्यारह तो ताड़ सा निकल आओ और सत्ताइस तो भी तस्वीर में अट्ठारह, तेरह तो होंठ भींच के चींटियों में घुस के पड़ी लोथ बनना नामुमकिन हो रहा है, उनतीस पर भी झेंप बरकरार और पन्द्रह हो तब तो निरी आवाज़ें बन्द गुफ़ा की बरसों से चिर परिचित और खड़के से ही जान जाओ कि फिर खोली माँ ने लोहे की बड़ी अलमारी और छू लिया है रोज़ की तरह आज भी लॉकर में रखा पिटारा।

25

इस तरह के गुमशुदा लोग। जो घर में बैठे बैठे गुमशुदा हैं ! अपने अते पते से बेज़ार। कौन हैं, क्या हैं, क्यों हैं, जितना पूछो उतने गुम हो जाएँ ! जनाब, कोई हिन्ट तो दीजिए नहीं तो कैसे पहुँचाए आपको आपके ठौर ठिकाने तक ? नाम का ए बी सी बताएँगे, काम का क ख ग, आगे हम छानबीन कर लेंगे ? हाँ तो फ़रमाइए।

गुमशुदा लोग। उड़े उड़े। बोल कम बुलबुले ज़्यादा उड़ाते हैं। नाम ? शायद बाप। या माँ। पता ? बेटे के आसपास कहीं। काम ! अजी काम क्या करते हैं, छोटा मोटा बिज़नेस समझ लीजिए, बच्चे की हिफ़ाज़त का ठेका है।

अमाँ कैसे मदद करें आपकी ? टेलीफ़ोन डायरैक्टरी में ये नाम तो हर पन्ने पर है, युग बीता जाए फ़ोन करते रह गए ! दुकान भी इसी की हर दूसरे शख़्स की ! यह तो सुराग ऐसा कि समुद्र के किनारे रहते हैं और आसमान के नीचे !

इस तरह के गुमशुदा लोग। हम। एक साथ, अकेले अकेले।

शायद वहीं।

जहाँ बम ने छितराया।

फिर वह पल हमेशा के लिए थिर हो गया। वही पल जीवन। वही पल सार्थक। बाक़ी बेहोशी।

और इन्तज़ार कि कट जाए बाक़ी। बेहोशी के दिन। रात। न रहें गुमशुदा, न बजे गुम !

पिचके हुए गुब्बारे हवा के इन्तज़ार में। ऐसे पड़े हैं गुमशुदा लोग !

उस दिन अख़बार में फिर वही सुर्खियाँ। बम फटा, कुछ उड़े, कुछ धराशायी।

इन सुर्खियों को देखकर हम आपस में मशवरा नहीं करते पर ज़राज़री हवा गुब्बारों में घुस आती है। आज घंटी बजेगी। स्कूली दोस्त आएँगे। क़ौमवाले भी आने लगे हैं। सर्वधर्मसभा वाले शक्ल दिखाएँगे। किसी नए को भी आने की सूझ जाती है। पत्रकार, शोधकार, कैसे कैसे तो हमदर्द हैं, दिलचस्पियाँ हैं। कितनाबड़ापरिवार जो उसने हमें दिया है, है, और फल फूल रहा है।

मैं उसके पजामे में हूँ और माँ उसकी पसन्द का बीज से भरा फल मुझे खाने को उकसा रही है। कहती है कि एक दो फाँक से ज़्यादा वैसे भी कहाँ खाना है, बीज से पेट में दर्द होता है, खाओ।

माने पेट भी उसके जैसा बना लूँ कि बीज की भीड़ हो तो मरोड़ उठे !

मुँह में लेकर भूल जाता हूँ। ये मेरी गुम होने की आदत !

इतना बड़ा हो गया, माँ गाल पर चपत लगाती है, पर अभी तक खाना नहीं आया। जैसे दाँत नहीं, पोपला मुँह बुढ़ऊ है, बीच मुँह में दबा लेते हो। "साइड पे लाओ साइड पे, दाँतों से कूचो।" चपत चपत। हल्की फुल्की।

घंटी बजती है। गुब्बारे फूल रहे हैं। उसके दोस्त आए हैं, उसकी पसन्द की मछली लेके कि माँ बनाएगी।

इस तरह प्यार से उसे याद करें और .ख़ुश हों।

"अरे वर्ल्ड सौकर नहीं देख रहे," बाप से कहके टीवी लगा देते हैं।

इस तरह याद से उन्हें अलग मोड़ दें और दुख से।

याद करो तो याद, न करो तो याद ! बम से टकराने की यही फ़ितरत। एक झटका लगा और याददाश्त हिल गई। अब टक्कर लगती है तो आ जाती है मगर जाती है तो जाती नहीं, छा जाती है भूली सी। या आई या छाई !

क्योंकि दुनिया बहुत बड़ी है और बम हैं तरह तरह के। बोतल

में भरके बर्फ़ फ्रीज़र में रख दो तो बौम्ब, बीयर कैन में डाल दो सल्फ़र तो भी बौम्ब। नानो बौम्ब, डर्टी बौम्ब, एटम बौम्ब, क्लस्टर बौम्ब, कहाँ तक नाम लें ? धुएँ के भी बौम्ब, आर डी एक्स भी और गुब्बारा बौम्ब भी, नाम फ़ुगोस। रेशमी गुब्बारा, हाइड्रोजन से भरा, सौ फ़ीट का व्यास लिये, उड़ता हुआ आता है, पैराशूट पर, लुभाता पिकनिक मनाते बच्चों को जो दौड़ जाते हैं उससे खेलने जैसे ही वह पास उनके फुदकता है और खेल जाता है वह उनसे।

वैसे मैं नहीं कहता, ज़माना कहता है कि बौम्ब होते हैं डम्ब बौम्ब। यही नामकरण हो गया है, सच्ची। लेकिन यह मैं कहता हूँ कि डम्ब कुछ भी बड़ा मासूम होता है। दूसरे के धक्के पर लुढ़कता चला जा रहा हूँ, मैं हूँ बम, मैं हूँ बौम्ब ! मेरा वज़न 113 किलो। और मेरा वज़न 97 किलो भी पर उड़ लूँ तो ढेरों फुटबॉल-क्रिकेट के मैदानों में एक झटके से फैल सकता हूँ। पर मैं एकदम भोला। नाम मेरा डेज़ी कटर। लगे रहो ज्ञानिकों, विज्ञानियों, मुझे लेज़र और मिसाइल और न्यूक्लियर तरक़ीबों से स्मार्ट बौम्ब बनाने में, रहूँगा मैं डम्ब, मैं हूँ डम्ब ! कहीं पे निगाहें, कहीं पे निशाना, कैसा ये कैसा, दीवाना है ज़माना ! सीधे और सादे और मासूमों की तरह कभी जीत जाऊँ, अधिकतर हारनेवाला मैं हूँ डम्ब बौम्ब। कि जिन्हें मारने चला उन्हें नहीं मारा और इतना ही नहीं, फटने चला और फटा नहीं।

इसका मतलब समझती हो ? मतलब कि फैले हैं दुनिया भर में, मासूम, असफल बम, कहीं ज़मीन के नीचे, कहीं गुब्बारे, दवा या खाने के एयर ड्रॉप्ड पैकेट दीखते कि बम जितना नासमझ एक पैर आ जाए, या हाथ, या हँसी, और उड़ जाए।

और। चलते चलते उनकी भी सोचो जो ह्यूमन बौम्ब हैं जो फट नहीं पाए हैं ...। अभी ...।

26

तो हैरानी की बात क्या कि जहाँ इतने लोग चले जाते हैं और थोड़े रह जाते हैं वहाँ इतने संगी साथी चले भी आते हैं ? बम की दावत कह लो इसे ! बम बनाने की निरी विधियाँ ! पेश करने और खाने की भी।

न ही हर रेसिपी में बम बौम्ब ही लगेगा। चावल पुलाव भी, खीर भी, पापड़ भी, दोसा भी, लेर्ई भी ! बड़े बुझौव्वल हो तो बूझो।

बस इसी तरह बम को बम ही न समझो। बड़ा है तो शायद पिछड़ा है, छोटा है तो शानदार। बम आइन्स्टाइन है और ज्ञान है, तरक्की है और बिजली, पानी, फ़सल है। बम मुल्क का बॉर्डर है, बम सुपर पावर है, बम जाहिल जपट है। धरती को भेदता है, आकाश को छलनी करता है। डराता है पर ओहो, आतिशबाज़ी का हसीन मेला है। कौन उड़ाते हैं बम ? आदमी औरत शिक्षित गँवार लट्ठमार कम्प्यूटर-विज़र्ड राजे रईस देव दानव क़ौमवादी राष्ट्रवादी स्वप्नवादी निराशावादी विदेशी अन्तर्देशीय अन्तर्राष्ट्रीय छूत अछूत बन्दर भैंसा मैं या कोई और, कौन जाने, कौन जानता है इन बातों को और इस पर बात ही कहाँ होती थी, बम तो भीतर लापता बैठा था, भारी भरकम अतीत में, बाक़ी ख़ाली जगह और गुमा वर्तमान जो रुका था, रुका था कि खिंच आए गोला इधर, कर दे चिन्दियाँ आज की भी, हो जाऊँ मैं भी सार्थक।

होती चली जा रही थीं अख़बार की सुर्खियों की बातें और कुछ न कुछ मैं भी गटक रहा था और बहुत से बम थे और बहुत से भाषण और उनके पीछे अनकहा वह और अनछुपा वह। टुकड़ेवाला। तस्वीरवाला।

और कब आती हैं यह बातें समझ में, बाप बेसुद्ध बोल रहे थे, न काल न जगह के क्रम में, कि आख़िर कब आती हैं ऐसी बातें समझ में ...

कैसी बातें, मैं पूछता तब बोलता होता तो !

जब आपका बच्चा जो क़ौम का गौरव था ...

कौन, किस, कैसे, पूछता, अगर पूछता !

अपनी आहुति देता है। सुन्दर सलोना बेटा अपना भविष्य लुटा के देश और क़ौम और मानवशान्ति के लिए क़ुर्बान हो जाता है।

तस्वीर ने पुकारा, मैंने देखा। उसका धुपधूप साफ़ चेहरा, इन बातों को ऐसे सुनता कि जैसे किसी अनजानी ज़ुबान में उसके आगे पटर पटर बातें हो रही हैं। यानी न सुनता !

माँ ने पुकारा। मैं गया। वह कुछ करने कराने लगी कि जैसे क्यों सुनता हूँ चुपके चुपके वह बातें या जैसे कि क्यों नहीं सुनता चुपके चुपके उसकी बातें ? जो वह फुसफुसा के कह रही थी पर गुस्से से। एक पल के लिए भक से आकर अपनी आँखों में, जिससे चमककर तैरने लगी मछलियाँ। कि क्या देखा था किसी ने उसे उस कैफ़े में, तुम तो थे वहाँ, था वह वहाँ, देखा तुमने, और इतने जो घायल हुए सबकी पहचान हो गई थी क्या, और जिनके ज़ख़्म ठीक हुए और उठकर वह चले गए बिना अपनी शनाख़्त लिखवाए उन्हें खोजा किसी ने, और किसने देखा उसकी काया को ग़ायब होते, ऐसे कोई उड़ जाता है क्या, अरे लोहा थी उसकी काया, क्या मैं नहीं जानती माँ हूँ मैं उसकी ... ?

वह मुस्कराई। गोद में मुझे बिठाकर। मेरे चेहरे को हाथों में लेकर ग़ौर से देखते हुए। मछलियों का तैरना जब थम गया तब उसने मेरा सिर अपने कन्धे पर टिका लिया और झुलाने लगी जैसे सुलाने को। कानों में मेरे बोलते हुए। "क्या देखा किसी ने उस डब्बे में क्या था ? डब्बा तो सील्ड था। कुछ नहीं था उसमें। डब्बा तो ख़ाली था। तभी तो उसका क्रियाकर्म नहीं हुआ।" फुफकारी माँ।

मुझे लगा अँधेरा है और मुस्करा रही है माँ। मुस्कराती जा रही है माँ।

27

बात सोलहों आने सच। इंटरव्यूज़ की कतरनों में, अभी भी सलामत बमवाले परिवार का वह डब्बा, अभी भी माँ की लॉकर में बन्द है। माँ उसकी बात नहीं करती और फ़ोटो खिंचाने के लिए भी उसे नहीं निकालती। बाप को अलबत्ता क़ौमवालों की गुज़ारिश रास आ गई है कि पूरे संस्कारों के साथ डब्बे को रुख़सत करिए। मैं चुप हूँ और कतरनें कहती हैं क्यों न हो दब्बू बेचारा और माँ अकेले मुझे पाकर पूछती है नहीं न और वैसे कहाँ हूँ मैं दब्बू, बस भीतर हूँ, कि ऊपर तक आने दें उसका वक़्त नहीं आजकल किसी के पास और इल्लत है कहते हैं बाप, न जाने मुझे या मेरे न करने, न बोलने को, और डब्बा माँगते हैं।

लड़ पड़ते हैं दोनों।

उन्हें लड़ता सुनता हूँ तो धीरे धीरे सीढ़ियों पर पीछे सरकता जाता हूँ, बिना देखे सिर सहारा टोहता है। दीवार से जा लगता है और पीछे पीछे पीछे टीसता है जैसे दीवार में .ख़ुद को चुनवाने पर आमादा।

ग़लत था कि न उसके जन्म पर न फिर कभी – न फिर कभी, बाप कहते हैं ! – कोई प्रथा मानी, कोई कथा की।

तो अब डब्बे को रस्मों से सराबोर कर दें, इसी की लड़ाई है, समझ रहा हूँ। माथे पर दोनों हाथ दबा देता हूँ जैसे ज़ोर देकर सिर ईंटों में डाल सकता हूँ। धमनियों में बहता ख़ून पथराने लगता है।

मेज़ सीधी रखो। माँ का स्वर ठंडा आता है। विदाई का स्वर। माँ विदा हो चुकी है और आना पड़ता है उसका स्वर तो ऐसा ही

ठंडा आता है।

होता है ऐसा, अब मुझे पता है, अगर उस ज़माने में आप थे जिसमें सब कुछ आगे था। ऐसा गुमान हुआ होगा बाप को जब डब्बेवाले ने जन्म लिया कि सब आगे है, गोल्डन बॉय ऑव द फ़्यूचर आया है – लिये, नशे में, उतार फेंके निरे रिवाज, तरीके, कि फ़ालतू के टंट घंट सब। न जल कोई अलौकिक कि माथे से लगाएँ, न लौ कोई ग़ैबी कि आचमन से उठाएँ। चिरंतन से आती कोई रोज़री नहीं कि फेरें, न ऐसी ताकतवर कोई ऋचाएँ कि बेटों पर बरसाएँ। अपनी ही तपन में तपता समय किसी और वक़्त के दूत का मोहताज नहीं कि आए, तब हो जलसा, त्योहार और कुछ, न जन्म पर, न फिर कभी।

बाप ने कहा, न फिर कभी !

माँ ने नहीं कहा कि मौत पर भी नहीं। क्योंकि उड़ जाने को, ग़ायब हो जाने को, मौत की सनद यों ही, ऑटोमैटिक, नहीं मिल जाती।

बस उसने बाप की आवाज़ को ऐसे झटका जैसे उनके हाथ को झटक चुकी थी और देखने लगी दीवारों पर की तस्वीरों को। गोल्डन बॉय ऑव फ़्यूचर। मुस्कराता, प्रेम से देखता, अविकल, निश्चल।

मेरा सिर एकदम सुन्न पड़ गया, इतने कस के दीवार पे दबा दिया था मैंने। अपनी जगह छिपा रहा मैं और सुनता रहा। वह भी, तस्वीरों से, क्या समझता, क्या न समझता ?

मैं सिर को ढीला छोड़ने लगा, दीवार से अलग अस्तित्व देना हो, ऐसे। थमा, जमा, लहू एकदम से लपका और रगों में दौड़ पड़ा। जैसे सिर में घुप अँधेरे के टुकड़ों के बीच कुछ सरसराने लगा।

मैं ही, फिसलता हुआ।

28

अब सुनो क्या हुआ। बस कुछ नहीं, एक तार और टूटा। जो बाप का माँ से सम्पर्क था। बाप सीढ़ियों से नीचे उतरे और ...

... ऊपर अपने और माँ के कमरे से निकल गए। अदृश्य रेखा पार कर ली और रावण ने हर लिया। नीचे स्टडीवाला कमरा उनकी अशोक-वाटिका, कागज़ पत्तरों के आधे अधूरे ढेर उनकी वृक्ष लताएँ, पंछी सिरे से ग़ायब और डब्बे की ताली माँ के पास और हफ्ता हफ्ता प्रार्थना में जाना बाप का नया पेशा और न जाने मुझे क्यों ले जाना ? इसलिए कि माँ से बोलचाल बन्द है और वैसे भी माँ नहीं जाएगी ? इसलिए कि अकेले जाने से डरते हैं ? इसलिए कि मुझे अहसास दिलाते रहना है कि देखते रहो उसकी शान, उसकी शोभा और यही तो है जो सभाएँ मिलकर करती हैं और अनुष्ठान, जो इस योग्य, उसे, सजाती हैं, सिझाती हैं। कि मैं माँ को बताऊँ कितना रोब दाब वाला है बेटा ?

काम से लौटे, सीधे स्टडी में। यही उनका कमरा अब। यहीं बस पड़े रहना, पड़े रहना। खाना मेज़ पर है तो भूल से या हिम्मत कर, कभी माँ और मेरे संग बैठकर खा लेना, चुपचाप। वर्ना नहीं निकले, हम चले गए तब निकले। इस तरह अब कट रहे हैं गुम रहने के दिन, इन्तज़ार की घड़ी।

पर उस दिन में ले चलूँ तुम्हें, तैयार हो तो, जिस दिन प्रार्थना के लिए तय था जाना, तब पाओगी कि दिन फिर गुब्बारे और हवा का।

तैयार बैठ गए हैं, टोपी भी लगा ली है।

कहा नहीं है पर आदेश है और मैं भी तैयार हूँ। आजकल मैं उसकी

घड़ी पहनता हूँ, टाइम देखना सीख पाया हूँ ! घड़ी में कैलकुलेटर है और दुनिया की बड़ी राजधानियों के टाइम भी।

घंटी के तसव्वुर से हवा गुब्बारे को फुला रही है। बाप जान को ! घंटी बजी और एक साँस में ढेरों हवा अन्दर पहुँच गई। गुब्बारा गुब्बारा लगने लगा। पिचका हुआ नहीं, फूला हुआ।

हम निकल गए बाहर और हमें लिवानेवाले के साथ हो लिये। बाहर निकलने पर बाप ने मेरी टोपी मुझे थमा दी और मैंने उसे लगा लिया।

बड़ासापरिवारजोवहदेगयाथा स्वागत करता है। अगरबत्ती और इत्र महकते हैं। भीड़ है एक मन लाख तन वाली और धुन है और गायन है और बाजे हैं और आवेश है और दुख है और साथ है और उठता, बढ़ता, गरजता, गोहारता मद है जिसमें बाप हैं और बेटा है और उन्हें कोई जुदा नहीं कर सकता और वे बेकार नहीं हैं कि आए और बम, बन्दूक, किसी चीज़ से, उड़ा दिया और गए, बस गए। नहीं ऽऽऽ, उन्मत्त सुरों में बजता है, चढ़ता है, दहाड़ता है। आँसुओं में गोते लग रहे हैं। इतना दुख है कि छेड़ो तो फाड़ खाएगा। सबके सिर थिरक रहे हैं। जैसे ढोल जिन्हें ऊपरवाला पीट रहा है।

क्या मेरा भी ? या मैं अपनी पुरानी अदा में बैठा हूँ ?

पर बाप, देखो उन्हें, देख पा रही हो उन्हें ? जनून से हिलता हो कोई तो कहाँ वह है, कहाँ थिरकन, अलग करना मुश्किल है। बाप ख़ुद जानते हैं ?

पर बेटे के साथ हैं। मजमे ने उन्हें बेटे का साथ दिया है।

मानी बात फिर कि प्रार्थना पूरी होगी और स्टडी की तरफ़ उनका रुख़ होगा तब गुब्बारा अनायास पिचकने लगेगा ! बेटा सभा में छूटता जाएगा और वे अकेले, घर के दरवाज़े पर, उन्हें छोड़ने आए साथी को, अलविदा कहेंगे।

खड़े हैं बाप, दरवाज़े पर, अलविदा कह के, चेहरा उधर, पीठ इधर, मेरी तरफ़। धीरे धीरे पीठ कुम्हलाने लगी है। हवा का निकलना मुझे दिख रहा है। नीचे सरकती हवा। अब कमर भी पिचक गई। नीचे, सिकुड़ते, मुरझाते अंग, टाँगों, घुटनों, पाँव तक कचकता, ख़ाली होता

जाता, गुब्बारा। पाँव में बस ज़रा सी हवा बाक़ी है। उसी से सँभलना है, चलना है।

बाप मुड़ते हैं। लड़खडाते हैं। पैर मुश्किल से बढ़ते हैं, पाँव मुश्किल से खींच पा रहे हैं कुम्हलाई काया।

कमरे में जाकर पस्त पड़ जाते हैं।

देखा जो दिखा रहा हूँ, मैंने पूछा उससे ?

29

देखा जो दिखा रहा हूँ मैंने पूछा उससे – जो आएगी, ज़रूर आएगी, वर्ना मैं बोलूँगा कैसे, मुझमें भी तो है जीवन – या जीवन का प्रतिरूप – मेरी भी तो है वह ख़ाली जगह जो भँकारना चाहती है, सुनो सुनो, कहने को मरी जा रही है, मरी जा रही है ?

देखा ? मैंने पूछा। उनका मरना ? बूँद बूँद, अंग अंग, कुछ नहीं बचा उनका। मैं हँसने लगा और उसने अपने हाथ उठा के चेहरा ढाँप लिया। हँस नहीं रहा हूँ, मैंने कहा, घबराओ मत, पर दैट गोल्डन बॉय ऑव द फ्यूचर किल्ड हिम।

वह सिर हिला हिला के इनकार करने लगी।

येस येस। मैं बोला। गोल्डन बॉय ऑव द फ़्यूचर इज़ ब्लैक बॉय ऑव द पास्ट, बिकेम मर्डरर ऑव द प्रेज़ेन्ट।

टुकड़े टुकड़े मरते चले गए बाप। बस कभी मुट्ठी में आ जाता वह टुकड़ा टाँगों के बीच का, जैसे बेगाना कोई टुकड़ा, बाहर का, उनके जिस्म के भी बाहर, जो बस अकेला टुकड़ा बचा था उनके बाक़ी वजूद, मरे वजूद, को इंगित करने वाला और इसलिए वह तड़प जाते कि वही ले आए कहीं तो, कभी तो, इक कम्पन।

पर कहीं जुड़ पाती हैं अन्तरिक्ष में इस तरह की छरकी कम्पनें ? जो पूरा इंसान बनाएँ ?

इक ज़रा सी जुम्बिश और वह लावारिस टुकड़ा भी कुम्हला जाता।

30

अलविदा कह देना चाहिए।

नहीं कहते तो वह होता है जो बाप को। तड़प तड़प कि कुछ छुल जाए, लरज़िश हो, जीने का सामाँ हो।

माँ कह चुकी थी। अपने को अलविदा कर चुकी थी। कहीं चली गई थी जहाँ उसका बेटा था। बाक़ी दुनिया बस इन्तज़ार का लमहा था।

सुनो। इन्तज़ार पर कुछ कहता हूँ।

इन्तज़ार सब करते हैं। मरनेवाले भी, जीनेवाले भी। मरे हुए भी, जिए हुए भी। जो मर गया है वह जीने की आस में है, जो जी रहा है वह मरने को हाँक लगा रहा है।

और

हर किसी की ज़िन्दगी में हो जाता है कुछ ऐसा कि उसी पल में उसकी याददाश्त जड़ हो जाती है और उस एक आकार और रंग और तर्ज़ और पहचान के सिवाय उसकी न समझ होती है, न इन्तज़ार।

जैसे

एक जंगल था जहाँ के बाशिन्दों की भूख बढ़ी और भूख बढ़ी और उन्हें गोश्त की तलब लगी तो वे मारने मुड़े अपने संगी साथी जानवरों को। पर जैसे ही उनकी लार टपकती और वे हाथ उठाते मित्र जानवर बोल पड़ते कि न मारो न मारो हमें, हम भी तो तुम्हारी तरह बस। तो उन्होंने किया तप और तप ही है इन्तज़ार, कि भूल जाएँ उनके संग मिल जुलकर रहनेवाले ये जीव, वह ज़ुबान, जो वे मिल जुलकर

बोलते आए हैं। मालूम है फिर क्या हुआ ? हुआ ये कि उन्होंने मारने को हाथ उठाया और जानवर रोकने को मुड़ा और उस पल में उसकी याददाश्त हिल गई और वह आपस की ज़ुबान भूल गया और उसने कटने को गर्दन झुका दी।

तब से उस जंगल के बाशिन्दे इस इन्तज़ार में कि मारें और जानवर इस इन्तज़ार में कि नमक और काली मिर्च में उनका गोश्त रगड़ा जाए !

क्योंकि

हर किसी की ज़िन्दगी मे्ं हो जाता है कुछ ऐसा जो हमेशा की उसकी नियति बन जाता है जिसका फिर बारम्बार वह इन्तज़ार करता है।

तो यह भी सुनो। कि फिर कभी

उस इन्तज़ार से तुम बरी नहीं हो पाओगे। आज के शहरी मुहावरे में सुनना है तो तुम्हारे अन्दर वह अपने टॉयलेट में लीन तल्लीन है। फ़ेस-पैक, मसाज, मैनिक्योर एंड पैडिक्योर, चमकने की तैयारियाँ हैं। चमक कर दबोचने की। मौके की ताक में कि कब उचके और हावी हो तुम पर। फिर फिर। बार बार।

जबकि तुम नासमझ यह भूल, जीने की नकल में लगे हुए हो !

निपट बेवकूफ तुम ! तुम नहीं जानते कि वह, वही इन्तज़ार, तुम्हारा पालक है, तुम्हारी ज्योति है, तुम्हारा माई बाप है, भाई बन्धु है, बेटा है, तुम्हारी रगों में बजता साज़ है, तुम्हारी ख़ाली जगहों में छिपी चाहत है, तुम्हें ध्वस्त करनेवाली गाज है, तुम्हें निखारनेवाला बौम्ब है, सोचो, ग़लत नहीं कहता, मैं बुज़ुर्ग इस जंगल का, अगर कह सकता, और वह भी बुज़ुर्ग इस जंगल का, कहता, अगर बोल पाता, डब्बे में से, या तस्वीर में से।

ग़ौर करनेवाली बात है। कि जिस तरह दुख बनाता है उसी तरह विध्वंस भी। बम भी। कि जो हो गया एक बार तो होना ही है उसे बार बार। उससे कम मेरी खाल पर क्या अहसास होगा ? उससे कम पता ही नहीं चलेगा।

इसीलिए

बार बार मैं दौड़ूँगा उसके पास, चाहे बार बार उससे दूर। वही अब मेरी उपमा, पर्यायवाची, संज्ञा, मुहावरा, क्रिया, सूरज, चाँद, सितारा, प्यास और मिर्च मसाला।

नहीं समझी ? अरे पगली वही मेरी भाषा।

कुछ हो जाता है जीवन के किसी मुकाम पर, जन्म या मौत के पहले या बाद में या बीच में, जो बन जाती है हमारी ज़ुबान और फिर हम उसमें ख़ुद को उँडेलते हैं और बहते हैं।

जल उठे मेरे हाथ मेरी आँख मेरे होंठ और मैं चाहता रहा उसे बेतहाशा बेतहाशा जलाऊँ उन्हीं से।

बस, यही करता रहा मैं अब तक, बताता गया मैं उसे, कि ऊपर की हरकतों में लुप्त, बम सँजोए भीतर। हर वक़्त, हर भीड़, हर चुप में। कभी जो भूला हूँ उसे ! पढ़ रहा हूँ कुछ पन्ने पर और मन पर अंकित हो रहा है – बौम्ब। फ़िल्लम, सभा, जलसा, पार्टी, बकबक, झकबक, बुलबुला मेरे होंठों पर – बौम्ब। कोई कहे कुछ, मेरी इच्छा कि कहूँ – बौम्ब। माँ कहे बोलो बेटा, मैं बोलना चाहूँ – बौम्ब !

हाँ बन रही होती है एक नई भाषा, अन्दर ही अन्दर, खदक बिदक, और देर तक कोई नहीं समझता। माँ भी नहीं।

"हैं ... क्या कहा ... कुछ कहा ... हाँ बोलो बेटा ... हाँ हाँ बेटा बोला मम ... !"

उठा लिया गोद में मुझे और चूम लिया कि बेटा बोला मम।

नहीं बेटा नहीं बोला मम। बेटे की ज़ुबान अलग हो चली है। खदक बिदक बम !

31

जाड़ों में गरम कपड़ों को धूप दिखाना अच्छा है। जाड़े ख़त्म हों तो उन्हे ड्राईक्लीन करा के अगले जाड़ों तक अन्दर कर लेना भी। और जाड़ों के दौरान आपके घर में रहनेवाला बेटा अपने बदन में एक बरस और फैल जाए तो गरम कपड़े उस पर टाँगे जा सकते हैं। ज़रा इधर दबा के, ज़रा उधर खोल के।

उसे आँक के, मुझे नाप के।

ऐसे कामों में माँ माहिर थी।

जब शिक्षा केन्द्र ने बमवाले परिवारों के बेटों के नाम से वज़ीफ़े ईजाद किए तो माँ का यह हुनर ख़ास काम आया। माँ ने मुझे नापा, सोलह बरस, उसका थ्री पीस सूट नापा, इकत्तीस बरस। इंच टेप मुझ पर यों लरज़ा कि जहाँ मैं नहीं हूँ और वह होता, वह नाप उतार ले। उसमें इतना घटा दो, वह मेरा नाप है !

रातों रात सूट ने मुझे जगह दे दी। सुबह माँ ने मुझे तैयार कर दिया और उसकी टाई, लँगोट की तरह, मेरी गर्दन पर कस के, बाप के साथ जाने का इशारा किया।

माँ सभा समारोह में नहीं जाती।

बाप हर बार आँखें फाड़ते हैं जैसे पहली बार देख रहे हैं उसके कपड़ों में मुझे।

मुझे लगता है बमवाले परिवारों को आपस में मिलने मिलाने का शौक़ नहीं। सब एकल होना चाहते हैं। कि उनका बेटा बेजोड़। वज़ीफ़े की रकम और सैरेमनी पर बैठक चलेगी तो कोई किसी से आँख नहीं

मिलाना चाहता।

एक मायने में हमारा परिवार फ़र्क है पर इस फ़र्क पर बाप को फ़ख्र नहीं। कि रस्म अदायगी के लिए एक ये ही ऐसा परिवार कि एक हाथ उनका और एक मेरा है ! यानी उनके पास मैं हूँ, वे मानें तो ! कि नेस्तनाबूद कर देने की बम-चाल को पछाड़नेवाला मैं ही तो था।

ख़ाली जगह की साज़िश को इसीलिए ही सही, मत नकारो, कि वही भर है तुम्हारे बेटे को मिटानेवाले के प्लान का असफल हिस्सा !

पर बाप से कौन कहे ?

सभाएँ हैं, लिहाज़ा, जो रीले-रेस में जैसे, जहाँ उसने दौड़ रोक दी, वहाँ मुझे दौड़ में शामिल कर गई हैं। न दौड़ूँ तो यह मेरा उजड्डपन और वे लाचार।

वज़ीफ़े का लिफ़ाफ़ा मेरे हाथों ने दिया। बाप ने वज़ीफ़ा पानेवाले को दुआ दी।

हम सब मंच पर बैठे। बाप और मैं साथ। उसकी तस्वीर, और दूसरों के बेटों की तस्वीरों के साथ।

सभापति ने मेरे कन्धे पर हाथ रखा – क्या मैं बोलना चाहूँगा ?

''यह नहीं बोलता।'' बाप ने जवाब दिया। मायूस ? दृढ़ ?

कोई बात नहीं। सभापति बहलाते बोले। कोई जल्दी नहीं। पूरा जीवन पड़ा है। उसका नाम तुम रोशन करोगे। उसने तुम्हारे लिए रास्ता खोल दिया है। हमें गर्व है ... हमें गर्व रहेगा ...।

''थैंक्यू बोलो।'' बाप ने टोका।

बोलेगा। ज़रूर बोलेगा। सभापति ने बाप को समझाया। बड़ा हो रहा है, लायक बन रहा है। और पता है आपको, वाइफ़ भी याद कर रही थीं कि वह भी छुटपन में इसी की तरह चुप रहता था। सबकी बातें ग़ौर से सुनता था, मन में उन्हें खँगालता था। फिर बोला ना ? यह भी उसी की तरह बनेगा। उसी की तरह है। वही आँखें ...

माँ भी यही कहती थी। कुछ मेरी आँखों में उसके जैसा !

तभी कभी जब बाप घर पर नहीं थे, उसने अपना मोबाइल फ़ोन

निकाला और घर की लैंडलाइन का नम्बर मिलाया। नया नया मोबाइल उसका।

नीचे फ़ोन बजने लगा।

"बोलेगा बेटा उसकी तरह ?" माँ ने कहा और फ़ुर्ती से नीचे ले गई मुझे और रिसीवर मेरे कान पर दबा दिया।

किसी और दुनिया से आवाज़ आई – "यू हैव रीच्ड ...। वी आर नॉट एट होम। प्लीज़ लीव अ मैसेज आफ़्टर द बीप।"

तस्वीरवाले की आवाज़ थी। टुकड़े टुकड़े नहीं।

मैंने मैसेज नहीं छोड़ा।

32

मतलब कि चुप रहा।

सब देखते और कहते चुप रहता है।

या चुप चुप है।

सहमा सहमा। वही है यह। उसकी जगह जो रह गया। जहाँ चाहे बिठा दो, जो चाहे पहना दो।

आदत पड़ जाती है, कि जो मफ़लर, कमरबन्द, टोपी पहना दो, पहन लूँ। सहमा सहमा मेरा मुलम्मा। वर्ना मैं और सहमा ? नो, नहीं।

मैं और सँभला !

बहुत सँभला हुआ। अपनी खाल के भीतर धुनिया। बाहर कोई फाया न उड़े।

मग़रूर कह लो। क्यों मेरा कोई भाव देख पाए कोई ? जब जलते चटखते बारूद की एक न चली इस चमड़ी पर, तो भाव की क्या बिसात ? सँभला हुआ हूँ, सहमा नहीं ! अपने भीतर। मैं भी, कोने में पड़ा गोला भी।

लाख कहे कोई बोलो, मैं रहूँगा चुप।

अच्छा, मैं और बोलना। या चुप रहना।

कौन नहीं जानता कि चुप सँजोता है, बोलना छितराता है !

वे लोग जो ज़्यादा बोलते हैं कितने उबाऊ किस्म के लोग होते हैं। जितना वे बोलते हैं बस उतने ही वे होते हैं। बोले और चुक गए। जितना वे बोलते हैं उतना ही मरती जाती है हमारी ख़्वाहिश उनमें उतरने उतराने की। अगर बन गई थी। भूल से। ग़लतफ़हमी में।

अगर।

तो।

पर न बोलें ? चुप रहें ? वे लोग ?

उनमें डूबा जा सकता है। उबरने के छोर से दूर होते चले जाते हुए डाइव लगाई जा सकती है। हिम्मत हो तो।

अगर।

कहते हैं समन्दर की गहराइयों में ऐसे ऐसे जानवर हैं जिनका पता किसी लिफ़ाफ़े पर नहीं लिखा है। लॉख-नेस और ऐसे ही मिथ लगते जीव, साँस खींचें तो उनके नथुनों की सीध में जो पड़ गया, पानी की सतह पर पूरे का पूरा जहाज़ और ऊपर उड़ता कोई दानव पक्षी और अम्बर में फिरता अनजान प्लैनेट का उड़नखटोला, तो सब खिलौनों की तरह नीचे खिंचे आते हैं। उनके टुकड़े क्या, उनके भूत भी नहीं मिलते !

और भी बता सकता हूँ। बताऊँ ? बिलाशक तुम यह नहीं जानती कि समुद्र में जहाँ लाइट भी नहीं पहुँचती वहाँ विशाल जंगल हैं। पेड़ों के नहीं, मीटरों मीटर लम्बे कीड़ों के, जो सफ़ेद ट्यूब हैं, जिनके लाल पंख हैं। रोशनी नहीं पहुँचती तो जानती हो यह क्या करते हैं ? .खुद अपनी ऊर्जा बनाते हैं। सिर इनके तीन से चार डिग्री तापमान में और पाँव पचास डिग्री में। चुप खड़ा है जंगल, चुप पड़ा है समन्दर।

यह तल नहीं, अतल है।

हाँ यह शायद जानती होगी कि समन्दर के नीचे ज्वालामुखी हैं, लावा उगल रहे हैं।

यह अतल है।

वही बात। कि चुप का अतल होता है जहाँ चुप है, ऊर्जा है, खदबदाता लावा है ! चुप मिले तो डूब मरा जा सकता है। डूब मरने की चाह में जी उठने की ललक है।

क्या हुआ आख़िर जब तुमने मुझे देखा और मैंने तुम्हें ? यही हुआ न ? आज का मेरा बोलना, वह दीगर है। ज्वालामुखी ! अभी उसे रहने दो।

—

तो हम लोग जो चुप रहते थे, धुएँ धुएँ से घिरे थे, जादू सी कैफ़ियत वाले।

ऐसे लोगों का बोलना ! उसमें भी वही जादुई चुप, उनके अबोले की सुगबुगाहट, हर बात के पीछे कुछ, हर व्यक्त में कुछ लुटा, हर मुखर में कुछ अन्तर्ध्यान।

यह भी कशिश बमवाले परिवार की। उनकी चुप्पी में तस्वीर बोलती है। हर रोज़ के उनके कामों में, नित दिन के उनके लफ़्ज़ों में, आदिम काव्य की सरसर होती है, किसी और अतल की, जहाँ रोशनी तक नहीं जाती और चौंककर लोग देखते हैं कहाँ से आई यह आवाज़, कोई बोला क्या ? माँ, बाप, मैं, तस्वीर ...?

सब चुप यहाँ। लॉकर में बन्द डब्बा भी चुप।

पर ...

33

एक घटना। वही सब कुछ।

तुम्हीं हो माता पिता तुम्हीं हो ! तुम्हीं हो बन्धु सखा तुम्हीं हो !

घटना जो बचे हुए जीवन जैसे कुछ की चालक और पालक। घटना जिसने दे दिया रूपक बार बार दोहराने को। वही चोट, वही शिद्दत, वही बस है होना, उससे कम कुछ नहीं होना, उससे कम कुछ का नहीं होना, उससे कम कुछ नहीं का होना !

सबूत है गर सबूत का सबूत न माँगो। बाप हमारे। टुकड़े टुकड़े उनका बच्चा और टूट गए उनके टुकड़ों के आपस के तार। उड़ गए टुकड़े और उड़न छू कनैक्शन ! जीने की चाह टुकड़े टुकड़े। कभी वे इस टुकड़े में, कभी उसमें, जो सारे जुड़ जाते तो बन जाता पूरा आदमी।

एक मज़ेदार बात बताऊँ ? गम्मत ! आज तक किसी से कही नहीं। ख़ैर किसी से मैं कहता ही क्या ? और तुमसे मैं क्या नहीं कहता ?

क्या हो तुम, शुरू करवा देती हो, फिर सुनती रहती हो ? मुझे सुनने को बनी ? मैं हूँ कुछ ... कोई ...?

हाँ पता था मुझे – और माँ को भी – कि बाप और औरत ...।

मैं उनकी उस नज़र से वाक़िफ़ हूँ। जिसे देख रहे हैं, उसके टुकड़े कर रहे हैं। अंश अंश, अंग अंग, जैसे काँटे छुरी से फाँकें कतर रहे हैं ! पत्रकार है, कि थीसिस कर रही है, और औरत है।

माँ जानती है। आजकल बाप मेज़ पर खाना लगता है तो आ रहे हैं जब वह है वहाँ बैठी। बोल नहीं रहे पर कोई डिश उठाकर उसकी तरफ़ कर देते हैं।

हम ऊपर रहते हैं। ऊपरवाला सब जानता है !

बम उड़ा है। बदले की मंशा हुई है। जिन्हें मारना था मरे हैं, जिन्हें नहीं, वे भी, और दोनों का रंग एक हो गया है, दोनों की जाति एक बन गई है।

''आपको कैसा लगता है जब ...''

''कैसा लगा था आपको जब ...''

''कैसा लग रहा है आपको जब ...''

टेप रिकॉर्डर का बटन दबा के खुली पड़ी है सामने औरत।

बाप में टुकड़ा टुकड़ा हवा भरती रही है। पाँव के नीचे मंच फूल गया है। सिर पर टोपी उतर आई है। वे बोलेंगे और रुकेंगे नहीं।

कैसा लगता है ... बेटा जब उड़ता है ...?

सामने वाली की आँखें चमक रही हैं। नायक है उसके आगे बैठा। महान स्टार। ग़ज़ब कहानी का आदमी। क्या न कर डाले वह उसके लिए ?

टुकड़े टुकड़े बाप परेशान हो रहे हैं। ऊपर हम। छितरा बेटा।

''मुझे नींद नहीं आती'' वे कहते हैं।

औरत की आँखें छलछला रही हैं।

''कैसा लगता है'' ... हिक़ारत से बाप सवाल दोहराते हैं। बोलने लगते हैं। इतिहास, भूगोल, पॉलिटिकल साइंस, सोसियोलॉजी, फ़िज़िक्स और कैमिस्टरी। लोग, देश, जाति, ताकत, क़ौम, कट्टर, प्रगति।

चिल्लाते से हैं बाप, टुकड़ों को ढोते, टुकड़ों को समेट न पाते, बढ़ते ख़ौफ़ में कि कैसे जोड़ें, कहाँ है बेटा इन विषयों में, कैसे ख़ुद मर जाएँ पर कैसे न मरें ?

सामनेवाली को देखकर दुख पाजी हो रहा है। मरने की इच्छा जीने का सुराग ढूँढ़ रही है। तस्वीर की तरफ़ बाप आँख घुमाते हैं और आँख मिलाने से पहले झुका लेते हैं। आँखें सामनेवाली को तोड़ती हैं बिना शर्म के।

''मुझे नींद ही नहीं आएगी।''

माँ दरवाज़ा बन्द कर लेती है। बाप को चाहिए औरत के जिस्म

की गर्मी। उन्होंने ऐलान कर दिया है कि मजबूर हैं, नींद नहीं आती नहीं आएगी वर्ना !

मैं सीढ़ियों में लिपटा पड़ा हूँ।

कुछ अरसे तक यह आनेवाली आएगी, बाप के कमरे में जाएगी, माँ दरवाज़ा बन्द कर लेंगी, बाप इजाज़त पा लेंगे कि नहीं आती नींद तो लो सो !

इत्मीनान से बाप इन्तज़ार करेंगे। एक बेहया धड़कन उनके जिस्म के एक टुकड़े, जो बाहर है उनसे, में धड़केगी, उनके अन्दर को बिना छुए। बस वे बोलेंगे और सामने वाली को पिघलते देखेंगे और चिढ़ उनकी बढ़ेगी कि समझ रही है कि समझ रही है।

उनके बोल न सच हैं न झूठ या दोनों हैं और दोनों में फ़न्दे हैं जो फँसाते हैं। फँसी फँसी, कुड़ी फँसी ! आ गिरी उनकी गोद में !

गुस्से से बाप अपने को उस भुलावे में डाल रहे हैं कि यही है वह अन्तरिक्ष जहाँ टुकड़े उनके अलग थलग। एक मुट्ठी में भींच लें। दूसरा मुँह में सपोट लें।

औरत चीख़ेगी। सच दर्द हो रहा है। आँखों में। तन पर।

"गुड।" बाप हँस देंगे। होना चाहिए दर्द। "बच्चे," वह उसे पुकारेंगे और एक आँसू ज़बान की नोक पर उठा लेंगे और फिर छलेंगे। आँसू को थू करके दाँत पीसेंगे।

तभी उन्हें लग पाएगा कि कुछ हुआ। उसे तोड़ तोड़ के। थोड़ा थोड़ा। चकनाचूर नहीं। चकनाचूर की ताकत से वह घबराते हैं। बस ज़राज़ुरा। कि वे हावी रहें। भूले रहें। बेटे को भी। औरत को भी। ऊपरवालों को भी।

लालसा बदतमीज़। हिक़ारत स्वान्तः सुखाय। नर्क और स्वर्ग इक ज़रा से टुकड़े में। जो न आत्मा का है, न जिस्म में है। माचिस की तीली जल उठी और बुझ गई।

कुछ नहीं दिया बाप ने और कुछ नहीं पाया। बेतार टुकड़े फिर तितर बितर। तन के एक अंग ने जीने का रूपक दोहरा दिया पर रह गया जीना नपुंसक का नपुंसक !

34

बेआवाज़ समा। सब जैसे भूला पड़ा। सबसे ज़्यादा आज ही भूला भूला। सारा शोर अतीत भकोस चुका है। वर्तमान में बम नहीं, गुब्बारा रह गया है !

मेरी चाल ऐसी कि दिखाई न पड़ूँ।

दरवाज़े में चाभी घुमाता हूँ।

फ़क्क इट्ट ! कुंडी अन्दर से लगी है। घंटी बजानी पड़ेगी। ओ-तुम नज़र से देखेगा जो दरवाज़ा खोलेगा।

घंटी पर मेरा हाथ। चौड़ी गदराई कलाई। माँ के मुताबिक उसी की जैसी।

माँ को खोजना आता है मेरे तन पर, मन में, उसके हमशक्ल निशान ! हम दोनों आख़िर दो कान, दो आँख, एक शिश्न, अनेक चुप्पी वाले !

कहीं बम ने मेरी एक आँख उड़ा दी होती या टाँग तो माँ देखती ही नहीं ? शायद मैं वहीं रह जाता जहाँ पड़ा था ? लाती ही नहीं मुझे !

पर अभी ठीक है, मैं कलाई देख रहा हूँ। वह रोइंग क्लब का सदस्य था, रो रो रो द बोट और रॉक क्लाइम्बिग जाता था, मैं टेनिस नहीं खेलता, पर कलाई ठीक ठाक !

उमर भी उसी के छोड़े रास्ते पर बढ़ रही है – तीन से चार, फिर पाँच, छह, करते करते, आज सत्रह तक आ गया हूँ।

दरवाज़ा बाप नहीं खोलते।

पर उनके कमरे के आगे से निकलना है। कोई बम की वारदात नहीं हुई, कोई औरत नहीं आई, दरवाज़ा झख मार के खुला है।

सिर कहीं और पैर कहीं और जाते हैं। उनके दरवाज़े के सामने मेरा माथा खुजलाता क्यों है ? खुज खुज करता हूँ और एक हाथ को आड़ देती टोपी बनाता हूँ। पीक कैप और बाप धूप !

सीढ़ियाँ तो बिना आँखों के चढ़ सकता हूँ। एक दो तीन ... दस ... इनडोर प्लांट ... घूम जाओ ... उसका लाया ... तीन चार ... आगे ... तस्वीर ... वैसे ही गर्दन, कोहनी, टखनेवाला ... और मेरा कमरा।

माँ।

मेरे हाथ।

कोर मेरे नाखूनों के काले रहते हैं और माँ की आँखों के नीचे के गढ़े जिनका आकार मछली जैसा है जिनमें फँसी उसकी आँखें उठती हैं। सुन्दर सुन्दर ! मरी मरी।

दूर। गढ़ों में। बिना धुरी के।

दूर से वह कहती है जो भी वह कहती है।

और मैं कहता हूँ, बरसों से ऐसा महसूस करता कि अभी आ ही रही है उसकी आवाज़, पहुँची नहीं है, न शायद पहुँचना चाहती है, कि गन्दे नहीं हैं माँ, रंग ही ऐसा है, बचपन से और लो, कहती हो तो धो के दिखाता हूँ, तुम्हारे सामने।

धोता हूँ और छिपाता हूँ जब साबुन का झाग काला काला टपकता है।

है कौन सा सस्ता साबुन जिसका झाग ही मैला है, कोसता हूँ।

हँसती है माँ, शहर, साबुन नहीं, वह हँसती है।

यह शहर, यह वर्तमान, दूर से आती है उसकी हँसी, जहाँ हमेशा जवान रहोगे। क्योंकि कौन बच पाता है बूढ़ा होने के लिए !

हल्की सी चाप से वह चली गई है वहाँ। इस तरफ़ हुआ करता था शहर रोशन, उस तरफ़ बन गया काला अवशेष।

उस तरफ़ बेटा।

इधर भी तो बेटा ... ?

“आज क्या किया ?” माँ पूछती है।

“वही।” मैं ज़रा सा बोलता हूँ।

“फिर भी ?” वह पूछती है।

“पेंटिंग।” मैं कहता हूँ जबकि आज हॉबी क्लास नहीं होता, नहीं होता !

“क्या बनाया ?” माँ जानती है फिर भी पूछती है। बैग में टिफ़िन वह पैक करती है। टाइम टेबल वह देखती है। झूठ मैं बोल रहा हूँ। कि वह माने चाहे जाने और मुझे कुछ न कहे। झूठ बोलता हूँ तो भी।

“बैंगनी सूरज।” मैं गढ़ता हूँ। जबकि पेंट घर पर थे, मेरे पास नहीं, मेरे पास नहीं !

“बैंगनी सूरज ?” माँ पूछती है। सब जानती है पर कुछ नहीं कहेगी मुझे।

“शाम का, नेचर स्टडी” मैं कहता हूँ, बेसबब झूठ का चस्का पा रहा हूँ।

“गुड।” माँ कहती है।

बेसबब झूठ असरदार है, एकदम पंगु नहीं।

लो तुम हँस रही हो, मैं उससे बोला, जिसे सब कुछ बड़े धूम झूम से सुनाता हूँ। सारे दुख भी, बड़े सुख से, कि सुनो !

35

चुप चुप यह तुम्हारी मुस्कराने की आदत।

लो मैं भी चुप हो गया।

कभी कभी मैं चुप हो जाता हूँ, पहले की तरह, तुमसे मिलने के बाद भी, हैरान हूँ।

क्यों भला ? इसलिए कि इन बातों को आवाज़ चाहिए, अपनी एक अदद आवाज़, मेरी आवाज़ नहीं। उसे ही ढूँढ़ता रह जाता हूँ कभी कभी।

या क्या खोज रहा हूँ उसकी आवाज़ ? खोज सकता हूँ ? उस कहानी की ? आसान है, लग सकता है, पर है नहीं।

बोलना नामुमकिन होना चाहिए जब आवाज़ लापता हो, पर बोलने से कतराता नहीं। जब से तुम आई हो। कोई न कोई आवाज़ गले लग जाती है।

सामने तुम। दर्शक। श्रोता।

तुम आई इसलिए मैं बोल पड़ा।

तुम आई इसलिए मैं बोल पड़ा ? या मैं बोलनेवाला था इसलिए तुम आ बैठी सामने ?

मजनू पहले बना, लैला पीछे आई !

हँस रही हो ?

सच कह रहा हूँ। तुम न आती तो मैं तुम्हें गढ़ लेता। भरी भीड़ में, भरे सन्नाटे में आँखें बन्द करता और जान लेता तुम्हें, जहाँ तुम। और निकल पड़ती मेरी आवाज़ कि जाए लहराती हुई तुम्हें अपने आगोश में लेने।

कौन कहता है कि ऐन सामने आ बैठो, तभी है कोई कि बोलो ? अरे मनमौजी, सामने हो, न हो कोई, ज़माने की बला से ! जो बोलेगा श्रोता भीतर बना लेगा। जंगल वादियों में गाएगा, दहाड़ेगा, राहगीर ठिठके या नहीं, वह मन में उसे रमा लेगा।

फिर वह चुप नहीं हो सकता। नहीं चुप नहीं हुआ हूँ। कौन साला अब कभी चुप होगा। मैं बोलता जाऊँगा तुम सुनती जाओगी तुम पूछती जाओगी मैं बोलता जाऊँगा। मैं तुम्हें पसन्द करता हूँ। ऐसी वैसी क्या बात ? बस आई लाइक यू आई लाइक यू आई लाइक यू ! पहले से।

तुम्हें देखने के पहले से भी ! हाँ क्यों नहीं ? फिर जब तुम्हें देखा तब फ़ौरन जान गया कि ऐसा है। कि बिलकुल। तुम वही हो, सही हो। जस्ट राइट।

हर बार हँस देती हो। यही है तुम्हारा हँसना। हौले से मुस्कराना।

बुरा नहीं मानता। तुम्हें जानता हूँ। तुम दयालु हो, तुममें सब्र है, बोलने देती हो मुझे, चाहती हो मैं बोलूँ।

आज तक मैं बोला नहीं हूँ। इस घर में कोई नहीं बोलता। इस घर में जो बोला जाता है वह स्विच का दबाना है और फ़र्र फ़र्र कलपुर्ज़े का घिर्राना है।

तुम्हारे साथ ऐसा कुछ नहीं हुआ। तभी यह तुम्हारे लिए अजूबा है। कि यहाँ रहनेवालों को ग़लती से किसी ने धकिया दिया और वे बेइन्तहा ढलवाँ राह पर फिसलते चले गए और अब अटक गए हैं, कैसे आगे जाएँ या पीछे ?

हँसने लगी ? अजीब हँसी तुम्हारी। कि रो रही हो। अजीब गीली आँखें।

इस घर में देखो सबकी सूखी आँखें।

यह घर ? या वही ख़ाली जगह उठ आई है यहाँ जिसका कौतुक अभी भी अख़बारों को है ? सदी के बम से जो ख़ाली जगह छूट जाती है कि भर सको तो भरो, कोई उड़े, कोई समाए, दोनों घुल मिल जाएँ।

घुलना मिलना अच्छा लगता है। तुमसे घुलना मिलना। यू नो आइ लाइक यू।

कमाल है, कुछ भी कह देता हूँ तुमसे ! कुछ भी कह सकता हूँ तुमसे ! आइ लाइक यू कह दिया।

बेशक नहीं जानता तुम्हें। तो क्या ? लाइकिंग की अलग कैमिस्टरी है, कोई और रसायन ! तुम्हारी हँसी की तरह।

क्यों हँस देती हो तुम ? ऐसे ही ?

वही मैं भी कर रहा हूँ।

हँसने का मन करता है ?

वही मैं भी कर रहा हूँ।

तुम्हें लाइक करने का मन करता है। वही कर रहा हूँ।

36

भटक रहा हूँ। ऐसा लग सकता है। इन्तज़ार, बम, टुकड़े, चुप।

माफ़ी माँगूँ क्या ? माँग सकता हूँ। कौन बड़ा अहंकारी जीव हूँ !

लो माँगी। माफ़ी।

पर क्या करूँ ? जब अपनी पकड़ में कुछ रहा ही नहीं। ज़माने ज़माने की बात होगी। इन्तज़ार चुप कनियाँ, सब कनी कनी। खेत, पानी, आकाश, टुकड़े। हवा भी शायद। कि यह हमारी और यह जो भट्टी बन गई है उसके कार्बन कार्बन चिप्पे समन्दर के उस पार भेज दो।

जहाँ रहते हैं ऐसे लोग जिनका सब गडमड्डा गया है। आँख का फ़ोकस उधर, हाथ का बढ़ना इधर, कान टखनों में, क़दम सींघ में !

एक मुल्क है दुनिया के पूर्वी छोर पर, जहाँ की पुरानी प्रथा नए दिनों में बरकरार है कि जलसा त्योहार का दिन और ले चले पवित्र आत्मा को डोली में बिठाकर, विस्थापित करके फिर स्थापित करने। न जाने क्यों डोली न कहकर उस डब्बे को मीकोशि कहते हैं।

अर्थी भी नहीं कहते डब्बे को !

बस उठा के चलते हैं ढेरों हाथ उसे, मगर मज़ा यह कि सबके मुँह अलग दिशा को फिरे ! कोई पीछे चले, कोई अगल, कोई बगल, आड़े तिरछे, टेढ़े बकरे। साथ साथ, तो भी। संगठित, संगमित। परमात्मा, पवित्र आत्मा, बीच में।

तुम तो जानती हो हमारा भी मिकोशी है ! उसका नाम ...

अरे थक जाता हूँ मैं। नामों से बचना चाहता हूँ। पहचानों से बचना

चाहता हूँ। ऐ देखनेवालों मुझ तक तक के न देखो ! कि मेरे आजू बाजू कोई है जिसे मेरी जगह होना था !

तुमको भी ज़माना कहीं मुझसा न बना दे !

थकता हूँ, क्यों नहीं ? चाह होती है कि जो जो है उसे वो ही मानो। गाय को गाय रहने दो न कि मदर इन डिस्गाइस। सब बरगलाने लगे हैं इस करके। सीधे सादे लोहे लक्कड़ के सन्दूक पर नए ज़माने का झालरदार गद्दा बिछा दिया तो सन्दूक समझने लगा कि तखत है, दीवान है, किसी भारी रियासत का ! कुत्ते पालक पनीर ख़ाके समझ रहे हैं उनके आगे के दो पाए हाथ हैं ! हालत ये कि उन्हें पालनेवाले घर आएँ और वे भौंकें तो उन्हें सुनाई पड़ने लगा है, न न भौंक नहीं, साफ़ इंसानी लफ्ज़, यू आर बैक हाउ नाइस वाऊ वाऊ !

अरे बेहद थक जाता हूँ इस सबसे। क्या हो कौन हो ? तुम्हारी जड़ तुम हो ! जड़ें बताएँगी बनाएँगी तुम्हारा तना, फिर शाखा, फिर फल और फूल। रंग और स्वाद। लपेट और मार।

हवा खाद कुल्हाड़ा आगी बम कुछ नहीं ?

जड़ों पर अटकी सुई !

जड़ जड़ जड़ करते हुए आ गए बरगद के पेड़ पर। पाया जाता है दुनिया के जंगलों में। जड़ों का मामला यह पेड़। पृथ्वी उगी, तब यह उगा, जड़ के रास्ते, और आज तक उग रहा है। पृथ्वी में जड़ पड़ी और बरगद उगा और बढ़ती हवस से अम्बर में एक और जड़ रोपी, जो आई उतर के पृथ्वी में और फिर उठी। एक और जड़ फिर एक और जड़। बस एक दफ़े और। और उसके बाद एक बार और। कहीं रुकी है कभी नदीदे की हवस ?

जड़ों का मामला है यह कि कभी थी तो थी एक जड़, अब जड़ें ही जड़ें हैं, शाखों, फुनगियों, हाथों, मिट्टियों से फूटती, फैलती, नए नए वनों को घेरती, डसती, उड़ाती।

जड़ों की कसीदाकारी है यह जो मियाँ बरगद बुने जा रहा है, बुने जाएगा !

फिर भी लगे रहेंगे लगने वाले, मूल जड़ की बात करने !

सच थक गया हूँ। रहने दो यह उलझाव। कुछ होने दो सादगी से, निरी सादगी से। कहानी कहने दो मुझे। कहानी चीज़ ऐसी जो ख़त्म नहीं होती। तुमसे कह रहा हूँ, कह दूँगा, पर वहीं ख़त्म नहीं हो गई। इसलिए कि तुम भी कहानी में आ गई और वह कहानी भी चल पड़ी, चलती रहेगी।

क्या बरगद की तरह ? हो सकता है, क्यों नहीं हो सकता ? अजीब कहानियाँ और उनके ढंग।

अजीब इक कहानी मैं सुना रहा हूँ। जड़ जाति नाम के परे। जन्म की अड़ छोड़ो क्योंकि बम के जन्मे और बम के मरे की शर्त कुछ और है, न यह है न वह है और यह भी है और वह भी है !

थक जाता हूँ। थककर फिर वही कह जाता हूँ, सोते जागते, कि हुआ जो हुआ, बीचों बीच विस्फोट, ओके ओके, नो आनाकानी, बम, बौम्ब, फिर सब चुपके चुपके, रेंगता, घिसटता, तक़रीबन चोर अपराधी सा और मैं भी उसी में छिपता, फिर दिख जाता, या मैं दिख जाता, या कोई और दिख जाता।

समेटने में लगा। समेटता हूँ कि घिरता हूँ ?

समेटता हूँ कि घिरता हूँ ?

मैं ज़ीरो-इन करता या कुछ मुझे घेरे ज़ीरो-इन करता ?

फिर विस्फोट ...?

इन्तज़ार !

37

मौजूदे में आना चाहता हूँ। कोशिश कर रहा हूँ।

पर यह जीवन जो पिछले में है। जो चला आता है मेरे आज में। कोशिश करता हूँ कि आज में आ जाऊँ पर तब तक आज कल न हो जाए। बीता कल।

फिर शुरू करूँ।

वही मुझे करना है, हर बार फिर शुरू।

तो चलें फिर वहाँ जहाँ जीवन एक ठंडी श्वास में सहज सेटल हो गया था। माँ बाप काम पर जाएँ, दुनियावाले दुनियादारी निभाएँ, स्कूल ट्यूशन बाज़ार सभाएँ चलें। उमर बढ़े।

उमर गिनें। इस तरह से कि जितने बरस इसके संग इक्वल टू जितने बरस उसके बिना !

आ जाएँ गुफ़ा में। सो जाएँ भूले से दुख में।

दुख जो चीख़ता नहीं। दीपक सा टिमटिमाता है। दिन में सूरज में नज़र नहीं आता। रातों में लहराता है।

नींद मेरी खाल उतार देती है। मैं भूले से सोने लगता हूँ जब अँधियार मेरे कमरे को गटक जाता है और पास का संसार मर जाता है और दूर गाड़ियों की आवाज़ और कुत्तों का किकियाना धरती के भीतर गहरी गहरी मरमर सी कराते हैं और मैं भी उसी में दफ़न होता जा रहा हूँ और तब निकलता है कुछ या कोई चींटियों को मुलम्मे की तरह ओढ़े और फिर वही खुरच खुरच मेरी सोई खाल छीलने लगती है और मेरी साँसें अटकने लगती हैं और लगता है मुझे मैं किसी सन्दूकचे में बन्द

हूँ और ज़रा ज़रा ज़र्रा ज़र्रा बिखर गया हूँ। सूत सूत चींटियाँ मुझे मटियामेट करे डाल रही हैं और धड़ धड़ धड़ धड़ धड़ मैं उठता हूँ सन्नाटी रातों में।

ऐसे में माँ पास बैठी मिले तो वही होगा न ? ख़ाली जगह में तैरती आँखें। भुतैली रात का हिस्सा।

"क्या हुआ ?" माँ का हाथ मेरे माथे पर अँधेरी सलवटें सहलाता है।

खिड़की खोल देती है। "हवा जो बन्द रखते हो।"

मेरी खिड़की के बाहर कोई आसमान नहीं। मैं ताकता हूँ। साँसों को माँ के हाथ में सीधा कर रहा हूँ जैसे रोडरोलर से सपाट कर दूँ। साँस खींची साँस छोड़ी। बराबर बराबर काट के। नाप नाप के। एक टुकड़ा अन्दर एक टुकड़ा बाहर।

टुकड़े से निजात नहीं ! अन्दर बाहर ! डब्बे में !

"उस बड़े वाले सफ़ेद फूल की महक आ रही है।" मैं कहता हूँ'

"वह फूल ?" माँ दोहराती है। खिड़की के बाहर झाँकती है। फिर मेरी तरफ़ अजीब नज़रों से। मेरी तरफ़ देखती पर कहीं और देखती। "यहाँ कोई फूल नहीं।"

कोई है, मैं सिहरता हूँ। आसपास नहीं देखता।

"पर था। वह लाया था। इसी खिड़की पर रखा था गमला। सफ़ेद फूल खिला था। मैंने पानी डाला था।"

फूल महकता था। धरती में गहरी गहरी मरमराहट सी उठ रही है। माँ के बोल।

"उसी फूल की महक ? कुछ है तुम्हारी आँखों में ... कोई बात ... वही बात ... वही निगाह ... जो उसकी आँखों में।"

मैं भी भूत। भुतैली रात का हिस्सा।

38

भुतैले ढंगों का भुतैला मोटापा ! वही हमारे जीवन की चर्बी ! आज के बच्चों की तरह – ऊपर से भोले, अन्दर से पोले। घर गुलशन गुलशन, तस्वीर ज़िन्दा ज़िन्दा, पकवानों में उसकी पसन्दीदा .खुशबुएँ और अब कोई नहीं, कोई नहीं जानता कि हम हैं कि वह, हमारे हाथ में अपना हाथ बढ़ाता !

कमरे से बाप निकले, लुँजपुँज अस्थि पंजर, काया पंक्चर पंक्चर। दरवाज़े पर हसरत फेरी। डाक से आया लिफ़ाफ़ा डाकिया सरका गया था। उठाया।

पर उससे क्या हवा भर पाती ? मेरा रिज़ल्ट कार्ड !

देखा। ''नॉन परफ़ॉर्मर,'' बुदबुद की। ''बैठे बिठाए चाहते हैं सब मिलता चला जाए,'' और बुदबुद की।

कि शायद झीख भरी बुदबुद पम्प हो सके, पंक्चर ठीक करने !

नहीं हुई। तस्वीर को देखा। वह ही ठीक। परफ़ॉर्मर पार एक्सेलॉन्स ! उसके रिज़ल्ट कार्ड उन्होंने तरतीब से रख छोड़े हैं। ट्यूटोरियल, ख़त किताबत, ऐन शेन कागद भी।

तस्वीरवाला दौड़ में आगे, उन्हें तसल्ली है। गिरा के मेरा कार्ड फिर दरवाज़े के पास वे मर गए और अपने कमरे में चले गए।

पर वह नहीं मरा ! माँ बासी खाना लेकर सीढ़ियाँ उतर रही थी।

मैंने उसकी छड़ी उठाई और हम चुपचाप मोहल्ले की सड़क पर निकल आए।

पुरानी प्रथा जो उसने कायम की थी। सड़की कुत्तों को खिलाना

कि गाय घोड़ों को तो सब पूछते हैं और बहुतेरे पूजते भी हैं।

जिस तरह कुत्ते हँसने लगे और पंखों की तरह मुझ पर पूँछ झलने लगे, कोई शक नहीं होना चाहिए कि मेरा हाथ वह बढ़ा रहा है ! जानवर कहीं के, मैंने गलियाया और छड़ी से उन्हें अलग अलग किया कि सबको मिले। हटो हटो, नहीं नहीं, गोश्तख़ोर कहीं के !

माँ तृप्त है। जितना तृप्त वह हो सकती है। मैं उसकी छड़ी से उसके कुत्तों को उसकी तरह बराबर बराबर टुकड़े बाँट रहा हूँ। उसका उत्तराधिकारी। उसकी बाँट। उसकी दया, उसकी इच्छा।

यहाँ किसी की अपनी इच्छा बची नहीं। अपन की अपनी इच्छा बनी नहीं। यहाँ दीवार पर खुँसा हुआ संचालन कर रहा है। कुत्तों को दूरदराज़ से डंडा दिखाने के लिए मेरे हाथ में एक छड़ी दे गया है पर असली डंडा साथ ले गया है ! ज़रा उठाया, इधर इशारा, उधर टीप और कठपुतलियाँ छमाके देने लगती हैं !

39

अच्छा। हवा में ? अन्तरिक्ष में ? ज़मीन में ? जब ख़ाली होता है भीतर तो कहाँ होता है उसका भीतर ? कहीं तो। क्योंकि ख़ाली होता है भीतर तो कुलबुल शुरू हो जाती है कहीं तो।

कुलबुल भी, सरसर भी, मरमर भी। कुलबुलाहट, सरसराहट, मरमराहट। छितरी बिसरी पर एक दिन पाया कि उनमें यह सवाल आकार पाने लगा है कि हम जुड़ जाएँ तो ?

सवाल व्यग्र हो रहा है, बेसब्र हो रहा है और मैं अरबरा के चारों ओर देखने लगता हूँ कि कुछ होनेवाला है क्या ?

क्या मैं इन्तज़ार कर रहा हूँ ? (या वह ?) क्या पता है कि छितरे जुड़ेंगे कि जुड़ी हुई कुलबुलें छितरेंगी ? क्या चाह रहा हूँ मैं ? (या वह ?)

देखता हूँ कि देख रहा हूँ तनिक ग़ौर से कि कुछ हो रहा है क्या ? नहीं कुछ तो नहीं। मौसम ऐसा जैसे दुनिया के किसी भी कोने में हो सकता है। सड़क पे चलते लोगबाग भी वही जो अभी तक थे। यूँ क्या कहीं कुछ बदला है ? मगर फिर भी !

"माँ," मैंने पुकारा।

माँ आई। "क्या ?"

पर मैं भूल गया क्या।

"भूल गया," मैंने कहा। क्यों भूला, मैंने सोचा।

माँ प्लेट पर ले आई थी उसकी पसन्द का कुछ जो वह बना रही थी।

मैंने खाया। उसके स्वाद में स्वाद आने लगा है !

यह मेरी पसन्द हुई कि उसकी ?

उसकी तरफ़ मैंने देखा और यारी में पकवान फ़ोटो पर छुआया। भोग लगा दिया।

''माँ,'' मैं फिर बोला, ''उसकी जाँघें देखो और मेरी।''

''टेनिस,'' माँ फिर बोली। ''या जॉगिंग।''

''कल से जॉगिंग'' मैंने कहा। जैसे सुकून मिला।

पर अकेले पड़ते ही कुलबुल कुलबुल साफ़ सुनाई पड़ने लगी।

तुम्हें भी ? मैंने तस्वीर से पूछा क्योंकि कोई नहीं देख पाता जब मैं उससे कुछ डायलॉगबाज़ी कर लेता हूँ, दुनिया में मौन रहने के बाद।

वह चुप रहा।

समझते नहीं ? मैंने शेख़ी बघारी। क्या भाषा बोलते हो भाई ? या बोलना ही नहीं आता ? ज़बान तालू से गोंदिया ली है क्या ? सर्जरी कराऊँ ?

मेरी मुस्कराहट पर भी वह चुप !

ओके ओके ! मैंने कान छुए। डोंट रूठो। आई विल लेट यू बी। चलो हाथ मिला लें। मैंने हाथ उसके से छुलाया।

तो मुझे दया आने लगी। तंग करते हैं क्या तुम्हें ? रोकते टोकते रहते हैं। जाना है, कहाँ जाना है, मैंने पूछा, खोल दूँ पिंजरा ?

उसके जवाब के इन्तज़ार में मैं जमकर बैठ गया उसकी आँखों में घूरता। उतरता। डूबता।

कुलबुल कुलबुल सुनाई पड़ने लगी और मैं परेशान होता गया। जैसे धरती के नीचे से या सागर के भीतर से या आसमान के पीछे से। सामने सब चोखा, सब पहला सा। क्या हो रहा है ? क्या हो ? कुछ हो ? तो जीवन हो, भूत और आज, इन्तज़ार और कहानी, चाहिए कहानी बस कहानी, मैं हो जाऊँ कहानी, मेरी हो कहानी ...

और फिसल न जाऊँ कहानी के बीच से ... फिसल न जाए कहानी मेरे बीच से ... फिर से मुझे अलग छोड़कर ... कुछ पकड़ में नहीं ... शून्य में तैरते कण ...

माँ कहती है मैं तस्वीर के आगे बैठा बैठा सो जाता हूँ।

हम आमने सामने और बाक़ी बस कुलबुलें। कुलबुल कुलबुल। जैसे अनगिनत बुलबुले।

बुलबुले नहीं, वलवलः !

तो पता हो जाना चाहिए कुछ होगा।

चरम पर आ चुका है इन्तज़ार, अब होगा कुछ।

40

आँख, हाँ, लग गई थी। पर बैठे बैठे नहीं, आराम से उसके बिस्तर में लेटे लेटे।

कुछ हिला इसलिए मैं जाग गया। कोई है मेरे कमरे में।

मैं उठने ही वाला था कि बाप को पहचान गया। अँधेरे में उनकी अँधियारी चाल !

तो क्या करता ? पड़ा रहा चुपचाप, पलकें टाइट। बाप हर चीज़ की पड़ताल में। किताब छू। कलमदान छू। यह क्या सूझी आपको, अवहास मेरे चेहरे पर, जिसे पोंछता हुआ बाप का हाथ मेरे होंठ छू गया।

तब मैं ज़रा चौंका। आँख खोलूँ न खोलूँ, में रुका रहा और धीरे धीरे पलकें उठने लगीं।

यह क्या कर रहे हैं बाप ? बड़े जतन से चल रहे हैं एक हाथ फैला के दीवार को सहलाते हुए। पूरी करके दीवार उन्होंने दरवाज़ा खोला और लगा मुझे कि मुड़कर मुझसे आँख मिलाई। पर अँधेरे में इतना साफ़ पता नहीं।

ज़रा दरमियान बढ़ ले। फिर मैं उठा और उनके पीछे पीछे चला, ख़ासे आश्चर्य में कि या इलाही ये माजरा क्या है ?

उसी तरह एक हाथ फैला के, दीवार को छूते हुए, माँ के कमरे में ! जैसे कोई टोना कर रहे हैं !

माँ सोती रही।

हाथ दीवार पर चलता रहा। सीढ़ियाँ उतर लीं तो बाक़ी घर की दीवारों पर भ्रमण ! जैसे कोई मन्नत माँगता।

मैं छुप छुप के देख रहा हूँ उसी मुद्रा में उनका किचन में जाना, अपने कमरे में जाना, पूरे हॉल का चक्कर लगाना।

एक परछाईं हाथ बढ़ा के घर की दीवारों को छू रही है। पूजा हो जैसे।

तब छाया ने सामने का दरवाज़ा खोला। दूसरी बार मुड़ के देखा। जैसे अब अलविदा।

मैं लपका। माँ के लिए डर के ? या बाप के लिए ? क्या करना चाहिए मुझे, मुझे क्या मालूम ? रोकना चाहिए ? रोक सकता हूँ ? बड़ी मुश्किल में हूँ, नन्ही सी जान मेरी।

पर वे तो निकल चुके थे। दरवाज़ा खुला छोड़।

हालाहाली में मैंने जूतों में पैर डाले और खुले दरवाज़े से बाहर हो, उसे अपने पीछे क्लिक, बन्द किया।

दाएँ बाएँ, दाएँ बाएँ, कि वे दिख गए ! छाया बस। मैं छाया के पीछे। जॉगिंग शूज़ में।

अरे, बहुत देर तक हम चलते रहे ! छाया आगे, मैं पीछे। छाया रुकती तो मैं भी थम जाता। छाया मुड़कर मुझे देखती तो मैं झेंपता, कहीं कह बैठे कि क्या है, तो मेरा जवाब क्या होगा, क्या होना चाहिए ?

पर अबके मुझे लगा छाया मुझे नहीं देख रही। मेरे पीछे देख रही है। जिस रास्ते हम जा रहे हैं उस छूटते रास्ते को देख रही है।

हैरानी बढ़ती गई !

फिर तो हद ही हो गई। हम मोहल्ले के नाले पर पहुँच गए थे। जो अँधेरे में सुन्दर लग रहा था और उसके बगल में एक पौधा बढ़ा हुआ था जिसमें ख़ुशबू देता वह वाला फूल था। सिर्फ़ एक फूल। गमले में लगा। सफ़ेद था रंग।

और वे हैं कि उन्होंने बढ़कर उसे तोड़ लिया ! तोड़ लिया और बड़ी नाटकीयता से उठा के उसे सूँघा जैसे ऑक्सीजन की आख़िरी थैली हो और ले के अपने कान पर खोंस लिया।

जैसे वे मुड़े और आगे बढ़े उस अन्दाज़ ने कहा कि बस, अब मुड़ने की ख़्वाहिश नहीं बाक़ी।

मेरा हाल यह कि हक्का बक्का भी नहीं रहा। डर भी नहीं रहा। बस देख रहा हूँ और देख रहा हूँ।

छाया का आगे बढ़ना। मुझसे दूर होते चलना।

देर तक उस फूल को नज़र में रख के मैंने उसका पीछा किया। कान पर खुँसा सफ़ेद फूल।

छाया पानी के किनारे चलती रही। तेज़ होती गई। जॉग कर रहा हूँ, हाँफ रहा हूँ, पीछे रह जा रहा हूँ। बाप कहेंगे उस ज़माने के आटे और तुम्हारे ज़माने के आटे का फ़र्क देखो !

उस जगह पानी में सितारे भरे थे।

पहले कि मैं रोक पाता छाया झुकी और उसने ओक से भरके पानी पिया और फिर जो खड़ी हुई कि मैं जान गया यह पानी ऐसा कि सब भुला दे। दीन दुनिया और उसकी जुबान और उसकी हर डोर अब भूली जा चुकी है।

कि फूल सूँघ लो तो इच्छा मरी और यह जल पी लो तो याददाश्त मिटी।

विधि पूरी हुई।

माँ को मैं क्या जवाब दूँगा मैं काँपने लगा और इस कदर पस्त महसूस करने लगा कि पता ही नहीं चला छाया कहाँ गुल हो गई और मेरा टूटा हुआ दिल कब और कैसे मुझे घर, मेरे बिस्तर पर, डाल गया।

41

''जाने दो न।''

जाग जाओ तो पता चलता है ये तुम ही कह रहे हो। मतलब मैं ही कह रहा हूँ।

माँ मुझे झंझोड़ रही है। रुक गई, मेरे शब्द सुनकर। ''उठो तो फिर जाओ,'' वह बोली है। ''जॉगिंग,'' वह आगे कुछ कहनेवाली है।

''मुझे नहीं,'' मैं कहता हूँ, अभी भी नींद की चढ़ाई से उतरता, ''उसे।'' पर उसे कहते ही मैं उतराई पूरी कर चुकता हूँ एक लुढ़क में और आँख खोल देता हूँ।

कौन कहता है कि नींद को होश नहीं होता ? 'उसे' कहते ही मैं जान जाता हूँ नींद क्या क्या जानती है। मैं जान जाता हूँ वे बाप नहीं थे जो दीवारों को छू रहा था ! अकबका के तस्वीर की तरफ़ देखता हूँ।

''हैपी बर्थडे,'' माँ कह के मुझे चूमती है।

''मगर जूते ?'' माँ जॉगिंग शूज़ उठाती है, मुझे नंगे पैर सीढ़ियों पर जाते देखती।

''जॉगिंग मैं कर चुका,'' मैं बता डालता हूँ और बाप की बगल से निकलकर बाहर का दरवाज़ा खोलता हूँ।

ठीक सामने मेरे वह गमला है, जिसमें वह वाला बड़ा फूल होता है !

''यह कब लाई ?'' मैं पीछे पीछे आई माँ से पूछता हूँ। यानी नदी नाले के किनारे से ? कब ?

''तुम्हारे जन्मदिन का तोहफ़ा,'' माँ कहती है, एकदम नादान।

जैसे मैं समझता नहीं कि किसके जन्मदिन का तोहफ़ा है !

पर माँ नहीं समझती कि वह फूल सूँघ चुका है, मोह छुड़ानेवाला फूल।

''फूल,'' मैं पूछता हूँ ?

''बेटा, वह बारिश में खिलेगा।'' माँ शायद .खुश है मेरे सवालों पर।

तब पता है मैंने क्या किया ? तब मैं चुप हो गया।

अपने अट्ठारवें, और उसके तीस पार, जन्मदिन पर, सुबह सुबह एकबारगी मैं चुप हो गया। चुपचाप अपने कमरे में जाकर लेट गया और देखते हुए उसे – या उसकी तस्वीर को – सोचता रहा, रात जो कुछ घटा था, उस पर।

न जाने क्यों आज उसके आगे मेहरबान होने को जी चाह रहा है। जिसने ऐसा दुकेलापन मुझे दिया है कि अकेलापन क्या है मेरे फ़रिश्ते भी नहीं जानते !

कुछ भी हो यार, तारीख़ यह तुम्हारी है।

या होती।

मैं हाथ बढ़ा देता हूँ। हस्बे मामूल। बधाई हो।

फिर उदास मन से वापस खींच लेता हूँ। सुनो, अच्छा लगता हाथ मिलाना।

अपने हाथों को जाँचता हूँ। इतने बुरे नहीं हैं। तुम्हारे जितने बलिष्ठ नहीं मगर एकदम पिद्दी भी नहीं। कुछ तो है जो एक से हैं हम – तुम और मैं। मियाँ बीवी बरसों साथ रह लें तो एक माँ के जने लगने लगते हैं। कुत्ता बिल्ली भी बरसों पल जाएँ तो मालिक मालकिन की झलक चेहरे में ले आते हैं ! हम भी तो अरसों बरसों साथ रहे हैं। हर तरफ़ तुम मेरे मॉडेल की तरह और मैं प्लास्टीसीन – रगों की सरसर मेरी माँसपेशियों में तुम्हारा आकार गोदने में जुटी रहीं।

आज मैं चाह रहा था वह हो और मैं उसे .खुश करूँ। मना लूँ कि बेचारे को जीवन ने कैसा ज़ालिम धक्का लगाया है। यार मज़ा आता, कहूँ, यह क्या आत्मा परमात्मा अभी से रटने लगे, अभी तो हमारे दिन

हैं मिल मिलकर लड़कियों का पीछा करें !

प्यार से कहना चाहा मैंने, सुनो, माँ तुम्हारी अच्छी है और सुनो, बाप की क्या कहूँ, बट यू डोंट माइंड, डू यू ?

तस्वीर तस्वीर की तरह मुझे ताकती हुई। मरी हुई जड़ी हुई। उसने कुछ नहीं सुना।

सुना मैंने। खिड़की के बाहर सड़क पर इमारतों के आगे का शोर और मुँह में मंजन भरे खिड़की खोल दी।

आसमान को छूते क्रेन, ऊपर हवा में सलमे सितारों की रंगीन चुन्नियाँ फड़फड़ा रहे थे। क्रेन में बैठे मज़दूर और तारों पर बँधी चुनरियाँ, दिलेर, उड़ती हुई, कि रोके न रुकेंगे हम।

इधर जन्मदिन हमारा, उधर दुनिया में किसी त्योहार की तैयारी ! घरों दुकानों पे कंडील और बड़े सितारे। गली, नुक्कड़, दरवाज़ों के बाहर बड़े बड़े तिकोने पेड़, प्लास्टिक बैग में तैयार। अभी बँधे खड़े कि जब खोलेंगे तो बत्तियाँ, गुड़ियाँ, फिरकियाँ, गोटे और पन्नी की चमक चमक में झपझपाएँगे।

42

अब देखो, खिड़की खोल दो जो तुम भरसक नहीं खोलते और क्रेन में बैठे आदमी ऊँची हवा में ठीक तुम्हारे आगे मस्ती से झूलें तो कहीं न कहीं जो कुलबुल कुलबुल चलने लगी है बढ़ेगी और उदासी के बुलबुले बनाकर फूँकने लगेगी। कुलबुल कुलबुल उदासी को छरका रही है। कुलबुल कुलबुल मेरे चुप को उड़ा रही है। बुलबुले हवा में तैर रहे हैं। उनमें उड़ते दुपट्टों की रंगीनियाँ झलक रही हैं। उनमें झूलनेवालों की मस्तियाँ भर रही हैं। मैं खिड़की पर खड़ा हूँ।

कुछ तो है हुई जाती है चिलमन रंगीं !

"हैपी बर्थडे," माँ फिर आ खड़ी हुई। मेरे मुँह में मीठा डाल के माथा चूमती है। "हैपी बर्थडे बच्चे।"

माँ का आशीर्वाद जहाँ सच और झूठ एक हैं।

आज तुम अट्ठारह के हो गए।
आज तुम ज़्यादा के हो गए ...
आज तुम अट्ठारह के हो
आज तुम फिर अट्ठारह के हो गए
सारी मंशाएँ तुम्हारी पूरी हों
सारी मंशाएँ तुम्हारी पूरी हों ...
जुग जुग जियो फूलो फलो
मेरी उमर लग जाए तुम्हें ...
आज तुम तीस पार करके ...
नहीं आज तुम फिर से अट्ठारह के हो गए !

एकदम चुप चीख़ कहाँ जाती होगी ?

मैं माँ की उलझी डालियों पर सिर रख देता हूँ।

हम दोनों का – या तीनों का – यह सालाना विधान है। अब मैं लेट जाऊँगा।

ठीक उसकी तस्वीर के नीचे मैं लेट गया। वह मेरे ऊपर झुका, देव या दैत्य।

मेरी आँखें बन्द हो जाती हैं और माँ के हाथ दुआ देते हैं, सहलाते हैं। सहलाते हैं, दुआ फैलाते हैं। सहला सहला के मेरा बदन खोलते जाते हैं। कि मेरा शरीर उसके बेटे का खोल है जिसमें उतरकर वह मुझे कोट या पैंट की तरह पहने। न चींटियाँ कुतरें, न लाल दाने खसोटें। नर्मी से, करीने से, वह डाले मेरे सिर में सिर, बाँहों में बाँहें, टाँगों में टाँगें।

मीठी मीठी टीस जहाँ उसके हाथ बाँहों से बाहर निकलें और पाँव पाँयचों से ! दर्द की, दर्दों की। अट्ठारह बरस की यादों की।

अपने एक्स्ट्रा पन्द्रह बरसों की लम्बाई वह मेरे कमतर कद में अटा दे।

हम दोनों – तीनों – चुप हैं। पर मैं नहीं कह पाऊँगा माँ से कि माँ वह वाकई चुप है। तस्वीर मर चुकी है। ख़ाली फ्रेम टँगा है।

कि एक विधान यह भी है। कि दीवारों को छू के फिर फूल को सूँघो और तब पानी पियो और उस दूसरे लोक में चले जाओ। मोह भंग करनेवाला फूल और याददाश्त मिटानेवाला पानी।

पर मैं नहीं कह पाऊँगा माँ से कि माँ तुम्हारी भाषा कोई अनजान भाषा हो चली है, कुछ समझ नहीं आ रही उसे।

माँ कृतज्ञ नज़रों से देख रही है कि इस कदर जिला दिया है मैंने उसे ! देख रही है कि हम दोनों अट्ठारह के हैं, आदमकद लम्बाई में फ़र्श पर बिछे, मुबारक दिन में।

अट्ठारह बरस के अनजान से इन्तज़ार में हल्के हल्के धड़क धड़क, दिल में चिड़िया की तरह पंख खोलते और खोलते और खोलते जाने को तत्पर।

खिड़की से छलाँग लगाने को तैयार कि अब उड़ेंगे या गिर जाएँगे, ज़माने की बला से !

43

अट्ठारह का हो जाना और कुलबुल का होते जाना।

किसी को पता नहीं चल रहा कहाँ से उठ रही हैं ये कुलबुलें ! कुलबुल कुलबुल। बिसरे टुकड़ों का कुलबुलाना। समुदस्त अँधेरे की चाहना। कि जुड़ें, कुछ बनें, चमकें, क्या बनें ...? एक कहानी। एक इंसान। एक अट्ठारह वर्ष का ...?

आज मैं अट्ठारह का हो गया। बेवजह हुमक मन में ! किसे याद कब से कुलबुल कुलबुल उठ रही है ? नीचे पार्टी की तैयारियाँ चल रही हैं, यहाँ मैं अजीब आलम में। अट्ठारह का हो गया न, यही बात ! अट्ठारह के हैं हम।

अट्ठारह का होना, उफ़ युम्मा !

अट्ठारह सब होना चाहते हैं। यूँ कि जो हो पाता है एक बार ज़रूर अट्ठारह का होता है। इसका बम से कोई वास्ता नहीं। बम हो तो भी अट्ठारह का तो हो ही जाना है। ताकि जितनी इच्छाएँ अनिच्छाएँ, जितनी शैतानियाँ भगवानियाँ, हवा में फैली हैं, एक बार, भोली भाली, अन्दर आ जाएँ।

मुन्नी मुन्ना धक धक मेरे सीने में और उतरता हूँ सीढ़ियाँ। हर साल आनेवाले आ गए हैं। उसकी तस्वीर भेजी है, उसके प्रिय फूल सजे हैं, गुलदान के नीचे पानी की लकीर बह रही है, उसकी चाह के खाने मेज़ पर नुमाइश कर रहे हैं, चेहरों पर उसकी याद है, न कोई हँस रहा है न कोई रो रहा है, बाहर भी त्योहार की तैयारियाँ हैं, सब गा रहे हैं हैपी बर्थडे टू यू, माँ ऐसे देख रही है जैसे मुझमें उसकी

उपस्थिति, केक है, बाप ऐसे देख रहे हैं जैसे मुझमें उसकी ग़ैर-हाज़िरी, मैं हूँ, नहीं हूँ, हैपी बर्थडे टू यू, एंड यू आर डेड टू, मैं नई शर्ट पहने हूँ, मेरा माथा खुजला रहा है, कलाई घड़ी उसी की है, मगर बढ़िया है, कैलकुलेटर भी और दुनिया भर के टाइम, केक पर मोमबत्ती है, लौ हो चली है बेचैन अब फुँकेगी, हाथ समझ नहीं पा रहा क्या करे, जेब में जाए, उसके दोस्तों की रह चह चालू है, हाथ पीछे बाँधूँ, दीवारें खड़ी हैं, मैं शरमा रहा हूँ मैं घबरा रहा हूँ, फ़र्श औंधा पड़ा है, बेचैन हो चुका है आलम अब बरपेगा, घर चारों खाने चित्त है, मैं लेट जाऊँ, नहीं खड़ा रहूँ, मुस्कराऊँ, मुस्करा रहा हूँ, हैपी बर्थडे टू यू गाते लोग, मैं मुस्करा क्यों रहा हूँ, गाते लोग, मैं भी गा रहा हूँ, हैपी बर्थडे टू यू, अरे मैं गा क्यों रहा हूँ, अपने जन्मदिन पर ख़ुद के लिए हैपी बर्थडे टू यू !

मैं गड़बड़ा गया था।

सब चुप हो जाते हैं।

मैं लाल।

मैं हँसने लगता हूँ।

सब हँसने लगते हैं।

बाप नहीं। माँ मद्धिम मद्धिम। लोग शाम में शरीक हैं। खाना पीना चहचहाना, इसे कहते हैं पार्टी, बर्थडे पार्टी। अट्ठारवीं।

कहाँ से उठती हैं कुलबुल कुलबुल कुलबुलें ? छोड़ने लगती हैं शरारें। जिन्होंने शुरू कर दिया है रेशा रेशा मेरे सीने में अपने को लपेटते जाना।

कब से, पूछती हो ? मैं भी पूछता हूँ। पता नहीं। बस इन्तज़ार में थीं कि हो जाए किरदार अट्ठारह का !

अट्ठारह।

दुनिया की सशक्त भाषा में कहते हैं एटीन उसे। एटीन पर वोट कर सकते हैं, दारू पी सकते हैं, माँ और बाप में किसके पास जाना है चुन सकते हैं, अलग होना है तय कर सकते हैं, विरासत में अपना हक माँग सकते हैं, अपने हक हथिया सकते हैं, बम बन के उड़ सकते

हैं और बम से उड़ सकते हैं।

अरे अट्ठारह का हो गया अरे वह अट्ठारह का हो गया अरे वह ही फिर से अट्ठारह का हो गया है, क्या करना चाहता है, क्या क्या करना चाहता है, क्या करना चाहते हो, क्यों ?

मुझसे पूछा किसी ने और मैंने कहा कि आगे की पढ़ाई करने उस प्रदेश की उस नामी युनिवर्सिटी में जाना चाहता हूँ और सँभालने लगा अपनी चम्मच पर डिगलाता कोई खाने का टुकड़ा।

44

हवा ठिठकती है। यकीन मानो। ख़ाली पीली बुम नहीं मार रहा।

अचानक।

हाँ, अचानक के मायने हैं बिना चेतावनी के। समाँ अँधेरा अँधेरा हो गया और किसी के स्विच ऑन करते ही बिजली चल दी कहीं! जैसे स्विच बत्ती ऑन नहीं, ऑफ़ करने को, दबाया हो।

ठक। हवा ठिठक गई। कि चुप, प्लीज़ नो टॉकिंग एंड स्विच ऑफ़ मोबाइल्स, पर्दा उठनेवाला है, मंचन शुरू होनेवाला है!

मैं भौंचक्क खड़ा हूँ ख़ुद अपने शब्दों पर। हाथ में प्लेट है, चम्मच में भी कुछ है, गिरने मरने को आतुर।

मैं भौंचक्क ही तो खड़ा था। शायद बाक़ी भी। कौन मंच पर कौन नीचे? कौन पर्दे के इधर और कौन उधर?

तस्वीर लोप। इतना अँधेरा।

लाइट गई मैंने सोचा।

कि लाइट आ गई। ज्यों पर्दा उठ गया।

मैं हूँ, प्लेट, चम्मच है, भौंचक्क हूँ और मैं ही तो हूँ मंच पर और दर्शक रुके हैं कि अब, अब क्या बोलेगा?

मंच पर भौंचक्क से भौंचक्क अदाकार भी पर्दा उठते ही हवा से भर जाता है। लाइट पड़ी और डर उड़ा। अब वे अँधेरे में, उजाले में मैं और मेरा पार्ट। बुत जी उठे।

"हाँ क्यों नहीं," मैंने ठिठकी हवा को हिलाया, "वहाँ पढ़ने जाना चाहता हूँ।"

क्या है, कानों से पूछा और बाहर से आती होगी आवाज़, सोच, सामने का दरवाज़ा खोल दिया। अँधेरा हवा बनकर बहने लगा। कुलबुल, धीरे से। फिर और तेज़ फिर और तेज़। कि कोई गूँज लिये जो सुनाई पड़ रही है। सबको। कि गुनगुनाती कोई गूँज।

पता नहीं कहाँ से आती है गुनगुनाने की आवाज़। जो गुनगुनाना नहीं है क्योंकि इसमें कोई ट्यून नहीं है। सुरों का उतार चढ़ाव नहीं है। एक जगह फँसा सुर है, एक जगह अटका बजता है। गले में अटका रें रें का सुर। जो रोना था। लगभग रोना।

माँ के गले में ! बाहर नहीं। फँसी फुसफुसी। कि खुल गया तार और हवा में नंगा पड़ा काँपे रें रें, ऐसे।

वह रें रें उसके गले से होती, एक सुर, एकालाप करती, मेरे आसपास फैलती, सारे मजमे में बजने लगी। तेज़ नहीं पर कि सुने बिना नहीं होता।

माँ रो रही है।

अचानक मेरा दिल ज़ोर से उछला। ऐसी इलैक्ट्रिसिटी महफ़िल में तनी।

भँभीरी की तरह उड़ता सुर गोल गोल। माँ रो रही है ! आज पार्टी है ! हैपी बर्थडे टू यू ! बट यू आर डेड टू ! गोल गोल। डोल डोल। माँ रो रही है और सामने का दरवाज़ा खुला है।

अँधेरा हवा बनके बह रहा है, तेज़ होता जा रहा है, दौरा पड़ रहा हो जैसे, तेज़ और तेज़ और अँधेरे में अँधेरा झलझलाने लगा है।

न रे, यह तो कुछ और है, ये तो ढेर सारी प्लास्टिक की पारदर्शी थैलियाँ हैं जिनमें जगवालों ने तिकोने हरे पेड़, त्योहार के लिए, रख छोड़े थे।

किसने चला दी थी इतनी हवा – किसी ने तो – कि पेड़ोंवाले पैकेट में भर गई, उन्हें फुलाके फुदकने वाले जीव बना गई ? किसने – किसी ने तो – खदेड़ा, फुदकते हवा भरे पैकेटों को, कि सारे के सारे हमारे ही घर के आगे कुदकते चले आए ?

अँधेरे में, फड़फड़ाती, गोटेदार चुन्नियों के नीचे, हमारे घर के ऐन

सामने ये बैग धम धम धमक मटक रहे हैं। हवा उछालती है, मरे हुए पेड़ धम से नीचे गिरते हैं। मोटे मोटे परिन्दे उड़े, गिरे, उड़े, गिरे। मस्त, इठलाते रहे।

माँ रोती रही।

45

अट्ठारह बरस से माँ नहीं रोई थी।

किसी को नहीं सूझा कि क्या करें। चुप। इन्तज़ार में।

कितना ग़लत किया सबने। जो चुप रहे। इन्तज़ार में। न करते ऐसा, पीते रहते शरबत वरबत के घूँट पर घूँट, कौर स्नैक्स के चबाते रहते, बेल्ट का बकल ढूँढ़ने लगते, पर्स से टिशू निकालते, उड़ा देते काइयाँ बेध्यानी में मेरे मुँह से फूटे शब्द, बिसरा देते उनकी चिप्पियाँ सिफ़र में, तो कितने आराम से वही चिर परिचित ग़मगीन उदासी में सब ढक जाता। पन्द्रह बरस का शालीन पर्दा जिसमें बम का छितराया खोया खोया है और बम का जोड़ा हुआ सामने और हम सब एक परिवार हैं और हम पर वात्सल्य की नज़र डालता टुकड़ेवाला बेटा है, तस्वीरों से आशीष देता।

तस्वीर भी चुप और सब इन्तज़ार में। कि मैं करूँ, कहूँ, कुछ आगे। कि मैं निस्तारने वाला। कि मैं दूँ सफ़ाई, करूँ इनकार, दिलासा उँड़ेलूँ।

न कोई याद दिलाना चाहता है कि क्या थे मेरे लफ़्ज़, न पूछकर उनका सबब उन्हें फिर जिलाना चाहता है। चुप हैं।

जो ग़लत है।

कोई आपके बोलने का इन्तज़ार करे और आप न बोलें तो बाज़ू-ए-क़ातिल का ज़ोर बढ़ने लगता है ! अपने आप बाजू बगलों पर ज़रा उठ जाते हैं कि जैसे देखनेवाले को लगे कि बाँहें हवा को घेरे हैं तो यह उसका मायोपिया है, असल में हमारी चौड़ाई बढ़ गई है !

ग़लत किया जो इन्तज़ार में चुप रहे और भूल न पाए मुझे। क्योंकि

हो गया फिर यह कि जो कहा था मन में खुभ गया। पक्के अमिट अक्षर जो अपनी सेंक लिये मेरे भीतर सुलग सकते हैं। फिर भभक सकते हैं।

मैं मुड़ा।

खुले दरवाज़े के बाहर वे बेढब परिन्दे अपना धमापटक नाच कर रहे थे। लद्द्द फद्द्द कूदते हुए। माँ के गले में रें रें का पतिंगा तड़फड़ा रहा था।

जो पन्द्रह बरस से न रोई थी पन्द्रह बरस बाद जब रोएगी तो रुलाई पतिंगा बनके फँस जाएगी।

"माँ," मैंने कहा।

माँ ढाड़ मारकर रोने लगी।

जो पन्द्रह बरस से न रोई थी पन्द्रह बरस बाद जब रोएगी तो ऐसे ही रोएगी। जैसे अब रोएगी ही ! ढाड़ मारकर रोएगी। नाक कुप्पा हो गई। आँखें मछलियों ने बाहर उगल दीं। हिचकियाँ बँध गईं। चेहरा तरबतर हो गया। नाक बहने लगी। हवा पर्दे में लिपटकर आई। उसे मेरा हाथ समझकर माँ ने अलग झटका। पर्दा गुजमिज के नीचे गिर गया। माँ धीरज रखो मैंने कहा। माँ चुप हो गई।

अचानक। बेहद चुप।

पता नहीं कितना बड़ा लमहा था जब शूल की तरह उसकी आँखें मुझे छेद रही थीं। ठंडी। काली। चमकती।

"धीरज है मेरे पास," वह बोली। "वह नहीं है," वह बोली।

वह। उसका नाम। पहली बार माँ ने लिया। पन्द्रह बरस बाद, पब्लिक में।

सबकी नज़रें ख़ुद ब ख़ुद तस्वीर की तरफ़ गईं। वह मुस्करा रहा था और अँधेरा उसकी आँखों में लहरा रहा था। अँधेरे में अँधेरे की लहरें।

माँ को मैंने रुलाया। उसने चुप करा दिया।

पतिंगा मेरे गले में आ गया।

ख़ूब जानता हूँ उसी पल का मरना उसी पल में जी उठना। उसी

पल में मिलना, उसी में बिछोह !

"वह," मैंने उसका नाम लिया। पहली बार पन्द्रह बरस में, सबके आगे। "वह गया।"

मग़रूर आँखों ने मेरी तरफ़ देखा। महारानी की तरह माँ पलटी और सीना ताने, सिर उठाए, सीढ़ियाँ चढ़ने लगी। चित्त जेथा भय शून्य, उच्च जेथा शीर !

एक तमाचा मेरे गाल पर पड़ा। जो टुकड़ा मैं मुँह में डालनेवाला था टूटकर गिरा, प्लेट को टीप मारते हुए, नीचे फच्च हो गया।

"मार दिया न ?" बाप बोले।

और माँ के पीछे सीढ़ियाँ चढ़ते गए।

मालूम नहीं किसे मारने की कहकर, कि माँ को मार दिया न, कि उसे मार दिया न, कि उन्होंने मुझे मार दिया न ?

ज़न्नाटेदार तमाचा बाप ने मुझे मारा था !

46

क्यों बोला मैं ऐसे, मैं अपने आपसे पूछ सकता हूँ ?

इतने जवाब हो सकते थे।

वहीं जाना है। जो मैंने कहा।

कहीं और जाना है। जो नहीं कहा।

या पता नहीं।

या कहीं नहीं।

या चुप रहता। सुना नहीं। गूँगा, बहरा।

पर मैंने कहा जो कहा और चिड़ियाँ चुग गईं खेत !

क्या उसके इशारे पर बोला ? तस्वीर से वह मुस्कराया ? उसका मँगाया, उस युनिवर्सिटी का प्रोस्पेक्टस, मुझे बाप के कमरे में मिल गया ?

पर फूल और पानी ?

माँ बाप को मनाने बोला कि वैसा ही हूँ और वही, रहो .खुश ? कि आओ मिलकर याद करें, नाम उसका आबाद करें ? कि उन्हें चिढ़ाने बोला ? टिल्ली लिल्ली, स्वाँग रे स्वाँग !

अपराध से बोला कि मैं हूँ, वह नहीं ? जुर्माना ! कि मैं बच गया ? कि मुझे तो परे झटक दिया ?

कि अबके अलग न फेंको ?

कि फेंक नहीं पाओगे अलग ?

नायक बनके बोला ? प्यार से बोला ? हक में बोला ? भूल से बोला ? ज़िद में ? अकड़ में ? पहचान पाने ? उन्हीं जड़ों की ख़ातिर ? उन्हीं टुकड़ों की बदौलत ? क्यों बोला जो बोला ?

बेमक़सद, बेमतलब बोला ?

क्योंकि मक़सद और मतलब दुनिया में माफ़िया बने घूम रहे हैं और पकड़ लेते हैं कि जाओ, उस हवाई जहाज़ को बुलडोज़र बना दो और जा, उन दाढ़ीवाले रैट्स को, स्मोक आउट ऑव देयर केव्स – कभी अमरीका कभी अफ़ग़ानिस्तान।

या बस इसलिए बोला कि छिपने छिपाने का शगल आ पहुँचा अट्ठारह की अनूठी गिनती पर, जहाँ हर सवाल पंख खोलता है ?

अट्ठारह हो गए बरस, तो ख़ाली जगह भी उड़नखटोला होना चाहती है और कहती है कि उड़ो, कुछ फँसा नहीं है, कहीं धँसे नहीं हो, तुम कहीं के नहीं हो, यही तो बना रहा है तुम्हें नसीबदार, तभी तो असीम तुम्हारा !

बकवाद है कि पता हो माँ कौन, बाप कौन और जंगल कौन तो धनी हो। अरे क्या कर लेते तब – माँ ज्यू होती, इज़रायल भाग लेते बड़ा सा पोथा लिखने; बाप मिज़ो तो मिज़ोरम छानते। यही न ? पर सोचो, ख़ाली जगह तुम्हारी तो फिर ? तो फिर सब कुछ बाँचोगे।

क्योंकि ये ज़माना कहीं के होनेवाले का नहीं, कहीं के न होनेवाले का है !

क्योंकि क्या करता है विस्फोट ? सिर्फ़ परखचे बनाता है और बरसाता है। क्षिति जल पावक गगन समीरा के टुकड़े। ऐसे कि कुछ भी अपने जैसा नहीं रहता। बन जाता है दूसरे जैसा। कुछ भी, कोई भी। इडली भी, उँगली भी !

तो क्या यों समझें कि एक तरफ़ माँ, माँ का रोना, बाप, बाप का थप्पड़, वह, और उसका मुस्कराना और शहर ब शहर का जलना, और दूसरी तरफ़ ख़ाली जगह ?

हाँ यों ही समझें !

यह भी समझें कि मैं अट्ठारह और बाज़ुओं का मचलना और उठा के एक हल्ले में ख़ाली जगह को नचाना, यों गोल गोल, गोल गोल, जैसे बोरी को कि क्या भर दूँ और तब फेंकूँ, कहाँ फेंकूँ कि निकले उसमें से धाँय धाँय उत्कंठा से – इश्क़, मुझे हो गया है इश्क़ !

47

सुबह जिस तरह उठी कि वह भी अट्ठारह की ! अनजानी पुलक लिये।

माँ देख रही है मुँह अँधेरे में अपना – या उसका क्याफ़र्कपड़ता है – टी शर्ट चढ़ा रहा हूँ, जॉगिंग शूज़ के फीते कस रहा हूँ। देख रही है सँभली चाल नीचे उतर रहा हूँ पर जानती है कूद कूदकर ! दरवाज़े से बाहर निकला हूँ पर जानती है खिड़की से छलाँग लगा चुका हूँ !

उसका चिन्तातुर चेहरा दरवाज़े के पीछे। मेरे जॉगिंग शूज़ बाहर। जवानी की पहली सुबह। तो दौड़ने का मन करने लगता है। दौड़ो तो दुनिया दौड़ती है। दौड़ो तो तुम हो जो सवेरे को लहका ला रहे हो !

बाज़ सुबह का बाज़ वक़्त। उजाला अभी उजाला नहीं। अँधेरा मगर अँधेरा नहीं। दिन आएगा, इस बिना पर बत्तियाँ जली हुई और जगने, तैयार होने, काम पर जाने के कार्यक्रम शुरू। खिड़कियाँ कँडीलों की तरह भीनी भीनी उजल रही हैं। अपने को ही घेरे, अपनी ही धुपैली रौशनी में, उनके शीशे। सीमेंट गारे की इमारतें इस अबीरी हवा में जैसे पहाड़ और पहाड़ियाँ। लुके छिपे भेद भरे जीवन की उन पर झलकियाँ। झाड़ू लगाती कोई, कपड़े फैलाता कोई, अख़बार खोलती कोई, उनींदा कोई, हाऊ रोमैंटिक इज़ समाँ ! मैं दौड़ता, सुबह झपकती। नाले में पानी है। वह नाला नहीं नदी है। मेरे नए नए जूते हैं। उनसे बैंगनी रंग उड़ता है। आकाश हवा पानी जहाँ तहाँ उसे लहका देते हैं। बुरक देते हैं, इस सवेरे पर बैंगनी रंग, मेरे जूते !

मैं उस पेड़ के नीचे रुक गया हूँ जहाँ तुम मिलोगी आनेवाले एक दिन। उसकी झूलती शाखों के नीचे मैं सुस्ताऊँगा और तुम रास्ता पूछोगी।

आज नहीं मगर। आज मैं अनजाने वहाँ रुकूँगा और उसे निहारूँगा कि चलो एक लड़ियोंवाला पेड़ हमारे नीरस मोहल्ले में।

दौड़ूँगा दौड़ूँगा पूरे मोहल्ले का चक्कर काटता, सुबह की साँसें लेता। सृष्टि की शुरुआत है।

दौड़ता हूँ दौड़ता हूँ बैंगनी उजाले में, गुमक चाल में। जैसे यही नहीं पता कि पैर हैं कि पंख और कितने, तो किस लय में आऊँ ! जैसे यही नहीं पता कि क्या हूँ और तो क्या ? छोटी सी चींटी हूँ जो मेंढक बनके कूदी जो बारहसिंगा है दौड़ता हुआ और भिड़ेगा अब साँड़ बनकर पर है तो तितली प्यारी सी आत्म-मगन जो उड़ के बैठती है और .खुद फूल बन जाती है जो भन भन भँवरे के संग नाचता है और स्कूल में पढ़ाया जाता है कि भौंरा ऐसे गुँजन करता है क्योंकि जाहिलों को पता नहीं यह अट्ठारह का गीत है जो न भँवरा, न फूल, न तितली, न साँड, न बारहसिंघा, न मेंढक, न चींटी के बूते का है !

ऐसा ही रहा होगा वह भी जिसे मक़सद की माफ़िया ने फिरौती के लिए किडनैप कर लिया और मार के माँ बाप के आगे छिड़क दिया। उस सवेरे मैंने उसे याद किया, जॉगिंग करते हुए।

महसूस करते हुए कि वह भी मेरी तरह दौड़ता रहा होगा, हाँफने लगा होगा, हो रहा होगा पसीना पसीना, बगलों की ओर नाक करके खींचे होंगे लम्बे लम्बे कश अपनी महक के, दौड़ते दौड़ते, बसों गाड़ियों के इंजन के जागने के बीच, लोगों को पास से निकलते देख।

घूरते हुए मुझे ? पर आज मैं दुबकता नहीं।

वह भी न दुबकता। क्यों दुबकता ? कि सोचेंगे उसे देखकर यही है वह और वही है यह ? बमवाला ! बम के डर में गुपचुप !

नहीं ! था ही नहीं वह बमवाला। होनेवाला था बमवाला ! पर जानता कहाँ था ?

पर जानता भी तो न डरता। बम से भी न डरता। जाता .खुद दौड़कर जहाँ बम चुपका पड़ा है और उठा लाता उसे गेंद की तरह फुदकाता !

घर के आगे भी उसकी चाल न बदलती। मेरी भी नहीं बदली ! पर गेंद को वह वहीं झाड़ी वाड़ी में डाल देता। मेरे पास गेंद नहीं वर्ना

मैं भी ... !

तो मैं बिना कुछ झाड़ी में दबाए, सिर्फ़ भीतर की चाल ऊपर की चाल में छिपाए, घर के दरवाज़े पर आया। मैंने पूछा उससे मन ही मन, आते तुम वापस आज इतने बरस बाद तो कैसा लगता तुम्हें ?

48

यही वो दरवाज़ा है, मैंने सोचा वह सोचता।

रुक गया वहीं कि चलो सोचूँ दो पल!

यह दरवाज़ा। मेरे घर का दरवाज़ा। जहाँ मैं पला बढ़ा। इसी की बगल में ख़ुशबू उड़ाते उन फूलों की झड़ी जो पेड़ की गोल थली बना देते हर सुबह और माँ उठा के उन्हें, यहीं, मिट्टी के तसले में पानी पर तैरा देती।

अमाँ यह क्या, न झाड़, न फूल, न तसला ?

कोई फ़र्क यहाँ ? हाँ कोई फ़र्क यहाँ।

नज़र घुमाई तो यह क्या, बस कूड़ा करकट हर तरफ़ ? ईंट की दीवारें, पिलास्टर उखड़ता, ज़ंग खाए पाइप। चर्म रोग हो आया है ?

अफ़सोस मन में। पहचानता भी नहीं अगर ... अगर ... वह दुकानें वही न होतीं !

और ये नई दुकानें ? कई मंज़िला मार्केट ? ये तो न था। अफ़सोस कई मंज़िला ऊँचा उठता है ! यहाँ तो बस ख़ाली जगह थी आसमान तक जाती। बाप कहते थे शिकायत करेंगे, लोग उसमें कूड़ा करकट भर जाते हैं।

बाप ! अनायास मन रुक गया। कहते वहाँ पार्क बनेगा। झूले डलेंगे। पेंग लगाना। मैं अपनी खिड़की से देखूँगा और मचल जाऊँगा कि जाना है अभी और अभी। अब्भी !

आँख ऊपर चली गई। मेरी खिड़की। मगर बन्द क्यों है ? मैं तो रज़ाई भी ओढ़ता तो खिड़की खोले रखता। कौन रहता है मेरे कमरे

में ? उसका शऊर बिगाड़ने कहाँ से आ गया ?

पता नहीं, मैंने सोचा। मैंने, उसने नहीं ! ज़रा मायूस ! पता नहीं मैं उसे पसन्द आता ? कौन हो तुम, कहाँ के ? क्या बताऊँ ? क्या जानूँ ? मालूम नहीं, इन फ़ैक्ट ! और खिड़की क्या खोलूँ जब आसमान नहीं रहा ? खिड़की को दीवार मानता हूँ जिसके इस तरफ़, तुम्हारे कमरे में, तुम्हारे कामों में, पड़ा रहता हूँ। माँ ज़रूर चुप्पे चुप्पे खिड़की खोल देती है।

माँ ! वह ठिठक गया। संक्षिप्त सा अक्षर सागर सा छलछलाया। मैंने दरवाज़े पर हाथ रखा और उसका माथा, नाक, गाल छुआ। माँ का चेहरा। इतने बरसों से एक ही चीज़ गुनती, कहाँ हूँ मैं, किस हाल में, कब आऊँगा।

मैं दरवाज़े पर सिर टेक देता हूँ। इस तरफ़ मैं हूँ, उस तरफ़ माँ होगी।

उसे क्या पता इस तरफ़ मैं हूँ ? नहीं तो वह ले सिगरेट दे सिगरेट, धुएँ के छल्लों में ख़ुद को फूँकती क्यों ? हाँ वही कर रही होगी माँ, मेरी राह देखती।

क्यों फुँक रही हो माँ, मैं हूँ न, पूरा का पूरा, इधर खड़ा। एक हाथ लम्बा हो गया हूँ ? नहीं, अट्ठारह के बाद इतने बरसों में भी, मैं भी, एक हाथ लम्बा नहीं हो सकता ! थोड़ा मोटा हो सकता हूँ। कुछ भी कहो खाने के लाले मुझे कभी नहीं पड़े। तुम्हारे हाथ का नहीं, मेरी फ़रमाइश पर नहीं, लेकिन मैं ठीक रहा, ठीक हूँ, ठीक ठाक, भूखा प्यासा मरता, कहीं भुलाया पड़ा, नहीं। तुम्हारी दुआ ! और यह रंग जो ज़रा तच गया है, नहीं, जला नहीं हूँ, धूप की सेहतमन्द सेंक है, हैल्दी टैन। तुमसे काला हूँ पर होना चाहिए न बेटे को ज़रा सा काला, माँ से ?

माँ, मैंने दरवाज़ा खोल दिया।

अन्दर कोई नहीं दिखा। कोई आवाज़ नहीं। वही टेबल, काँच, के टॉप की, वही पुराना पानी का जग, पथरीले सिरैमिक वाला। वही लकड़ी की ट्रे जिसका कोना मैंने तोड़ दिया था। अभी भी चटका हुआ उसी

जगह, मैं झुककर देखता हूँ।

कुछ नहीं बदला तुम लोगों ने ? वही पुरानी सजावट ? वही पर्दे, वही फ़र्नीचर, वही मेरी चोटों के निशान ? अरे जो बिगड़ गया था, वह तो बदल देते ?

वही सब कुछ, जैसे मैं कहीं गया ही नहीं ? फूल भी मेरी पसन्द के।

पर अब मुझे ये पसन्द नहीं। मैं बदल गया हूँ। बरस मुझमें जुड़ गए हैं। चिल्लाऊँ – बदल दो, इन फूलों का रंग नकली है ? देखो, डंडियों को ट्यूब में क़ैद कर दिया है और वह नकली रंग है, उन्हें रँगता। गाढ़ा चमकाता रंग। जैसे ज़हर चढ़ा रहे हों ! जैसे 'ममी' को सड़ने से बचा रहे हों !

बदलना पड़ेगा, मेरे अन्दर हठ घुस आता है। इतने बरसों बाद मुझे कोई और मान लो। मैं वो नहीं हूँ। मुझे अब सफ़ेद फूल पसन्द हैं। मैं पहले सा अब नहीं दिखता, देखो।

चारों ओर तस्वीरें।

कहाँ दिखता हूँ वैसा मैं अब ? सब भंगार !

एक तस्वीर के पास मैं खड़ा हूँ। यह इसका माथा, यह मेरा, यह उसकी नाक, यह मेरी, यह कलाई, यह कलाई।

घोर सजावट। घोर सन्नाटा। जैसे पिरामिड।

हल्की सी हरकत।

माँ।

मैं आ गया हूँ, मैं कहने ही वाला हूँ।

मेरी उँगली तस्वीर पर।

माँ देखती है और कहती है – "अब मैं जान गई हूँ वह कभी नहीं आएगा।"

49

हम जुट गए तैयारियों में।

बस, जैसे चाय का प्याला पकड़ाया जाता है, वैसे गई माँ डब्बा लेकर और बाप को दे आई कि लो।

अरे, छोटा सा डब्बा ! मैं बड़ा और दंग !

मेरे बचपन का ताबूत कहाँ है ? यह तो ऐसा कि बस माँ का कोई ज़ेवर उसमें रख लो ! मखमल होगा अन्दर, उस पर हीरे की लौंग !

मैं ही बड़ा, वह तो छोटा सा !

मगर जिसे बौम्ब समझता आया था, वह छर्रा नहीं निकला ! बौम्ब ही था और आज तक जो कहा नहीं गया था, क्रियाकर्म कह रहा था।

मैंने हॉल ख़ाली कराया, फ़र्नीचर उठा, खिसका, बाप के कमरे में और बाहर। बाप चक्कर काटते, कहीं हाथ लगा देते, एक तरफ़ खड़े हो जाते, देख रहे थे अन्तिम रस्म की तैयारियाँ।

उजड्ड किस्म की बात होती कि अपनी ही श्रद्धांजलि होते देखें, वह भी फ़िल्म पोस्टरों में जैसे, अलग अलग ठव में। सजीली तस्वीरों में हर तरफ़ फैले हुए !

सारी तस्वीरें हट गईं और बस एक सीधी सादी, न छोटी, न बड़ी, न नेता, न खिलाड़ी, न तड़क, न भड़क वाली, माँ ने दी कि डब्बे के पास खड़ी कर दूँ।

एक बार फिर डब्बा मंच पर।

आख़िरी बार।

बहुत दुख का दिन। बहुत लोग रोने लगे। आज बच्चा दम तोड़

देगा, सब जान गए थे। अभी तक जो होने नहीं दिया अब हो जाएगा।

फिर से माँ बाप मैं और बक्स। बक्स माँ बाप और मैं। मैं माँ बक्स और बाप।

और जो बच गया था दुनिया में, वह शरीक उस दिन के दुख में।

और जो बच गए थे रिवाज संस्कार, वह शामिल दुख में।

जैसे समन्दर था जो तुम्हारे धिक्कार पर – ऐसा तुम दम्भी ने सोचा – पीछे हटा। तुमने और घुड़ककर देखा, वह और पीछे हटा। हटता गया पीछे और इतने बरसों में हुआ ये कि जहाँ वह था वहाँ बस सूखी रेत। तुमने समझा कि भगा दिया सागर को ? तुमने समझा तुम अलग, दूसरे लहरों को नमन करते हैं, तुम बालू से खेलोगे ? पर ए धर्म और रीतियों को तर्क करनेवाले, तुम समझे नहीं यह समन्दर खिलाड़ी है ! डरता नहीं, पीछे नहीं हटता। तुम्हारी चुनौती स्वीकार करके घात तोलता है। जिसे तुम पीछे हटना माने बैठे थे वह तो उसकी दाँव डबल ट्रिपल ज़ोर से खेलने की चाल थी ! नीचे को हुए, पीछे को झुके, इकट्ठा की सारी ताकत और अब जो डाँकेगा कि वहीं धराशायी हो जाओगे और टोटल तरबतर हो जाओगे।

ऐसे आ रही थीं रस्में एक के पीछे एक, जैसे मौजें-दरिया। ऊँची, प्रचंड, सियापा मचाती, इस सूखी पपड़ाई निराधार जगह को डुबाने, बहा ले जाने।

फूल थे और जाप थे और जल भी और आग भी। ब्रह्म वाक्य और पाक ग्रन्थ। दुख ने हाथ में घड़ी पहन रखी थी। बच्चों को प्रसाद में पेप्सी का इन्तज़ार था। ख़ाली घर में लोबान भरने लगा। आँखों में खुजली, नाक पे रूमाल।

इतना धुआँ आज फिर उसके जीवन में। माँ ने प्यार से उसको गोद में लिया। बाप ने दहकते चेहरे से दुआ दी। धुएँ की जानी पहचानी बसाँध में मैंने भी उसे याद किया – कैसा लगता होगा तुम्हें, हम सबको छोड़कर जाते हुए, छोड़ना चाहते हो न हमें, छोड़ रहे हो न हमें ?

अन्तिम क्रिया थी यह उसकी, आख़िरी कीला बक्स पर।

तभी मर पाएगा यह बेचारा टुकड़ेवाला जिसे खींच खींचकर, ऐसे

तान, वैसे तान, झिल्लड़ छालवाला बूढ़ा पेड़ बना डाला था और ख़ुद भी जा बैठे उस पर बुढ़ाने कि डाल ख़ुद ही ढलक जाएगी और हो जाएगा अपन बूढ़ों का वारा न्यारा !

50

रोती हो ! डबक डबक आँसू।

खिल जाता है मेरा मन !

सुनो तो ऐसे सुनो। वाह ! जैसे तुम हो उसके बीचों बीच। ग़मों की भीड़ में। मेरी तरह। मेरे लिए ? मेरे संग ? मेरी मलिका !

मलिका तुम्हारी जैसी ही चाहिए। चेहरे में मलाहत, भवें आसमाँ नापती और सारी इन्द्रियाँ कहानी के आगे जगती हुईं कि बाहर से सुनने के बजाय लगे तुम आ बैठी हो बीचों बीच कहानी में।

सुनो बुजुर्गों की एक और कही – गड़बड़ कहानी में नहीं होती, उसे बाँचनेवाले में होती है। वर्ना बाँचनेवालों में सलाहियत हो तो आधा अधूरा, वही होकर भी, भरपूर मज़ा दे ! इसलिए कि कहानी को, वे ग्रास बनाकर, दिमाग नाम के घमंडी जन्तु के भकोसने वास्ते नहीं पेश करते।

न रे, वे तो निडर होके अपनी सारी इन्द्रियों को कहानी को पेश करते हैं। कि उतर ले वह उनमें, चाहे उड़ाने, चाहे डुबाने, चाहे डंक मारने ! जब प्यार किया तो डरना क्या ?

तो मेरी मलिका और कहानी की मलिका तुम हो, तुम ही हो सकती हो। आज की सी पर आ जाऊँ तो देने के बाद ये जगह तुम्हें, अब अख़बार में इश्तिहार निकालूँ ! कि जिसकी ऐसी भवें और जो कहानी ऐसे सुने कि वही बना भी रही है, वे ही उम्मीदवार हो सकती हैं !

इस तरह बना दूँ सब मामला लीगल ? चूँकि चाह आजकल लीगल की है, मुद्दा लीगल इल्लीगल का है, नैतिक अनैतिक कोई गल नहीं !

बम भी, देखो न, किस किस तरह कानूनी घोषित होते हैं। कभी तो इसलिए, बस, कि यहाँ का माहौल ऐसा है कि परमाणु आकांक्षाएँ पनप सकती हैं इसलिए पहले कि वह हो, सरासर कानूनी तौर पर चलो, ले चलें बम वहाँ ! प्रीएम्पटिव एक्शन !

गड़बड़ेशन ये है कि आज जो कहानी कहो उसके किसी न किसी दोराहे, चौराहे पे, बौम्ब ज़रूर उचक आएगा ! आगे तुम्हारी मर्ज़ी कि हर गल को बौम्ब गल कहना चाहो या नहीं !

इतना तो है ही कि जिस तरह हर चीज़ में आज बौम्ब की दरकार हो गई है, उसी तरह बौम्ब में बाक़ी चीज़ें भी चलती रहती हैं। जैसे मेरी इस कहानी में ये भी, वो भी, इश्क भी, तुम भी ! आएगा बौम्ब, फिर फिर आएगा, अन्दर से आएगा, बाहर से आएगा, दूर से पास से आएगा, सारी साम्प्रदायिकताओं को तोड़ता आएगा, एक में बहुल और बहुल में एक होके आएगा, कहा न कि फिर फिर आएगा, मगर फिर भी ! वो दूसरी लज़्ज़तें भी तो आएँगी और कहानी भी बढ़ेगी।

किधर, अभी मत पूछो। अभी तुम हो, सुनती, .खुद इसमें सरक आई। मैं हूँ, कहता, तुम्हें सुनते हुए निहारता, इसलिए .खुद इससे अलग हो जाता। मझधार में तुम और मैं। और मैं अलग कगार पर खड़ा हम दोनों को देखता – मुझे कहते, तुम्हें सुनते। वहाँ भी रीझते, यहाँ भी रीझते ! तुम पर भी लट्टू और कुछ कुछ, तुम्हारी अनुकम्पा ये, कि अपने को भी प्यार से देखता !

अब क्या होगा ? किसको पता ? कहानी वह और कहानीकार वह, ओ मेरी नमकीन शायरा, जो अगले पड़ाव से वाकिफ़ नहीं। क्योंकि धरा हुआ एक टुकड़ा उठा के, हू ब हू उसे थमा दें, तो वह कहानी नहीं। दोनों हमशक्ल, कि इसे देखें या उसे, एक बात ! दोनों को बोर, उबाऊ, उकताऊ बना देने का नुस्खा है ये, कहानी नहीं है।

कहानी तो वह है कि शीशे में देखे तो कुछ अलग बन के नज़र आए। कम से कम आदम और हउवा, हादम और अउवा हो जाएँ !

पर कम से कम जैसी न्यूनतम शर्त कहानी पर क्यों लगाएँ ? कहानी तो आज़ाद, उन्मुक्त बढ़ेगी, .खुद भी, मेरे कहे भी, तुम्हारे सुने भी। हम

मिल के बनते जाएँगे, बनाते जाएँगे और कभी कौतुक से उसे देखेंगे, कभी अपने आपको। हम तुम और वह और दुनिया गई भाड़ में !

हाँ तो क्या कह रहा था ?

कि रोया भी, तुम्हें रुलाया भी, मगर अट्ठारह भी, और कहानी में बीच ओहदे पर, तो दुख के दिनों में भी पैर में स्प्रिंग – रखूँ नीचे और ज़रा सा उछले कि पैर नहीं पर, ज़मीन नहीं हवा को बना !

51

रोने का क्या ? पैर में स्प्रिंग हों तब भी रोना तो आता है। बाँस के बल्लों पर जनाज़ा उठता है और उस पर सवार हो ज़ेवर का डब्बा तो रोना आता है।

माँ के कपड़े का झोल मैं ठीक करता हूँ, वह रोती है। कुछ हिदायत देने मेरी तरफ़ देखती है, वह रोती है। बात न बात वह धीरे धीरे रोने लगती है।

बाप की आँखें लाल हैं।

रस्मोकरम पूरे हुए हैं और आनेवाले ऐसे रो रहे हैं कि जैसे कुछ लोगों में बेटी की डोली उठने पर रोते हैं। अन्तिम विदाई, यह घर अब तुम्हारा नहीं।

जनाज़े को कन्धा देते हैं बूढ़े बाप और जवान मैं। बाप रोते हैं कि जहाँ डब्बा है वह उनकी जगह है और उनका कन्धा बैरी, उसका होना बदा था मगर ...। माँ रोती है कि न वह भीतर रहा न बाहर। और मैं रोता हूँ कि अरे वह कितना छोटा है, मुझसे भी छोटा, छोटा सा लड़का, मेरा छोटा भाई, ऐसा बौना बना दिया उसे और कोई कुछ न कर सका !

ओके, मानो तो मानो, मानो तो न मानो। बादल का होना अजीब नहीं। बादल का बरसना अजीब नहीं। पर इसी हुजूम पर इसी दौरान ऐंसी विह्वल वर्षा ?

हम चले। बारिश में शहर उमड़ पड़ा !

बीच में भीगता है जनाज़ा। साइड पर छतरियों की कतारें।

अरे भीग रहा है, बाप सुबक पड़े।

मैंने भाई पर छाता लगा दिया।

इस तरह निकली थी डब्बा-यात्रा।

मगर घाट को नहीं, मरघट को नहीं, कब्रगाह को नहीं। जाति संस्थान, सर्वधर्मसभाघर, मन्दिर मज़ार भी नहीं। बल्कि शिक्षा केन्द्र के फाटक पर।

अब तक छतरियों का शहर पीछे पीछे चला आया था और शिक्षा केन्द्र के मैदान को काली काली छतरियों ने ढक लिया।

शोक धुन बजी और हम, ज़रा सा परिवार, अकेला अकेला, चले। उस तरफ़ जहाँ संगमरमर का स्मारक, उसके नाम और गुण को अपने पर अंकित किए, बाँहें खोले उसके स्वागत को बनाया गया था।

फूल नहीं इस बार, पत्थर समाधि !

वह पल – रोओगी तो मैं भी रो पड़ूँगा ! – एक ही पल जिसमें बाप ने हीरे का नगीना माँ की तरफ़ किया और माँ ने उसे चूमा और मैंने उँगली से उसे छू के माँ के कन्धे पर हाथ रख दिया और बादलों के बीच से सूरज ऐसे निकला जैसे बच्चा स्लाइड पर फिसलता हुआ आये !

एक झपाके से सबने छाते बन्द कर दिए जैसे सलूट मारते।

मैंने देखा स्मारक सुनहला, झक।

फिर क्या करना था वहाँ ?

हम चले आए।

52

यही भुलावा होता है। समझा जाता है कि दिन तो वह था जो हो गया। पर दिन तो आता ही रहता है। ग़ज़ब ज़हीन हिन्दी वाले कि उनका गया दिन भी कल, आनेवाला दिन भी कल ! कल हो चुका पर कल होता रहेगा !

इसलिए ज़्यादा कारगर तरीका है कि याद मत करो। क्योंकि याद करोगे तो फिर याद आती जाएगी।

पर माँ को कैसे समझाता ?

समझा सका न कोई !

रो रही है। भोर भयी है। मेरे पैताने।

माँ। मैं उठ बैठा। क्यों रो रही हो ? बेकार सवाल।

मैंने उसे लिटा दिया। उसकी पीठ पर हाथ फेरने लगा। वह रोती रही।

मत रो माँ, मैंने कहा, उसे ठीक से उढ़ा उढ़ूकर।

याद आ रही है। उसने कहा। रोते रोते।

बस बस। मैं बोला।

आती जा रही है। वह बोली।

चली जाएगी। मैंने सांत्वना दी।

नहीं जा पा रही उसकी याद। वह रोती गई।

ठीक हो जाएगा, ठीक हो जाएगा, मैं उसे थपकाता रहा। थपकाता रहा कि थपकाता रहूँ।

जैसे ही रुका वह बोली चलो।

सुबह सुबह हम निकले। फूलवाले फूल बिछा रहे थे। बड़े सफेद फूल हमने चुने और शिक्षा केन्द्र गए।

बड़ा सा मैदान और दूर कोने में वह। सुबह का सिद्ध पुरुष, सूरज, वहीं ऊपर से किरणें बिखेरता। वहीं ऊपर से देखता हमें मैदान पार करते हुए। माँ के हाथों में दीपक, मेरे हाथों में फूल। माँ का शॉल फड़फड़ करता जा रहा है, पूरे मैदान का फ़ासला तय कर रहा है। स्मारक पर दीया वह रखेगी। मैं फूल पास रख दूँगा।

अब हम पलट जाएँगे। स्मारक से दूर होते जाएँगे। बस दीये की लौ और माँ की शॉल एक तरह से फड़फड़ करती रहेंगी।

न हो कोई उधर, न रहे माँ इधर, पर फड़फड़ कहाँ जाएगी ? जा ही नहीं पाएगी।

बाप कमरे से निकल आए थे जब हम घर में आए। जानते थे कि नहीं कि हम कहाँ गए, पता नहीं ? वे कब रातों रात में मुझसे बोलने लगे थे !

माँ से भी पूछा हो कि कहाँ गई, मुझे क्यों नहीं ले गई, तो मुझे पता नहीं। माँ और मैं ही साथ जाते थे जब जब माँ कहती, वहाँ दीया जलाने और फूल बदलने।

वे अपने दरवाज़े पर खड़े हुए। माँ के संग मैं सुबह का नाश्ता मेज़ पर रखता हुआ। कप प्लेट, फल धोकर।

वे खड़े रहे।

मैं मुड़ा। पूरा का पूरा उनकी तरफ़ मुड़ा। उनकी तरफ़ देखा। बेपलक देखा। वे काँप रहे थे, हल्के हल्के बुख़ार में।

"जाइए," मैंने कहा, "स्वेटर पहनिए। माँ चाय बना रही है।"

53

लाज़िम लगेगा बूढ़े हो और भीगो तो बुख़ार का आना।

पर एक और भी बात थी जो सब नहीं मानेंगे। कि जैसे गुहेरी निकल आए तो सात बार निकलेगी और ख़ून चख लो तो ख़ूनख़ोर हो जाओगे और रात हो तो अँधेरा बन जाओगे और अट्ठारह का वार हो तो तीसमारखाँ, कि दाँतों में काट आ गई और नाखूनों में खसोट और अब मैं लिटा दूँ जिसे चाहूँ, यह बल मुझमें ! नया नया !

एक बार में सबका दारोमदार मेरे हाथ में ! हो गए लम्बे कि तुम ही तुम करो हमारा किरियाकरम, चिता दफन, पट्टी मरहम !

हाँ, गुरेरने लगी मुझे कि हाँक रहा हूँ डींग, पर वाकई बारिश ने नहीं, मैंने, बाप को कर दिया बीमार ! वर्ना बाप हमारे और होने देते मुझे वे अपना तीमारदार ?

इतने बजे ये दवा और इतने बजे ये सूप और चाहें तो ये कपड़ा बदल देना, माँ की, बाहर जाने पर, हिदायत थी। मैं घर में अकेला, बीमार बाप के साथ।

पहले मैं समझा नहीं। फिर मैं घबरा गया। तो मैं काठ हो गया। फिर मैं मुस्कराने लगा। तो मैं आज़ाद हो गया। जो ज़रूरी था वह करा। जो नहीं था वह भी करने लगा।

डटकर स्पंज किया। गरम पानी में तौलिया भिगोकर। इधर घुमाकर, उधर मोड़कर। पीठ, पेट, कान के पीछे, उँगलियों के बीच, पैरों पे, तहों में, उभरी हड्डियों पे। बाप ऐसे लुंज और पुंज कि न हाँ न ना ! मैं ऐसा चुस्त दुरुस्त कि छबीले नौजवानों की तरह किस लगन से उन्हें

पोंछ रहा था कि जैसे वे अपने स्कूटर और मोटरबाइक को चमकाते हैं। ये हैंडल, ये सीट, ये मड गार्ड, ये नम्बर प्लेट, ये स्टैपनी, ये ऍक्सलरेटर !

तुम्हारी माँ कहाँ है, बाप पूछना चाहते थे पर बुदबुदा के चुप हो गए। मेरी नहीं, उसकी माँ, ख़याल ताज़ा हुआ होगा और मेरा ज़ुल्म और मरीज़ बादशाह भी क्या करे !

मुँह खोलिए, मैं थर्मामीटर मुँह में यों डालने लगा जैसे टेप लगा रहा हूँ बहुत किचकिच करनेवाले मुँह पर।

बुख़ार तेज़ लगा। दोबारा नापा। वही था। डर लगा। और कुछ हो हवा गया तो माँ कोसेगी, मैं कोसूँगा और वे तो और बढ़ बढ़ के कोसेंगे। कि मेरी वजह से तप रहे हैं !

कोस वे अभी भी रहे हैं। नज़र से, दवा को।

मुझसे नज़र नहीं मिला पा रहे।

कुछ नहीं कहता, बस दवा की तरफ़ इशारा करता हूँ और वे गप कर जाते हैं।

शरीर पस्त तो मन खिलौने का शेर भी नहीं हो पा रहा !

कोई ... घर में ... नहीं ? दाँत किटकिटाते हैं, अस्फुट कह डालते हैं।

देखो, फिर भी, कि कोशिश जारी गुर्राने की !

क्यों झूठ बोलूँ, वह भी तुमसे, मुझे गुनगनाने का मन है पर इतना अश्लील हुआ नहीं जा रहा, इतने बेदम वे हैं। काँप रहे हैं, आँखें खुल के नहीं देतीं, होंठ सफ़ेद सूखे।

लेट जाइए, मैं उनको धीरे से लिटाता हूँ। मिट्टी का गुड्डा। कम्बल उढ़ाता हूँ। उढ़ाते हुए उनके तन को छूता हूँ, मेरे हाथों का अहसास हो, ऐसे। हड्डियाँ गिन सकता हूँ, ऐसी भुखमरी उन पर।

अरे हाल उनके बुरे ! चाहते हैं मैं जाऊँ !

मैं कुर्सी खींचकर पास बैठ जाता हूँ।

वे अकेले भी नहीं होना चाहते !

क्या बेचारगी है, मैं बैठा रहता हूँ।

गोली असर करेगी, उन्हें नींद आ जाएगी, औरत के जिस्म के बिना !

नींद कोई गड्ढा हो और गोली कोई बुलडोज़र, धसमसाते देख सकता हूँ उन्हें। कह दूँ, सोचता हूँ, कि निश्चिन्त होकर सोइए, मैं जा रहा हूँ यहाँ से, रखिए अपना अहंकार सलामत और घबराइए नहीं, झाँक जाऊँगा बीच बीच में कि सब ठीक है।

सो गए हैं बाप। मेरे होने न होने से बेख़बर। गुड्डा, बदमिज़ाज, बीमार, घमंडी, बदगुमान, उजाड़।

मैं जा सकता हूँ।

या बैठा रह सकता हूँ।

मेरे अन्दर बगूला सा उठ रहा है, मेरे सारे पिछले जीवन का ताप, गोला बना। टाइट और टाइट, कसता हुआ।

आ जाए कोई, कलेजा हो तो, मेरे सामने। दागूँ .ख़ुद को उस पर और जकड़ लूँ उसे, जिसे मैं तोड़ दूँ, पकड़ लूँ, तोड़ दूँ, इतना नहीं कि फिर पकड़ से निकल जाए, बस इतना कि मेरे चंगुल में रहे और विनती और व्यथा से मुझे देखे और टुकड़े टुकड़े हो, जिन्हें मैं नोचूँ, भँभोड़ूँ, दर्द दूँ, दर्द पाते देखूँ, दर्द से चिलकते देखूँ, सिसकारते सुनूँ ...।

फिर झटक दूँ अलग। दुत ! रिजैक्ट ! हट !

54

डर एक बार लगने दिया तो लगते रहने की आदत। एक बार खुल गया तो खुल गया और वह पड़ गई आदत !

ऐसे दिन फिरे !

ऐसे उन्हें डपटना – "जाइए अन्दर।"

ऐसे तुम्हारा घुरेरना !

लो तुम भी कोसना चाहती हो मुझे !

तो क्या वे नहीं चाहते थे कि मैं झड़पूँ ? जान बूझकर नहीं आते थे दरवाज़े पर ? अकेले पड़े हैं बिस्तर पर, कोई माई का लाल नहीं जो पूछे, एक मैं ही उस बियाबान में जो उनकी चाप सुन बुरा भला कहने दौड़ पड़ेगा। अरे कुछ तो हुआ सुनसान में !

और

वही एकमात्र उद्‌देश्य कि उनके बेटे की बराबरी करने की मेरी जुर्रत को धता बतला पाएँ। माँ से कर रहा हूँ बहस कि मेरी भी ख़्वाहिशें वही, सवाल वही, जाने की मुराद वहीं। उनका बिस्तर से उठकर किवाड़ पर अड़ जाना उनका रहा सहा ढंग कहने का कि बन्द करो अपना जल्प !

माँ रो चुकी थी। डब्बे को यथास्थान लगा चुकी थी। अब परेशान होती तो अविकल शब्द कह के, संयम चेहरे पे रख के।

"वहीं क्यों ? तुम्हारी भी वही ज़िद ?"

परेशान तो होती, पर !

क्या कहूँ, क्यों मीठा मीठा स्वाद, उसके परेशान होने का ! मुझे

झिड़कना, उसे अलग, मुझे अलग याद करके, जुदा जुदा मानकर एक शिकायत में जोड़ना। कभी पहले – हाय मेरी इतनी लम्बी ज़िन्दगी में यह पहली बार था – जो ऐसा हुआ हो !

मेरी ज़ुबान बस छनन मनन ! "सब कुछ उससे मत जोड़ो !"

मुझे मालूम चल जाता बीमार कान चौकन्ने हो रहे हैं !

"तुम जानते हो" ... माँ दलील पेश करनेवाली।

"जानता हूँ। क्या हुआ। ज़माना और था, वह और था।"

मैं सयाना, मैं रहमदिल, मैं शाणा !

"उसने क्या किया ? उसकी क्या ग़लती ?" माँ शान्त।

बाप तिलमिल। क्यों ये, यानी मैं, उनके बेटे की कहूँ ? कि उसकी चाह पाक और ये, यानी मैं, उसे छूकर भ्रष्ट करने चला ! लड़खड़ाकर आते दरवाज़े पर खड़े हो जाने, अब गिरे तब गिरे, देखो इधर और बन्द करो उधर और चलो मेरी दवा दारू में लगो।

"बस मैं नहीं चाहती तुम जाओ। बस नहीं जाने दूँगी।" माँ के सुर दृढ़। एक चपत लगा दी। मगर हल्की।

पहले मैं हकला गया। फिर मैं ढेर हो गया। तब मैं पिघल गया। आख़िर मैं रुआँसा हो गया।

"क्यों नहीं जा सकता वहाँ सच क्यों बस आप ही के बेटे की जड़ें वहाँ शायद कुछ पता चले ...?"

"क्या पता चले ?" पैनी आँखों से माँ ने देखा।

मैं उसके घुटने पर हाथ रखता हूँ। कोई जिज्ञासा, पानी में कहीं नीचे। किस लिए मेरा मन दोलन ? करते करते करते मेरा मन उबालन ?

दरवाजे की लकड़ी आवाज़ करती है। कहाँ से आती हैं ऐसी इच्छाएँ, मैं बाप की तरफ़ घूमते हुए सोचता हूँ ? बाप सोचते हैं हक उनके बेटे को था कि सवाल करे। सवाल दूसरे ने किये और शब्दों का गठन मुझे भा गया, ऐसा तो नहीं ? साज़िश !

जाना तो है मुझे वहीं, मैं बिना कुछ कहे बाप की तरफ़ जाता हूँ। आख़िर पाया तो मैं वहीं गया ! ये पौधा क्या उन्हीं जंगलों में उगता है ? या कहीं दूर देश से लाकर वहाँ रोप दिया गया ? रोपा नहीं, 'पड़ा'

दिया गया !

जाऊँगा तो मैं, मन ठनता है और बाप के कन्धे मज़बूती से पकड़ उन्हें बिस्तर की तरफ़ लेफ्ट राइट कराता ले जाता हूँ, मन में डोर लिये जो बीतों के सवाल, संकेत, सामनेवालों के डर, दुख, कुढ़न को लपेट लाती है, टाइट टाइट गोला बनाती, मेरे सीने में कसी कसी बैठ जाने, चकमक सी, कि घसे अपने को किसी पर और आग फूटे।

"क्या चाहते हैं, निमोनिया हो जाए ?"

मैं झड़पता हूँ मगर हल्के से।

55

ऐसे तो न देखो, भर भर के लानत मलामत आँखों में ! सुनो जो सुना रहा हूँ। छोटी सी ज़िन्दगी मेरी पर ख़ूब ख़ूब लम्बी और क़ाबिल नहीं तो भी नाक़ाबिल भी नहीं मैं।

सुनो जो कहने जा रहा हूँ कि नफ़रत में बड़ी ताकत है। उसी के किए पहाड़ रसातल में, पेड़ भट्टी में, हवा यूरोप अमेरिका में, और कीड़े नालियों में। और ये भी कि नफ़रत का ही जीवट ऐसा कि हिटलर बना सके, बर्बर, आदिम ज़ातियों में नहीं, न ही पिछड़े पुराने काल में, बल्कि सभ्य मुल्कों की आगे की कतार में और बेहद हाल में। जो निकल गया दुनिया को फ़तेह करने और जो आया रस्ते में वह उसके बूट के नीचे चरमरा गया और जब बेवकूफ़ दुनिया ने सड़क बन्द कर दी तो नफ़रत में ही जिगरा कि निकाल पिस्तौल .ख़ुदकुशी करा दी और इवा ब्राउन को भी उड़ा दिया साथ ! फ़ितरत-ए-नफ़रत यही कि सर कटा सकते हैं लेकिन सर झुका सकते नहीं !

और प्यार ? सुनो जो कहता हूँ। तुम्हारी आँखों में आँखें गड़ा के कहता हूँ, अन्यथा मत लेना ! प्यार पिद्दी है, पिद्दी बनाता है। अकड़ तोड़ता है, क़दमों पर लोटाता है। घाव उघाड़ता है, बदन सालता है। खाल को छलनी बनाता है कि दया, ममता जिस सुराख से चाहें चढ़ लें और खोल दें सोते ख़ून के आँसू के और सारी नफ़रत जो दूसरों पर पटक पटक के मारनी थी .ख़ुद अपने पर मोहर्रमी चाबुक सी लगाने लगे।

तुम यही कहोगी कि मैंने सोकर उन्हें निमोनिया दिया। कि मैं सो

गया, वह आ गया।

मगर एक बार सुन लो। अन्यथा मत लो, प्यार से आँखें डालकर तुम्हारी आँखों में बता दे रहा हूँ सब कुछ। सही है कि मुझे गीले तौलिए से उनका लाचार बदन पोंछने का स्वाद लग गया था और ये भी कि फ़ौरन बाद मेरी आँख लग गई। पर ये सही नहीं कि इसलिए धड़ल्ले से घुसा आया निमोनिया। कि गीला तन कैसे भागेगा, अभी फाँस लो।

मसला, मेरी जान – अन्यथा मत लो, बोलने की रौ में बोल रहा हूँ जैसे आज कोई भी, किसी को भी, कभी भी, कह देता है, स्वीटी, डार्लिंग, हनी, लव, शुगर, – प्यार का है।

ये ज़माना पूरी करवट नहीं ले पाया है अभी ! ट्राँज़िशन में है। आ गए हैं, पिछड़े मुल्कों में भी, मसलन, प्लास्टिक और रैक्सीन के वन चमन, जो तैयारी है आनेवाले वक़्तों को बताने की कि पेड़ कैसे लगते थे जी पेड़ ऐसे लगते थे, मगर अभी, फिर भी, बचे रह गए हैं असली वृक्ष, दरख़्त, फूल, पत्ते, जो उगते हैं, सड़ते हैं।

और बचा रह गया है प्यार, जो सारी नफ़रत की तस्करी में विस्मृत घूम रहा है। कि कहाँ जाए ?

प्यार जो इस कदर भरा है, कहाँ उँडेलें, ये बीमार कर रहा है बाप को ! वह रहा नहीं, मैं योग्य नहीं, माँ को मंजूर नहीं, औरतें टुकड़े टुकड़े, मोहब्बत फिर भी दिल में ! जिस दुनिया ने उनके प्यारे बेटे की किरचें बना डालीं वे चाहते हैं उन्हें नफ़रत की किरचें बना के मारें उस दुनिया पर। नफ़रत के गोले ने बेटे को नेस्तनाबूद किया, वे दुनिया को नेस्तनाबूद कर दें। बदला ! ख़ून के बदले ख़ून ! तबाही के बदले तबाही !

पर पाता है ये शख़्स कि जब दुनिया की ओर घृणा से देखता है तो प्यार चिपचिप करता छलक आता है ! कुढ़ता है, नज़रें फेरता है, चिढ़ता है अपने पसीजेपन पर।

तो सुनो जो कह रहा हूँ कि क्या होता है ? वह नफ़रत की चाह अपने पर ही पलट जाती है और .ख़ुद से ही घृणा करती है। कि कैसा गलीज़ हूँ मैं, रेंगता, पिचपिचा, कीड़ा, कि मारता भी नहीं, मरता भी

नहीं, खाना दिखता है तो खाने लगता हूँ, मुँह में स्वाद भी आता है और इसे हटाने के बजाय इसका हाथ माथे पर आ जाता है तो नींद भी आने लगती है।

इसे, यानी मुझे ! इसका हाथ, यानी मेरा हाथ ! माथे पर, यानी उनके !

मुझे भी झपकी आ गई। बाप उठे, गिरते पड़ते, दरवाज़ा खोल, बाहर, जहाँ शीत बरस रही है, बैठ गए, ठंडे पत्थर पर, कम्बल से निकलकर, झिन्नी बनियाइन में कि आ शीत मुझे चबा।

56

नहीं, अभी तुम नहीं आई हो और हमारे हो गए हैं होश पखेरू क्योंकि आँख खुल गई है और हमें क्या पता कि शीत लहर आ रही है बाप की चपेट में, कि खुले में बैठे हैं इसी मंसूबे से कि किसी से तो बन जाए नफ़रत का रिश्ता, अपने से ही सही, तो कैसे बन जाएँ कुछ गिलगिले, कि घिन छूटे ?

सोचा नहीं ये उन्होंने, क्लियर दिमाग से, पर दिमाग तीन होते हैं – एक बोर, एक पागल, एक दूध पानी को सही मात्रा में मिलानेवाला ग्वाला ! बोर सोचता है तो उसका सोच फ़ौरन पहचान में आ जाता है, ग्वाला सोचता नहीं फ़ौरन बेच देता है और पागल मन में जो आता है वह हमीं से आँख मिचौली करता है। तो मुमकिन है बाप को पता नहीं।

मुझे यह पता नहीं कि बाप कहाँ ? गीली पट्टियाँ लगाती माँ को ज़बरदस्ती ऊपर भेज, .ख़ुद पहरेदारी में सो गया और यहाँ ख़ाली बिस्तर !

क्या भई जेनेटिक मामला है कि इस घर के प्राणी बस हैं, फिर नहीं हैं ?

मैंने आँखें खोलीं, बन्द कीं, खोलीं, बन्द कीं, धड़धड़ा के कुर्सी से उठा, बत्ती जलाई, बाथरूम में झाँका, पलंग के नीचे देखा कि गिर गए, लुढ़क गए क्या, कम्बल उठा के देखा कि पिचक गए क्या, फिर माँ माँ बवंडर की तरह फैल गया।

सारे में। माँ और मैं। पत्ते पत्ते बूटे बूटे के नीचे और पीछे।

तब नहीं सूझी कि पूछूँ क्या ऐसे बम ईजाद हो गए जिनमें साइलेंसर

लगा हो ?

न बाहर निकलने की सूझी।

अच्छा भला थरथराता काँपता बीमार आदमी ग़ायब !

ऐसी हैरान वो रात।

सारी दुनिया सोती रही और हमने घर की एक एक ईंट हिला दी। अब क्या करें ?

माँ बैठ गई।

मुझे लगा सोचती होगी उन्हें कुछ हो गया तो वह नहीं रहेगी। सोचती होगी क्यों वह गई नींद लेने ? क्यों मानी मुझ लापरवाह की बात ?

पर माँ, मैं बताने लगा, देखो ऐसे कुर्सी रख के मैं ऐसे बैठा था। और देखो एक गिलास पानी लाने गया था तब घड़ी देखी थी। मुश्किल से बीस मिनट को झपका होऊँगा। और सच कहता हूँ वे थे लेटे, मैंने देखा था, सच्ची। सोच रहा था कल ज़रूर रैकेट बनवा लाऊँगा क्योंकि गट खराब हो गए हैं ...।

अनाप शनाप पेशी !

"होंगे यहीं, जाने की उनकी आदत नहीं है।" माँ जैसे मुझे तसल्ली देती !

"जॉगिंग भी नहीं करते," मैं आपे में नहीं !

एक साथ जॉगिंग ने बाहर का ख़याल दिलाया हम दोनों को ! तीर की तरह बाहर के दरवाज़े पर।

क्यों होता है कि कुछ खो जाए तो आख़िरी जगह में ही मिलता है ?

बाप नीचे बैठे ठंड खा रहे थे और खा चुके थे।

माँ सब्र से खड़ी देख रही थी। मैं उन्हें गोद में उठा के अन्दर लाया। माँ को अब किसी बात से ऐसा झटका नहीं लगता कि चेहरा हिल जाए। उसने चद्दर और कम्बल झटके, मैंने बाप के कपड़े। कोई बौम्ब नहीं, मौत नहीं, निमोनिया था। टूटी टहनी मुझ पर झूल गई।

मैंने उन्हें लिटा दिया।

मन्द साँसें, तेज़ बुख़ार। जो करना था हम करते रहे। सुबह होने

को थी, डॉक्टर आने को था, फ़र्स्ट-एड माँ के सधे हाथ जानते थे और मुझसे भी भागीदारी वह कराती थी।

पलभर को बाप ने आँखें खोलीं और भरे थूक के बीच से मोटे मोटे अक्षरों में बोले – "कब तक जिएगा बेशरम ?"

मुझसे ?

कि तभी वे बोले, साफ़ – "ये बेशरम" – अपने माथे को पीटकर।

57

हाँ, अभी बाक़ी थे दिन, तुम्हारे आने में, पर हम सबकी हसरत बढ़ने लगी थी।

उस सुबह माँ ने कहा कि जॉगिंग कर आओ अभी वक़्त है मैं देख रही हूँ डॉक्टर के आने तक।

इनको उठने मत देना मैंने कहा तो मुस्करा दी। कमरे से बाहर हो तो कुंडी लगा देना।

मैं मज़ाक नहीं कर रहा था। कुछ ज़्यादा ही सीरियस था उस दिन। ऐसे में जॉग नहीं, साधारण मॉरनिंग वॉक करने लगा।

सुबह की हवा बुरी नहीं लगती और बादल हैं जो इमारतों के बीच ऐसे फँसे हैं जैसे पहाड़ों में। जब हवा चलती है तो रनकने के साथ।

यह कुछ नहीं तुम्हारा आना बज रहा है पागल मन में, इसलिए मैं जानता नहीं। गम्भीर चला जा रहा हूँ, थोड़ा थका, थोड़ा उनींदा।

उस पेड़ के नीचे रुक जाता हूँ। जबकि आज हाँफ नहीं रहा, सुस्ताने की वजह नहीं। पर कौन सुस्ताने रुकता हूँ यहाँ ? यह तो तैयारी है। यही वह जगह है जहाँ पहले पहल हम मिलेंगे। आनेवाली एक सुबह में, जब मैं यहाँ खड़ा साँसें सही कर रहा होऊँगा और तुम पूछोगी मुझसे मेरे ही घर का पता ! मेरी साँसें उखड़ जाएँगी एक पापी पापी मीठी उखड़न में पर पागल दिमाग में तो मैं यही समझूँगा कि जॉगिंग के हाँफने को साध रहा हूँ। मैं नहीं कहूँगा वाह मुझ ही से मेरा ही पता ? कहूँगा वह नाला पार करिए, आगे चौक है, वहाँ टर्न लेकर चौथी इमारत में यह नम्बर घर।

पर अभी नहीं। उस दिन। जब तुम आओगी पेड़ के नीचे। अभी बस हसरत बढ़नी है उस दिन की। तैयारी होनी है।

हो जाने दो तैयारी, फिर भी नहीं आओगी तो हम गढ़ लेंगे तुम्हें ! सोंधी पड़ी मिट्टी में हमारी हसरत गुमकने लगेगी और तुम, सुन्दर नारी, खड़ी हो जाओगी !

पर अभी नहीं। अभी कतई नहीं। अभी तुम हमारे भीतर सोई पड़ी हो। वे सारे तत्त्व निकल तो लें जो मिलें तो धुआँ सा हो कि उसके बीच से तुम प्रगट हो सको।

बाप की बीमारी बढ़ने तो दो कि वह तड़पें मेरी तीमारदारी की जगह मेरी नफ़रत पाने, नहीं तो तुम्हें पाने। माँ को मेरा रिज़ल्ट देख लेने दो जो ठीक ठाक निकले और वह कहने लगे, कहती जाए, कि मुझे पता था एक दिन, पर वहाँ न जाने दूँगी, ये धुन छोड़ो। मुझे कहने तो दो कि क्यों छुड़वाना चाहती हो धुन और बताओ मैंने तुमसे आज तक कभी कुछ माँगा ?

बहुत जल्दी ये सब होनेवाला है कि सबकी जीने मरने की चाहना के अपने अलग अलग नाक नक्श तुम्हारा आकार गढ़ने लगेंगे। आओ तुम, आओ न तुम, बिना जाने पागल मन में पुकारेंगे।

तुम अभी चुप हो। हमने तुम्हें नहीं देखा है। तुमने हमें देख लिया है, दूर से, शिक्षा केन्द्र के गेस्ट रूम से, मैदान पार करके स्मारक तक जाते। चेहरे न भी पहचानती हो पर माँ के कपड़े की फड़फड़ जानती हो।

मेरा कुछ नहीं जानती ! कि आ गया है मेरे सीने में लिपटता कसता गोल कुछ, जो ज़िन्दा है, जो लपक के किसी पर चिपकना चाहता है, प्यारा बच्चा सा, भयानक जानवर सा, बिजली सा, बादल सा, वह ही नहीं जानता, मैं भी नहीं जानता, तुम भी नहीं जानती !

बस होती है इसी तरह तैयारी, कि बात इतनी बढ़ जाए कि जहाँ भी तुम हो फिर वहाँ रह न पाओ और हम खींच लाएँ तुम्हारे क़दम उस पेड़ के नीचे और अट्ठारह साल के एक हाँफते युवक से तुम पूछो पता और वह न जाने कि अब वह बोलेगा जैसे अब तक नहीं और वह हो उस दिन की सुबह।

58

डॉक्टर ठोंक बजा के चले जाते हैं। पर्ची पर लिख दिया निमोनिया, एंटीबायोटिक, पेरासेटिमोल। हमसे भी कह जाते हैं कि अपने को भी बचाओ और येस येस, अपने मोबाइल पर करके, मैं पन्द्रह मिनट में पहुँच जाऊँगा, हॉस्पिटल चले जाते हैं।

घर पे रह जाते हैं दाँत किटकिटाते बाप जो एकदम अधमरे से रहते हैं जब तक खाँसी न आ जाए। खाँसी आती है तो आती ही जाती है और बदबूदार हरा पीला बलगम मेरे ऊपर भी आ जाता है।

''जाओ,'' बाप कहते हैं फिर खाँसने लगते हैं।

''जाओ'' वह कस के घुड़कना चाहते हैं तो टूटे तारों वाले साज़ से बेसुरी अटपटी आवाज़ फूटती है। साथ में उल्टी हो जाती है।

कमरे में बदबू और मरीज़ के होंठ नीले और चेहरा कूड़ा।

इसी को कहते हैं निमोनिया ! खाँसी, उल्टी, दर्द, बुख़ार। न खा सकें, न जा सकें। बस पगलाए दिमाग मगर डाँट भी न सकें।

छुट्टा घूमते जर्म पहले से गले में घर किए। उनको इन्तज़ार कि फ़्लू हो, ताकत घटे, तो फेफड़ों पे धावा बोल दें और कै, बुख़ार, खाँसी।

पर ये भगवान का ज़माना नहीं है, इंसान का है। भगवान के बनाए इस जर्म और बीमारी को इंसान चिमटी से उठा के यों फेंक देता है। कुछ न होगा बाप को, कुछ हफ़्तों में दुरुस्त।

इंसान का बनाया बम शम नहीं ये !

बाप को ठंड लगती है। बाप कुछ खां नहीं पाते।

माँ सिर पर पट्टियाँ बदलती है। बाप के कन्धे और गर्दन बार

बार ठीक से ढाँकती है।

मैं उनके तलवे रगड़ता हूँ।

वे आँख खोलते हैं, बन्द कर लेते हैं।

सो जाते हैं, जाग जाते हैं।

"ये कौन आ जाता है सुबह सुबह ?" चिढ़ है स्वर में। माँ से पूछते हैं।

माँ को मेरे लिए बुरा लगता है। कौन क्या मतलब ? बेटा है आपका।

सो जाते हैं। न होश, न बेहोश।

मैं कन्धों को एक बाँह के नीचे सहारा देता हूँ, दूसरे हाथ से दवा मुँह में डालता हूँ। माँ पानी देती है।

"निगलिए," मैं कहता हूँ।

विद्रोह भाव से वे देखते हैं, फिर गिर पड़ते हैं।

बाप माँ से नहीं डरते, बाप बेटों से डरते हैं, बाप बेटे की याद दिलाने वाले बेटे से डरते हैं !

अबके आँखें बन्द हैं और बड़बड़ा रहे हैं पता नहीं अपने को क्या समझता है, आ जाता है ज़बरदस्ती दवा देने।

बाप के होंठ और नाखून नीले पड़ गए हैं। ऑक्सीजन की कमी से। फेफड़ों को बीमारी दबाए हुए है।

कै और बलगम मैं साफ़ करता हूँ।

घिन और गुस्से से बाप कहते हैं, "जाओ।"

माँ से कहते हैं सफ़ाया कर दो इसका।

छत से कहते हैं मेरा बेटा कहाँ गया ?

नींद में कहते हैं मेरा बेटा मर गया।

कोई हफ़्ता भर हमने रात और दिन एक कर दिए ! तब जाकर बाप की हालत सुधरी। उनका डिलीरियम टला !

"बस मैं ठीक हूँ," उन्होंने माँ से कहा, जबकि दवा मैं खिला रहा था। "दवा बस।"

"कोर्स दो हफ़्ते और चलेगा," मैंने उनका सिर उचका दिया।

मुझसे वे कुछ नहीं बोले। दवा मुँह में रखे रहे। माँ को ज़मीन पर

पड़ी मिली।

“निगलिए, मानते नहीं हैं तो ज़बरदस्ती करनी पड़ती है, मैं अगली दफ़े सिर छोड़ूँगा नहीं, जब तक ...।” ऐसे पकड़े रहा।

“दिखाइए, मुँह खोलिए।”

आऽऽ, किया उन्होंने। गोली नहीं थी।

जीभ के नीचे दबा ली थी !

“अच्छा !” मैंने भी दिखा दिया। क्या कर सकता हूँ।

अगली बारी। बिस्तर ठीक कर रहा था तो तकिए के नीचे मिली।

हम दोनों में ख़ूब ठनी ! ज़रूरत पड़ी तो हाथ बाँध दूँगा, मुँह खोल के गोली डाल के पानी से बहा दूँगा अन्दर, मुग़ालते में न रहिए।

खाँसने लगे। मैंने ज़ोर ज़ोर से सीना मला। देखा, पसीना आया नहीं कि कम्बल फेंक देते हैं, ठीक कैसे होंगे ?

बड़बड़ा देता हूँ जब बस वे हैं और मैं हूँ – “जानते हैं मुझे तैयारियाँ करनी हैं, आगे पढ़ने जाना है, वहाँ, लगा दी है ये ड्यूटी चौबीस घंटों की !”

“मार दो,” वे बड़बड़ाते हैं। न जाने किससे ?

हाँ, बाप मरना चाहते हैं। गन्द और गन्ध से अपने को घिनौना बनाना चाहते हैं। अपनी आँखों में जो नहीं ला पाते वह नफ़रत सामनेवाले की आँखों में लाना चाहते हैं। मैं आकर सीना और पीठ और तलवे मलता हूँ तो चाहते नहीं कि आराम मिले, चाहते नहीं कि मेरे हाथों से मिले, चाहते नहीं कि चाहें मैं जो कर रहा हूँ करता रहूँ।

मैं करता रहता हूँ और वे कमज़ोरी में उतरने लगते हैं, तुम्हें सपने में उगाते, कि आओ तुम, निस्तारो उन्हें, मेरी सेवा से मुक्ति दिलाओ।

59

बुरा नहीं था, अरे, नॉन परफ़ॉर्मर के हिसाब से तो सारी आशंकाओं को बेबुनियाद करता, बेहतरीन रिज़ल्ट, आ गया मेरा ! इतना कि बाप में इतनी शक्ति आ गई कि उसके दोस्तों से कह सकें कि आजकल रिज़ल्ट और कैसा पर्चा करो, दोनों में कोई साम्य नहीं, अच्छा करोगे, फ़ेल हो सकते हो, ऐंय वेंय करो तो टॉप कर जाओ, ताज्जुब नहीं !

माँ ने थपथपाया। मुझे पता था एक दिन तुम, उसने कहा।

मैं .खुश हो गया। उम्मीद ही नहीं थी। इसकी क्या, किसी चीज़ की उम्मीद करना मेरे पलने बढ़ने का हिस्सा नहीं था। पर जब आ गया ठीक और ठाक रिज़ल्ट तो नाउम्मीदी ने पलायन किया। मैंने डट के शेव किया और ढेरों आफ्टर शेव लोशन लगाया। लगा के माँ को गले लगाया।

उम्मीद अलग शातिर ! मेरी गुस्ताख़ी पर जाने कब से ख़फ़ा ! कि ये बन्दा मुझसे अछूता बैठा है, सन्तोषी मुख, ऋषि मुनि हो जैसे ! कि जिए तो ठीक, मरे तो ठीक ! पास तो क्या, फ़ेल तो क्या ! सब नत्था सिंह एंड प्रेम सिंह, वन एंड द सेम थिंग ! ज़रा जाल बिछाओ। करो ये कि रिज़ल्ट चमका दो। किस्मत रानी ये मेरी सुनो ? चमका दो रिज़ल्ट फिर देखो कैसे मैं कलाबाज़ियाँ लगाऊँगी इसके अन्दर। फिरेगा वादियों में, साँस ऊपर नीचे।

वही हुआ।

उसके दोस्त बाप को देखने आते और उमग के बताता मैं कि एडमिशन फ़ॉर्म मँगा रहा हूँ। दोस्तों को देखकर मन में आया कि कहा

जा सकता है कि मेरा मॉडल उनका दोस्त है।

तुम लोगों को समझने में क्या दिक़्क़त ? मैंने कहा। तुम्हारा दोस्त यही सब चाहता था।

दोस्त के अरमानों की बातें गर्मजोशी से होने लगीं। बाप कमरे से सुनते, माँ हमारे बीच, एक चेहरे से दूसरे को देखती और हम जवान लोग, जवानियों की उमंग में, उसके ख़याल सवाल परखते।

वहीं जाना है। ये हो क्या रहा है वहाँ ? निहत्थों पर गोलियाँ चली हैं। ऐसा उसका मगज़ ! और अब मेरा।

अख़बारों में बयान भरे हैं उन दिनों के। अब भी हाल कमोबेश वही।

मैंने किसी का बयान अंडरलाइन किया था, पढ़ के सुनाया कि बताइए, मुझे क्यों मारा, मैं तो कुछ नहीं कर रहा था, कोई हथियार नहीं मेरे पास, पूरी आर्मी, सरकार की, एक अकेले इनोसेन्ट को दौड़ा दे ! देखिए, एक गोली यहाँ, एक यहाँ, एक ये। क्यों ?

क्यों ? जाकर लोगों का मूड भाँपना है।

वह भी ऐसा कहता था। हमारी दुनिया है, पता तो चले उसका लॉजिक।

जो चला गया है उसकी इतनी ज़्यादा बात करो तो हवा उसकी रूह बन जाती है और फ़िक्शन की तरह उसका रूप हम रचने लगते हैं। फ़िक्शन कह दिया तो झूठ मत समझो – फ़िक्शन इस माने में कि रोक टोक की कोई दरकार नहीं, सबूत की फ़रमाइश नहीं, इतिहास और विज्ञान की बन्दिश नहीं। ख़ुद ही वह बोलने लगता है, हमारी मुट्ठी से फिसल के अपना आकार गढ़ता है। मन के अमूर्त मूर्त होने लगते हैं – उसके उस तक, उसके मुझ तक, मेरे मुझ तक और ये सवाल तो मेरे भी हैं, मुझमें भी दमख़म से और क्या मासूमियत से, बम फट रहे हैं।

बाप उठ आए हैं। माँ उनके तेवर पढ़ रही है। बाप चिल्लाना चाह रहे हैं, मैं ख़ूब जानता हूँ। माँ मुझे रोक देना चाहती है बिना किसी झगड़े टंटे के। मुझे लग रहा है मैं वहाँ हूँ जहाँ बम की तबाही फैली

है और मैं नहीं, वह – वह, मैं नहीं – ख़ाली जगह में रह गया है और भूला पड़ा है, उससे अभी किसी को मतलब नहीं, मुझसे है, मुझे छूना, पकड़ना, टोकना, रोकना, डुकियाना चाह रहे हैं लोग !

तलब का मौसम गहराता हुआ।

उनकी तलब में मेरी तलब गहराती हुई। कि पालक को पानी दिया तो बथुआ को भी लगा !

तुम ? कहाँ हो तुम ?

60

हम सब तुम्हें मिस करने लगे !

मज़ाक समझ रही हो। कि मिलना हुआ नहीं, मिस करना होने लगा !

होता है ऐसा। कालावली बनानेवालों को रोग है कि फ़िक्स कर दें, अडिग कर दें, हर बात का क्रम। यही होता है, यही हो सकता है, कहकर। आदि, फिर मध्य, फिर अन्त। अजनबी फिर अन्तरंग फिर मिस ...। अनाप फिर शनाप।

क्यों नहीं जलूल, फिर ऊल ? जैसे मौत, फिर ज़िन्दगी। और नतीजा, फिर प्रवेश ! और करना फिर उसूल और खेल फिर रूल और हाथी फिर गणेश !

क्योंकि होता है यही कि क्रम नहीं होता और कुछ अनोखा होता है। जैसे तुम्हारी भवें और गणेश का सिर।

अच्छा बताओ, क्या गणेश ने तप किया था कि उन्हें वरदान में मिले हाथी का सिर ? न होता हाथी का सिर तो कौन पूजता इस भगवान को ? कार्तिकेय को पूजते हो ? तो लॉजिक की ऐसी की तैसी और क्रम की भी, कि हाथी कि गणेश, बस यह गाँठ बाँध लो कि गणेश का ही सिर होता, तो रह जाते बेचारे नॉन परफ़ॉर्मर की श्रेणी में, पर यह भी गाँठ बाँध लो कि भक्त, हाथी नहीं, तो कुछ और ढूँढ़ लाते, उन पर ठोंकते, मसलन लम्बी कमान जैसी भवें, एक में जुड़ी !

ये भी गाँठ बाँध लो कि तुम छोड़ आती घर पे अपनी भवें तो कोई और अनोखा अजूबा चिह्न हम चस्पाँ कर देते तुम पर ! एक आँख फोड़ देते, आधा तन रँग देते !

पर ख़ैरियत कि बुलाया तुम्हें उस पेड़ के नीचे तो आ गई आँखों पर कमान चढ़ाए और उतर लिया तीर हम तीनों के दिल में ! हमारी आस की उगाई प्यारी लड़की जो उसी प्रदेश की है जहाँ मैं जाऊँगा और उसकी भीनी बातों में बाप उस प्रदेश का ज़हर मिटाते जाएँगे और माँ कह सकेगी तुम तो जानती हो वहाँ के कोने कोटरे और काट पीट, तुम्हीं इसे ठीक करो, मना करो, क्योंकि तुम्हारे आगे भीगी बिल्ली बन जाता है, तुम्हारे पीछे पीछे चलने को करार बेकरार, कि जहाँ ले जाओ, पुचकारो, दुतकारो, गुदगुदाओ, प्यारी लड़की।

प्यारी लड़की ! ऑव कोर्स।

तुम हाज़िर हो, न हो, तुम ही से कह रहा हूँ, कहता रहूँगा।

जैसे माँ और बाप उसी से कहते हैं !

हो जाता है कोई कभी इतना अपना, इस तरह अपना।

ऐसे ही रहूँगा तुम्हीं से मुख़ातिब, चाहे तुम हो, चाहे तुम नहीं ! मेरा बोलना अब न होंगा बन्द चाहे तुम बन्द !

कह चुका हूँ फिर कहूँगा कि होते होंगे लोग जिन्हें सुननेवाला चाहिए तो बोलें, पढ़नेवाला तो लिखें, कंगन बनानेवाला, तो दप दप करें। मुझे नहीं। वाकई, यकीन करो।

मैं तो चुप हो जाऊँगा – या होना चाहूँगा – मेरे आगे कोई चेहरा आ जाए तो, गर्दन इक तरफ़ झुकी, आँखें बर्छी बनीं, कि शब्दों को उगलती मेरी ज़बान लटपटा जाए, उँगलियाँ बेसब्री में तबले सी हरकताती कि कब होगी मेरी बात पूरी – कि मैं गड़बड़ा जाऊँ क्या कोशिश कर रहा हूँ बताने की, कह पा रहा हूँ ? और कान ट्यूनर बने, सिन्थेसाइज़र बने कि अटपटे, बेसुरे, को सुरीला पटा लें ! अरे बरगला दें मुझे ये सामनेवाले के आँख कान हाथ कि मैं बताना चाह रहा हूँ। जबकि मैं कहना चाह रहा हूँ। कहानी है, बताहनी नहीं !

नहीं, नो, बिलाशक मैं इसी में .ख़ुश कि कोई नहीं उस तरफ़ मुझे सुनने और मुझे सुनाने कि कितना भटक गया मैं, कितना लम्पट हो गया मैं !

करता है जीवन ऐसा। लम्पट बना देता है।

वैसे सामियीन होने से सामियीन हो जाते हैं क्या ? शुबहा है मुझे। जतन करो मैं बोल रहा हूँ – खचाखच ऑडियेंस से। यही तो करूँगा कि सबको मन में बुझा दूँगा और तुम्हें ऑन कर दूँगा, वहीं भीड़ में कहीं। वह कर दिया तो क्या करूँगा, सोच ही सकती हो ! चाहे दुनिया के संगीन मसलों पर बक रहा हूँ, नस्लवादियों, नक्सलवादियों, रंगभेदियों, लिंगभेदियों, क़त्लेआम, लूट सरे बाज़ार, जिस पर भी, उस गम्भीर पल में भी वही कर बैठूँगा। कि एक बार जो तुम्हें देख लिया रेले में, जाऊँगा लटककर अपनी ही आवाज़ को रस्सी की तरह फेंक, और उतरूँगा उस पर नट की तरह, तुम तक आ जाने। अपनी बाँहों में तुम्हें घेर लूँगा फिर और धर दूँगा होंठ तुम्हारे होंठों पर और अपनी ज़ुबान तुम्हारे बाएँ गाल में फिर दाएँ गाल में बिजली की तरह। फिर फिसलता जाऊँगा तुम्हारे तन पर नीचे, फिर वही करने, बाएँ कपोल में, दाएँ में, तूफ़ान की तरह, अपनी ज़ुबान से।

छोड़कर पीछे तहज़ीबों की टकराहट को !

नहीं, हाज़रीन, नाज़रीन, सामियीन, कुछ नहीं हल करेंगे। आवारगी कतई नहीं। लम्पटता कतई नहीं।

लम्पटता कतई नहीं, जो आती है कभी एक जगह न रहने से और एक जगह का एक जगह न रहने से।

यही कोशिश थी मेरी। तुम्हारे संग मैंने कोशिश की। कि अपना सब कुछ तुममें भर दूँ। कि जितना बिखरा हुआ है, अब तक के सारे टुकड़े, समेट दूँ तुममें। एक हो जाऊँ। एक जगह।

पर हुआ ये कि अपने टुकड़े लादे तो तुम्हारा भी टुकड़ा टूटा। बिखरी काँच ने तुम्हें छील डाला !

कुछ जुड़ा नहीं। नहीं। न तुम्हारा, न मेरा। सिर्फ़ हवा और बारिश और लकड़ियाँ और काँच और लम्पटता।

जो सब पड़े हैं एक दीखते, सन्तुलित, समरस, इस तन के अन्दर।

61

दिल हो रहा है बेसब्र, क्यों न लाँघ जाऊँ सारा दरमियान और उतार दूँ विमान को उस सुबह। चूँकि वह सुबह कभी तो आएगी। चलो आज ही सही।

आई।

वह सुहानी सुबह थी।

और आख़िरी दफ़ा कि बाप को कमरे में लॉक करके निकला कि माँ आके खोलें, नहीं तो मुझे छकाने के शौक में इधर मैं जॉग करने निकलूँ, उधर वे कमरे के बाहर, जालीदार बनियाइन में, खों खों करते कि आ लौट के आजा निमोनिया, तुझे आत्म-नफ़रत बुलाती है !

सुहानी सुबह में धुंध घुमड़ रही थी।

नहीं मानोगी तुम। कहोगी इश्कियाना फ़तूर मेरा, रंग भर रहा है ! पर मैं यही मानूँगा धुंध थी, सुहाना था, नहीं थे तो होने चाहिए थे, इसलिए थे !

दौड़ता रहा मैं अपने ही चक्कर में और तब हवा भी दौड़ने लगी। सुनो, इसका तो सबूत है। उस तरह का जिसे तुम लोग सबूत मानते हो ! अख़बारों में निकला कि अ साइक्लोन हिट द सिटी और छतें उड़ गईं।

ख़ैर हमें क्या पता ? हमारी उड़नेवाली छत नहीं और मैं ऐसा इन दिनों कि उड़ जाए तो हमें पता न चले। उड़नेवाले को क्या दिखेगा और किसी का उड़ना ? वह तो समझता है उसकी नज़र उड़ा रही है सबको !

हवा तूफ़ानी हो चली है, यह देखा मैंने। फटाक फटाक ज़मीन पर टूट रही है, देखा। नाले में लहरों ने उछलना शुरू किया, देखा। ऐसी हवा पहले कभी न देखी न सुनी कि उसके प्रवाह में खड़े हो जाओ तो वह ही तुम्हें फ़ुल स्पीड़ जॉग कराती ले जाए ! नाले पर जाओ तो ऐसे उठा के और कपड़े फुला के, कुछ देर त्रिशंकु की बगल में, घंटी की तरह बजाएगी, फिर उतार देगी, दन से, पानी में।

अख़बार की हेडलाइन होगी – ही पैराशूटड डाउन इन द वॉटर्स !

पर मेरी उम्र अभी अपनी सुहानी धुन में। क्यों छोड़ूँ अपने को हवा की दिशा में ? क्यों नहीं उल्टी दिशा में ? बाँहें फैलाए कि जैसे हवा, तुम्हें मैं रोकने और लोकने खड़ा हूँ। पीछे पीछे उसे बाज़ू ठेलते जाएँगे, रास्ता बन्द है। वह पीछे होती जाएगी, मैं उसे थपेड़े देता आगे होता जाऊँगा !

इस तरह पहुँच गया मैं हमारे पेड़ के नीचे जहाँ लड़ियों ने ठुनक ठुनक के मेरे सिर पर नाचना शुरू किया।

वह हवा थी, तुम कहोगी। वह तुम थी, मैं कह रहा हूँ !

देख रहा हूँ कि किसी ने हवा में जैसे धुंध का गुल्ला फेंका जो जिन्न की तरह आसमान तक फैल गया। और उस जिन्न ने शीष झुकाया कि सड़क पर तुम निकलती आई।

दूर से आती हुई एक नाज़ुक गुन गुन। पास आती गई। गणेश बनती गई, मैं बनाता गया, मानोगी नहीं तुम।

हाथी का सिर नहीं। भवें जो बीच में जुड़ गई हैं, आँखों के ऊपर लम्बी काली कमान बनी। उतर गई तस्वीर मन में।

मानती ही नहीं तुम। कहती हो कि मैं तो तुम्हें अनदेखा किए, तूफ़ान के छँटने के इन्तज़ार में था और तुमसे अलग मुड़ के जानेवाला था, जब तुमने मेरी पीठ को आवाज़ दी – एक मिनट।

कैसे तुम्हें समझाऊँ ? ज़रूर तुमने नहीं देखा होगा कि मैंने तुम्हें देख लिया और देखते ही कुछ हुआ। कुछ हुआ जैसे कि होना ही था और मैं धुकधुकी में इधर उधर होने लगा। यही हुआ होगा !

हाँ ! एक मिनट। इस पर हम दोनों एकमत हैं ! कि मैं मुड़ा और

मैंने दिया तुम्हारे सवाल का जवाब कि घर कहाँ है।

इतनी उतावली, तो क्यों नहीं घर आ गए मेरे साथ तुम, मुझसे पूछ चुकी हो ? क्यों निकले रहे जॉग करते और आए तो पहचाना नहीं, सीधे ऊपर चले गए ?

क्योंकि ऐसा ही होता है ! येवहीहै, फ़ौरन हवा में तिर जाता है, फिर मच्छर बनकर खाल पर बैठता है, एक नामालूम भोंक लगाता है, हमें नामालूम का क्यों होगा अहसास, बेहोशी की दवा अन्दर फूँकता है, अब काट रहा है, चूस रहा है, वही है वही है, ख़ून में बज रहा है, पर हम बेहोश, जॉग कर रहे हैं, कर के घर आते हैं, वही है सामने, एनिस्थीसिया का असर उतरा नहीं है, हम बेख़बर दिख रहे हैं, ऊपर चले जाते हैं, मलेरिया हो जाता है, काट लिया कब तो हमें मच्छर ने ?

काली कमान तब दिखी।

अब दिखती गई !

62

तुम्हारा बयान माना जाए या मेरा ? बाक़ी भी तुम सी कहेंगे, तुम कहती हो। तुम अकसरियत, मैं अक़लियत !

अगर अकसरियत ही सही तो जो हो रहा है चारों ओर सही। फ्रिज और न्यूक्लियर और दिलतोड़ ताकत को चाहना सही। बचे चन्द एक जो कहते हैं बस जंगल, सूरज और मचान, थोड़ी मुस्कान, छोटे अरमान, ग़लत। हम कह रहे हैं आपकी एक नजर में शीशे टूट गए पर आप अड़ी हैं कि हम छैला बाबू, दिन चले गए, और रातें, हम अपनी मद में !

बकौल तुम्हारे मैं अपने में रमा घर में दीखता जब दीखता और तुमको नाम का सलाम करके बिज़ी बिज़ी हो जाता !

क्या लड़ूँ कितना लड़ूँ और कितनों से ?

छोड़ जो दें इस बात को और अगले मुकाम की करें ?

झगड़ा नहीं वगड़ा करें !

दिन प्रतिदिन आने लगी है यह नई लड़की। ठीक ? माँ गाल थपथपा देती है और बाप भी सिर पर हाथ रख देते हैं ! शोहदागिरी नहीं, बड़ी शराफ़त से। यही लड़की उनको दवा भी दे आती है, उनको हाथ खींचकर सामने के कमरे में ले आती है। तीनों बैठे बात करते हैं।

तुमने देखा ही नहीं तो पूछते क्या कि कौन सी बातें, तुम्हारा वार है !

पर कोई भी तुमसे बात करना चाहेगा, जिस दुलार से सबमें दिलचस्पी लेती हो ! मैं क्यों ताज्जुब करता ?

पूछ यह सकती हो कि क्यों मुझे बुरा नहीं लगा ? कि मुझसे अलग आप तीन ? इसलिए कि मुझे मालूम था यह तुम्हारी तमीज़ है, नर्मदिली है। बूढ़ों से निपटकर आओगी मेरे पास, सिर्फ़ मेरे पास, मुझसे पूछने, मेरे बारे में, मेरी आत्मकथा कितनी मोहब्बत से कहलवाने।

झूठ बोलते हो। अपने आप से भी। तुमने प्यार की लताड़ दी है मुझे। कहती हो कि वह सिलसिला बाद का है जो तुम मेरे पास आने लगीं। कि बाद को मैंने पहले कर लिया है मन में।

अरे इश्क में क्या पहले, क्या बाद, ऐसी ज़मीनी हुज्जत ?

पर तुम यही कहती हो कि मुझे दिलचस्पी नहीं थी। न होती अगर माँ लड़ न रही होती।

फिर ? तुम बोली उसी पल अन्दर घुसते।

क्या ? मैंने अचरज किया।

लड़ रहे हो तुम और माँ ?

तुम्हें कैसे पता ? मैंने पूछा।

माँ के चेहरे को जानती हूँ, तुम मुस्काई।

लाल पीला, मैं भी मुस्काया।

उस पल दोस्ती हुई, कहती हो तुम !

ग़नीमत कि मानती हो दोस्ती तो हुई !

पर वह पल मेरे लिए स्पेशल था। पता क्यों ?

माँ बोली तंग आकर कि तुम इसे समझाओ वहाँ क्यों न जाए।

"कहाँ ?" तुमने पूछा।

पहली हो जिसे कुछ नहीं मालूम मेरे बारे में और हर मेरे बारे में दिलचस्पी लोगी। पहली जो नहीं जानती मैं वो हूँ जो वो नहीं ! पहली जो मुझे देख रही है, सिर्फ़ मैं ही मैं, अपने आकार में, और छाया भी मेरे आकार का अक्स।

"अरे वह तो मेरे प्रदेश में है।" तुमने कहा।

पहली बार मुझे पता चला।

अच्छा, मैंने कहा।

पहली बार मैंने तुम्हें रुचि से देखा, तुम कहती हो, जबकि मैंने

उस तरह देखा कि यह तो बनी है मेरे लिए, मैं भवें देखकर ही जान गया था !

कैसा है वहाँ, मैंने पूछा। तुम वहाँ की इसमें वहाँ की आस और खिली।

कैसा है वहाँ, बताओ इसे, माँ ने हड़काया।

वहाँ ही क्यों ? तुमने पूछा, मासूमियत से।

कुछ नहीं जानती कि मेरा वहाँ से क्या लेना देना, कुछ लुटापिटा, कि मैं कौन, कौन नहीं ? मैं हूँ, आज हूँ, भूत नहीं, न किसी का भूत !

मुझे अच्छा लगा।

63

इश्क है कह देता हूँ तो भड़कने की वजह नहीं ! कलन्दरी मौसम है, सब कुछ इश्क है, सबको इश्क है ! घर मनसायन है, और माँ बाप के अन्दर भी रुनुक झुनुक तुम्हारा इन्तज़ार बजता है।

लेकिन जो अट्ठारह, उससे बराबरी का ख़्वाब मत पालो। जो इश्क अट्ठारह पे हुआ वह ऐसा कि उसके आधे अधूरे पल को भी जब जब याद करोगे तब तब मौसमे-अट्ठारह तारी होगा ! दिन हो अवसाद का, दिल हो अट्ठारह का, तो इश्क सर्पीली बिजली सा हमें झनझना जाएगा !

पल्ले पड़ी बात ? नहीं न ?

नहीं पड़ सकती। क्योंकि तुमने अट्ठारह पे इश्क नहीं किया। इसलिए तुम्हारे अन्दर वह एनर्जी के कसते रेशे नहीं जो गोल सा जीव तैयार कर रहे हैं जो झपटे। उन रेशों के मुसलसल कसने से उनके पास बनती ख़ाली जगह नहीं है कि जिसमें कुछ भरना है। ख़ाली जगह का नया विज़न नहीं है कि यह तो शुरुआत है, जिसे बिलकुल नए सिरे से, बिना किसी सड़ाँध के, ताज़ा तरीन आबाद करें।

नहीं बन सकते तुम कोई मेरे मुकाबिल ! तुम सबने अट्ठारह पीछे छोड़ दिया है ! चूक गए मौका।

यह दिन तो मेरा है कि जियूँ और रचूँ, जो एक ही बात है।

जॉग कर आया, पेड़ के नीचे बाइसेप ट्राइसेप कस आया, ऊपर आसमान के ख़ाली टुंकड़े को उड़ाता लाया कि दूँगा तुम्हें आज और बस .ख़ुश हो जाऊँगा।

ब्रेकफ़ास्ट, मैं चिल्लाया। तुम्हें देख ज़रा अचकचाया। आज इतनी जल्दी ? तन मगन छिपाया।

माँ के साथ गई थीं।

खुल गया तुम्हारा ऑफ़िस ? बेपरवाही से पूछा, सजने धजने चला गया।

मेरा चेहरा तुम देखोगी, तुम्हारे लुत्फ़ का सामाँ बनूँ !

बाप भी उठकर नहीं गए जब मैं नीचे आया। तुम हो न !

माँ इसी में .ख़ुश कि सब साथ साथ बैठे हैं। भले ही एक दूसरे से हम कुछ न कहें। उसकी ज़रूरत भी क्या ? यहाँ सब तुम्हीं से बात करते हैं।

ज़रा सा फ्रूट जूस मुझसे छलक गया। झट अपने नैप्किन से ढका कि पोंछ दूँ पहले कि तुम देख लो मेरा फूहड़पन। तुम्हारी नज़र में मुझे भी प्यारा लगना है !

तुमने कुछ कहा। माँ से कि बाप से।

मैंने नहीं सुना। उनसे कुछ न कुछ तुम कहती ही रहती हो।

पर इलास्टिक बैंड जोड़ चुका है मुझे तुमसे और तुम्हारे वसीले दुनिया से। इसलिए लचकता हूँ, इस मायल, उस मायल ! कभी हम लचके कभी दुनिया लचकी। दरवेश का कलन्दरी नाच यही इलास्टिक बैंड का लचीलापन है !

माँ हँसी। बाप भी।

हमारे खंडहरी घर में हँसी !

मैं कॉफ़ी लेकर उठ गया। चला गया अपने कमरे में।

मैं जल्दी नहीं करता। इश्क में जल्दबाज़ी नहीं। तुम आओगी। हर दफ़े आती हो। बाय करने आओगी। माँ के कहने पे आती हो कि कुछ सेन्स घुसेड़ दो इसके भेजे में, यहाँ भी तो युनिवर्सिटी है। पर यह मैं नहीं मानूँगा कि तुम्हारे अन्दर .ख़ुद मनसनाती कुरेद नहीं है ? मुझे लेकर।

मेरी बातों में मज़ा है न। मज़ाक भी करता हूँ। प्रलाप भी। बुज़ुर्गों के वक्तव्य भी। जिन पर तुम मुस्कराती हो। ऐसा नहीं है, कहती हो

और सिर नहीं नहीं, हिलाती हो। जानबूझ के न ? कि वह हो जो हर युग की नायिकाओं का तरीका है – उड़ आएँ गेसू गाल पर !

तो मैं मन में दहाड़ती हिम्मत का बूँद भर अमल में ला पाऊँ ! एक उँगली से पीछे कर दूँ वह लट और ऐसे टँग जाए मेरी उँगली तुम पर कि हटा दी तो बेसहारा होके गिर जाएगी !

तुम सिर पीछे कर लोगी। बार बार कहती हो मुझसे – मैं तो पूछती रहती हूँ तुम्हारे बारे में तुमसे, तुम भी तो पूछो मुझसे।

यारों मुझे माफ़ करो ! मैं नशे में हूँ !

"जानती क्या हो तुम मेरे बारे में अभी," मैं इतरा के कहता हूँ। "पता भी है तुम्हें कि मैं वहाँ था जहाँ बम फटा ?"

मैं उसके चेहरे की हवाइयाँ देखता हूँ और दिल मेरा हाई जम्प में बाज़ी मार सकता है !

64

देखो, मैंने उसे लेटकर दिखाया।

अपने ऊपर के कमरे में बस हम दोनों थे।

बस हम हमारे बीच और मेरी दीवानगी। किसी दूसरे का हक नहीं, निकाल बाहर करो, सीधे से न माने तो बम से उड़ा दो। यही आज का तरीका, पता है कितने बम फटते रहे हैं बरस दर बरस ?

मैंने हाथ बढ़ा के उसे भी फ़र्श पर लिटा दिया।

ऐसे मैं पड़ा था। मुझे याद है, मैं बोला। सिकुड़ मुड़कर, अपने अट्ठारह को तीन का बनाता। ऊपर पंखे लटके हैं, घुर्र घुर्र चलते, कीचट मैले, मेरे ऊपर गिरनेवाले हैं। मैं डरने लगा।

मैंने गर्दन घुमा के उसको देखा। वो कोहनी पर उचक के इसी करवट हो गई थी। ग़ौर से मुझे सुनती। बड़े ग़ौर से देखती।

तुम नहीं डरतीं ? मैं हमदर्दी के लिए पसर गया हूँ ! तीन बरस की, अकेली पड़ी, पंखों को घूरती ? और कोई नहीं उस हाल में जिसमें मैं ?

भयानक हादसे से निकल आए, उसे बताने को, तो चोट दिखाने में मज़ा आ जाता है। ऐसी कहानी और हीरो मैं। सुननेवाली मेरी हिरोइन।

बम की त्राहि त्राहि और मन उसे पाने को हाहि !

''आप किस पोज़िशन में हैं उससे बहुत फ़र्क पड़ता है।'' मेरी आवाज़ गूढ़ हो चली है। ''जासूसी के लिए बेस्ट पोज़िशन है चित्त पड़े हों और एडमिशन के लिए नहीं आए हों। मन में किसी मंज़िल की खलबली नहीं, ख़ाली पड़े हों कि सब तरफ़ ताकें, नोट करें, कौन आता है, कौन

जाता है, किसके हाथ में दाख़िले के पेपर्स, किसके हाथ में बम।''

कितनी बकवास करते हो, वह बोली। डरती सी।

मुझे अच्छा लगा।

''वह था वहाँ।'' मैंने कहा। ''अब तो तुम जानती हो उसके बारे में। हम दोनों वहाँ।''

उसने देखा जिधर मैं दिखा रहा था। उसकी तस्वीर। बुक शेल्फ़ पर रखी। ऐसा कोण कि सिर हमने उचकाए पर लग सकता था वही गर्दन तान रहा है कि देखें फ़र्श पे चलती !

तस्वीर में वह कुर्सी पर था, एक टाँग पर एक।

''वह था वहाँ, बैठा,'' मैंने राज़ सा बुना। ''एक टाँग पर एक। कॉफ़ी के जल्दी जल्दी घूँट मारता। परीक्षा पे नर्वसियाता। एक टाँग हिल हिल हिलाता। बिना स्ट्रैप की जूतियाँ। एक मेज़ के नीचे उतरी पड़ी।''

उसके चेहरे पर अविश्वास का भाव। घबराहट का रंग। दिल में हमदर्दी।

''ऐसे पसरे हो तो यही सब तो दिखेगा। मेज़ के नीचे जूते, चप्पल, कोई पैर में, कोई फ़र्श पे। पाँव की हरकत बता रही है ऊपर वाले का हश्र ! कौन बेताब, कौन छैल छबीला, कौन कीफ़र्कपैंदा, कौन कान्धे पर उठी सलीब ! और सुनो, सुनाऊँ,'' मैंने पूछा ?

चुप रही, पर सिर ज़रा हिला के, हाँ।

''फटफट करती सैंडल वेटरों की। अभी आए हैं ऊँट पहाड़ के नीचे। जल्दी जल्दी काम निकालो। फिर तो चल देंगे लाट साहब बनने। एन्ट्रेंस एक्ज़ैम के पहले की बात है न।''

अब वह सुन्न देखती मुझे। कैसे तो बता रहा हूँ ! जहाँ बम फूटते हैं मज़ाक नहीं होते। हल्का फुल्कापन ठीक नहीं। जूते चप्पलों पर डिस्कोर्स, क्या मतलब ?

पर रौ में था। ऊँची एड़ियों की कहने लगा। लड़कियों की।

''तुम्हारी जैसी लड़कियाँ ऊँची एड़ी पहनती हैं। कुछ तुम्हारी तरह सोशल वर्क संस्था में जाती हैं, कुछ फ़ैशन कर करके उस कैफ़े में कॉफ़ी

पीती हैं।''

अब वह मुझे ऐसे देखने लगी कि मैं पागल हूँ।

''हाँ पागल था।'' मैंने कहा।

''तुम ?'' वह धीरे से बोली।

''बम।'' मैंने बदली आवाज़ में कहा।

''तुमने देखा ?'' जब मैं चुप रहा उसने फिर बुलवाया।

''मैंने देखा ? पहचाना उसका फ़ुटवेयर ? प्योर लेदर एक्सपोर्ट माल ? टूटी चटकी सप्ताह-हाट की प्लास्टिक स्लिपर ? नफ़रत से चलती, एक बोरे में बम ठुँसाए ! क्यों ऐसे हिलता है बोरा ? बोरे वाले ए तेरे बोरे में क्या है ? बोरे में है तक़दीर हमारी !''

''पूछा ?'' वह कितनी उदास थी।

किसी ने नहीं पूछा। इतने तेज़ बिरादर वहाँ, किसी ने नहीं पूछा। कौन यहाँ, जो अपने को यहाँ का बताता है, हमें परदेसी ? बॉर्डर, वन मोर बॉर्डर। ये मेरा, मेरी माँद, मेरा मज़हब, मेरा गाँव, मेरी नाली, मेरा बम।

''फटा ?'' वह रुआँसी।

मैं पड़ा रहा। मैं अपने आपको देखने लगा। अंगारे, टूटी टाँग, उड़ते चप्पल, जूते, सैंडल, एड़ियाँ, सोल, फीते, स्ट्रैप, बक्कल, जीभ, चमड़े ...

मैं भी रुआँसा लेटा रहा।

65

फ़ैसला हो गया था। हम सब तुम्हें प्यार करेंगे !

चाहत तो हममें होती है। भर जाते हैं और मिलता नहीं कोई कि उस पर उँड़ेल दें। बम का क्या गया ? उसे जो करना था कर गया ! बर्बाद तो माँ बाप हुए – उस पर निछावर थे अबं क्या करें ? मेरी तरफ़ मुड़ो तो वह संग उलझ जाता है। जीना उलझ जाता है, वह है, नहीं है, मैं हूँ, नहीं हूँ।

तुम फ़रिश्ता हो। बिना उलझाव, बाप तक तुम्हारे मुरीद हो गए। है न ? माँ की ममता वैसे भी अपार।

तुम दोनों का एक सोशल वर्क संस्था से जुड़े होना मेरे लिए नेमत !

मुझे बुरा नहीं लगता था। माँ बाप का उसके तरफ़ होते जाना मेरे हक में जा रहा था। मैं हीरो बनता जा रहा था, पहली बार जीवन में, जिसको एक सुन्दर स्त्री उबारती है, उभारती है, मनाती है, लुभाती है। मेरी हर बात उसे मोहती है। मैं .ख़ुद अपनी आँखों में उठता जा रहा था।

अब मैं अकेले भी अकेला नहीं होता। हर वक़्त तुम्हारी सेंक, हर सेकेंड वह गुदगुदी कि तुम देख रही हो अभी तो क्या दिखता, सुन रही हो मेरे शब्द तो कैसे बनते, सूँघ रही हो मेरी आत्मा तो कैसी हँकार लगाती।

उस वक़्त ने मुझे नॉन परफ़ार्मर से परफ़ॉर्मर बना दिया।

खड़ा था सुबह की बेला में। मान रहा था कि तुम घर में हो, किवाड़ बन्द है, माँ के संग जाओगी उनकी संस्था क्योंकि वही प्रोजेक्ट तुम्हें

यहाँ लाया है पर अभी रुकोगी, मुझसे भी मिलोगी।

पिछली मुलाकात की किसी बात पर मुस्कराया और लगा मुझे कि मेरे साथ वह भी मुस्करा दी होगी ! वहाँ, घर में, माँ बाप से कुछ कहते हुए। अचकचा गई होगी कि वे सोचेंगे हँसने की क्या बात ?

मैं हँस दिया।

उसको पता होगा मैं हँस दिया ? उसके तसव्वुर में मैं यहाँ हूँ, नाले के किनारे। सूरज, गुलाबी, नाले में ढलक आया है और मेरे गालों पर। वह देखती और कहती हीरो की झलक मारते हो।

कल्पना करता हूँ कि कल्पना करती होगी ऐसे चल रहा हूँ मैं। कहती है क्या देखते हो, परखते रहते हो ? बताऊँगा, सब कुछ बताऊँगा तुम्हें। तुम्हें ही तो।

पर अभी देखो मुझे। घर की तरफ़ बढ़ते हुए। मेरे तन का कसाव भा रहा है न तुम्हें ? ज़रूर वह छूना चाहती है मुझे। ज़रूर एक दिन रोके नहीं रुकेगी गिर पड़ेगी ...

मेरे सीने में जीव उछलता है, दौड़कर कहीं और जिस्म में ढीठ हो रहा है।

मैं शरमा गया। उसे पता नहीं चलना चाहिए। ऐसे उड़ते हैं मेरे ख़याल ! सँभलकर चलने लगा। संजीदा दिखूँ, सिर्फ़ संजीदा। वह देखे, दरवाज़े पर खड़ी, मुझे आते हुए। मेरी चाल से पहचान रही है मैं ही हूँ। मेरे तलवे में कंकड़ चुभता है। अदा से मैं एक पैर उठा के जूता निकालता हूँ, झटकता हूँ, पहनता हूँ। नर्तक हूँ या खिलाड़ी।

फूल हैं रास्ते में। हिम्मत नहीं कि दूँ तुम्हें अभी। चिढ़ाती हो मन में – डरपोक। दिखा दूँगा, एक दिन चिकोटी काटूँगा, पर अभी हँस लो !

कुम्हारिन के पास रुका हूँ। देखता, अपने को तुम्हारी निगाह से, सुराही उठाता। सुराही दोगे मुझे, और चिढ़ाती है ? मैं ख़ाली हाथ बढ़ता हूँ।

घर के बाहर युवक खड़ा है। तुम देखती होगी उसे मन में। या कोई खिड़की खोलकर। दबी दबी उतावली, आएगा भीतर तो नज़रें मिलेंगी,

सहज दिखूँगी पर मन में कच्चा चबाऊँगी। मुहब्बत से !

मैंने यह सब अनुमान कर करके अपनी चाल संकोची बना ली है ! घर में घुसता हूँ कि नॉर्मल दिखूँ और देखता हूँ यहाँ कोई है ही नहीं !

मतलब तुम आज नहीं आईं।

मतलब आज मन ही मन तुम मुझे निहारोगी, जो मैं करूँगा तुम्हें सामने मानता करूँगा, मैं अच्छा लगूँगा, प्यारा लगूँगा, अटपटा लगूँगा, उल्लू भी लगूँगा।

पर हँसूँगा और रुकूँगा कि कल तो आओगी।

66

तुम आओगी। मेरे मन में फिरकी। नीचे हाथ बँटाओगी, कोई गपशप करोगी। मैं रुकूँगा। नहीं रुका जाएगा। सीढ़ियों पर आ जाऊँगा। तुम हैल्लो पुकारोगी। कब आई तुम मैं मुस्काऊँगा। नीचे आकर सबके संग मगर बस मैं और तुम, का रस लूँगा। चला जाऊँगा ऊपर कि माँ भेजे, जाओ, सुनता है तुम्हारी, नहीं तो घुन्ना, कमरे में अकेले बन्द रहता था। तुम आओगी जैसे बस माँ की बात मानने को ! जैसे तुम्हें रास नहीं ! मैं और मेरी बातें। कुरेद कुरेद कर जो करवाती हो – याद है तुम्हें, कैफ़े, बम, क्या देखा, कौन देखा, कैसा मन था ?

एक और अलादीन पर नाम जो मेरा ! मन्त्र, खुल जा बन्द हो जा सिमसिम नहीं, पर खुल जा पुलिन्दा बन्द हो जा पिटारा ! प्रेम पुलिन्दा, ख़ाक पिटारा !

ग़लत ! प्रेम के पुलिन्दे में पिटारा शरीक है मगर उसी इलास्टिक बैंड पर लचकता ! पिटारेवाले की फ़रमाइश मैंने अपना ली है और वही फ़िक्र सबको बाँट दी है। लुत्फ़ के साथ।

तुमको भी माँ ने लगा दिया है कि अपना ज्ञान बघारो और रोको इसे क्योंकि उस शहर की नहीं पर उस प्रदेश में हो, मुझसे ज़्यादा जानती हो।

"माँ का आग गोला हो तुम कि दन से मुझ पर मारती है !" मैं छेड़ता हूँ। मुँह से निकली उपमा से परेशान नहीं – पहली सी मार नहीं इन लफ्ज़ों की। तुम्हारे जादू में सब भोला। जुड़ा जुड़ा।

माँ लगी डुकियाने – क्यों मेरी कही बस दोहराएगी ? सोचता दिमाग

नहीं मेरी लड़की के पास ?

"दिमाग तो मेरे नहीं। उसने कहा, तो था ! मैं बड़ा आया अलमबरदार !"

"उसने तैश में आकर तय किया क्या ?" तुम पूछती हो। "उस पर बात की होगी, राय ली होगी ..."

"कद्दू !" मैंने कहा। "उससे भी बात करने को राज़ी नहीं हुए होंगे आप लोग। राय ज़रूर दी होगी !"

देखो मुझे, कैसा दिख रहा हूँ। मन में फिरकी। जो अंग चल पड़े वह फिरकी ! ज़बान में फिरकी, हाथों में फिरकी, पाँव में फिरकी, फिरकी ही फिरकी !

डाँटो इसे। माँ कहती है।

मैं डाँट नहीं रही। तुम मनाती हो।

डाँट तो रही हो, मैं बिना बुरा माने कहता हूँ। तुम अनाउंसर बन जाओ। आवाज़ अच्छी है। डाँटती हो तो और भी !

मैं डाँट नहीं रही। तुम डाँट के कहती हो।

मैं फिरकी। फिरक रहा हूँ !

क्या करता ? तुम्हारी आवाज़ अच्छी लगती थी।

पर तुम्हारी आवाज़ अच्छी लगती है। कह दिया।

क्या करूँ, उसकी हर चीज़ अच्छी लगती थी। कह दूँ आई लाइक यू ?

अभी नहीं। शुरुआती दौर है।

तभी नहीं। शुरुआती दौर था। उसमें नहीं कहते आई लाइक यू। कहते हैं अरे फिर बारिश। मतलब आई लाइक यू। कहते हैं माँ मेरी अलमारी मत साफ़ किया करो। मतलब आइ लाइक यू। कहते हैं अंडे लाने हैं। मतलब आई लाइक यू। माँ को कोहनी मारते हैं कि बाप बिना स्वेटर खड़े हो गए हैं और वह जाती है उन्हें जम्पर देने। इस लेन देन का मतलब भी तुमसे और वही कि आई लाइक यू।

आर यू श्योर मैंने पूछा। जिसका मतलब तो वही था !

माँ की सिगरेट जली थी। बाप इधर आ रहे थे, पोस्ट-निमोनिया

फेफड़ों को लेकर। मैंने सिगरेट खींच राखदान में बुझा दी। धुएँ की लहर उठी। वही कहती ! आई लाइक यू !

ज़बान फिरकती गई – क्या हमने सोचकर बायाँ क़दम पहले उठाया, फिर दायाँ ? ठोकर खाई तो सोचकर यह हाथ पहले नीचे टेक दिया ? कितना सोचके तुमने सोशल वर्क लिया ? सोचा, कि वह आ गया सामने ? हमने चुना कि जो कर रहे हैं उसने हमें चुना ? साल भर बाद मैं सोचता हूँ कि एक साल उमर आगे कर दूँ ? विकल्प है कोई ? दो राहे पर बाएँ या दाएँ, विकल्प है कोई ?

इम्तहान में पास या फ़ेल, विकल्प कोई और ?

आई लाइक यू आई लाइक यू, बेलगाम फिरकी।

माँ का चेहरा मेरे मखौल पर स्निग्ध। पर संजीदा भी।

"माँ क्या सोचा होगा उसने ? हम सही सही जान पाए ?" ग़ैर इरादे निकले शब्द, फिरकी के खेल में।

मैं तुम्हारी तरफ़ मुड़ा। वह अट्ठारह का हुआ होगा। सुबह उठा होगा। मिट्टी सोंधियाई होगी। उसने चाहा होगा चींटी बनकर अपनी सूँड़ मिट्टी में फिरा दे। उसने चाहा होगा सारी दुनिया से दोस्ती कर ले। उसने चाहा होगा सब माँओं को नमन करे। चाहा होगा हर बाप को माफ़ कर दे। चाहा होगा लड़कियों के गाल सहला दे। गुनगुनाए, बेसुरा हो गला, तो भी। झूले, लटक के हर पत्ते, हर डाली पे। सिर बादल सा लहलहाया होगा और उसने हवा में नज़र दौड़ाई होगी कि किस जगह उड़े और टिक जाए और बरसे। दिखा होगा चारों तरफ़ आसमान, ख़ाली, ख़ाली, इतनी जगह, इतनी जगह, कैसी हूक उठी होगी मन में, यहाँ भर दूँ, अपने जुनून से भर दूँ, यहाँ ... यहाँ ... कुछ भी ... सब कुछ ...

यह कहा थोड़ी मैंने ! संजीदा हो गया। कहा कि देखा होगा अपने मोहल्ले का नाला और सोचा होगा डुबकी लगानी है, चाहे डूब जाऊँ।

वह विचलित हुई। माँ चुप रही।

एक डूबा, एक डुबकी लगाएगा। मैंने नहीं कहा।

चपक के मैं माँ की तरफ़ मुड़ा – "इतना पूछोगी तो ये भी उलझ

जाएगा कि जो मैं चाहता हूँ वह भी मेरी चाह है ? या किसी और की ? वह ही चाहता है मैं जाऊँ वहीं ? शायद। या तुम चाहती हो जो वह चाहता है ? तीरथ पर भेज रही हो मुझे ?''

चुप माँ अचानक और चुप हो गई।

यही बात, यही बात, यही बात, फिरकी यह कहने लगी। माँ और तीरथ।

67

बहुत चुप हो गया समाँ और बाप का हमारे बीच चले आना बहुत आवाज़ करने लगा।

बैठ गए, पीठ मेरे सामने और लगे उलटने पलटने कोई फ़ाइल।

मैंने कन्धे प्रश्न में उचकाए, माँ को देखते हुए, उसने तुम्हारी ओर देखा, तुमने बाप से पूछा क्या ढूँढ़ रहे हैं ?

दिखाता हूँ, वे बोले।

पीठ मेरी तरफ़। बोलते तुमसे। कि जो किया जाए लगन से किया जा, फूस फास फूस फास नहीं।

सुना मुझे रहे हैं !

फ़ाइल के पन्ने छुलते गिरते। मैं क्या जानूँ क्या हैं ?

पढ़ो। बाप बोले ज़ोर से। और अचानक बिना ख़बरदार किए, अबाउट टर्न में मेरी तरफ़ ! पन्ने मुझे थमाते हुए ! फ़ाइल इधर बढ़ाते हुए !

कोई आपकी तरफ़ दीवार बना बैठा करे और अचानक उसमें खिड़की खोल दे तो आपका सन्तुलन बिगड़ेगा कि नहीं ?

मेरे भीतर हकलाहट भर गई। उसे दबाने सपाट का अतिरेक उठाया – इसमें क्या, पढ़ दूँगा।

जो आपसे बोलता नहीं अचानक बोल दे कि चोटी से कूद जाओ तो आप, हक्का बक्का, कूद भी जाएँगे कि नहीं ?

पढ़ने को मुँह खोल दिया। सपाट के अतिरेक में। कुछ पन्ने नीचे गिर गए। जो पन्ना खुला था – उनका दिया या गिरने के बाद का,

बेख़बर हूँ – पढ़ने लगा।

But that was nothing to what things came out
...What were they? Mermaids? dragons? ghosts?
Nothing at all of any things like that.
What were they then?
All sorts of queer things

पढ़ता गया, बिना समझे।

किसी पल सन्देशा सिर में टप टप टप ताल देने लगा – यह उसकी लिखाई पढ़ रहा हूँ।

समझ नहीं रहा, पढ़ता चला गया।

Things never seen or heard or written about
Very strange,..., utterly peculiar
Things. Oh, solid enough they seemed to touch,
Had anyone dared it. Marvellous creation,
All various shapes and sizes, and no sizes,
All new, each perfectly unlike his neighbour,
Though all came moving slowly out together.

फ़ाइल मेरे हाथ में। पत्र, नोट्स, गिरे पन्ने किसी ने उठा दिए हैं, मेरी तरफ़ बढ़े हैं, मगर मैं जो पढ़ रहा हूँ पढ़ता जा रहा हूँ, बिना समझे और सिर में ताल दूसरे सन्देश बजा रही है। पढ़ रहा हूँ बिना समझे।

Describe just one of them.
I am unable
What were their colours?
Mostly nameless colours,

सोच रहा हूँ, टप टप टप, कैसा लगता होगा उसे कि जो उसने अकेले में लिखा वह ऐसे छुआ जा रहा है, पढ़ा जा रहा है ...? बाप ... मैं ...

Some had no colours.
Tell me, had they legs?

पन्ना धिक्कारता हो मुझे ! कह रहा हो कीप क्वायट !

They came out on the sand,
Not keeping time to the band, moving seaward
Silently at Snail's pace. But at last
The most odd, indescribable thing of all
Which hardly one man there could see for wonder
Did something recognizably a something.
Well, what?

It made a noise.

मेरी आवाज़ मेरे कानों में गद्दारों सी गूँजती। कैसे लगते होंगे मेरी आवाज़ में उसके शब्द ?

A frightening noise?

No, no

हँस रहे होंगे बाप ?

A musical noise?
A noise of scuffling?

No, but a very loud,

ये सामने बैठे जो सुन रहे हैं, उसे सुन रहे हैं कि मुझे ?

respectable noise...

अब मुझे अपनी आवाज़ नहीं सुनाई दे रही।

68

किसकी आवाज़ थी वह ? उसकी ? मेरी ?

छोटे लड़के की आवाज़ !

बताओ कहाँ जाती होगी छोटे लड़के की आवाज़ ?

छोटा लड़का खो जाता है रेगिस्तान में। उसकी आवाज़ कहाँ जाती होगी ? बेमतलब, दिशाहीन, हवा में घूमकर वापस उसके पास लौट आती होगी ?

बताओ पूछ रहा हूँ तुमसे, छोटे लड़के के उद्‌गार कहाँ जाते हैं ? इधर उधर भटककर किसी ठूँठ पर लटक जाते हैं ! बस...

69

मौसम बदला हुआ लगने लगा। बिना किसी घटना जैसी घटना के ! बस बाप की आँखों में जीत की चमक, मुझे ढरकते देख। उसके लिखे अक्षर मुझसे पढ़वाना, मुझे एक किक लगाना।

दिल कहने लगा ज़्यादा न कूदो, अपनी ही उछालें न झेल पाओ तो ?

मैं दौड़ पड़ा था न। सीढ़ियों पर रुक गया। धीरे से चढ़ने लगा। आँसू दबा के आँखें बन्द करके। काफ़ी दिनों बाद पुरानी रटी रटाई तर्ज़ पर — एक दो तीन ... इनडोर प्लांट ... यहाँ मुड़ो ... छह सात आठ ... कमरा। जानी पहचानी अदा में सुरक्षा बनती है, नई चाह डराती है !

जाकर लेट गया चुपचाप बिस्तर पर।

उसके।

मेरा भ्रम तो न होगा, ज़रूर मुझे ज़लील किया गया है। हो न हो। आजकल महफ़िल पर मेरी मोनोपली जो है। विषय मैं हूँ। वह भी इच्छा, इज़हार, तर्क वितर्क, उसके शब्द 'चुरा' के ! अलग कोई गूँज नहीं। वहाँ जाएगा, वहीं जाएगा ! हैं कौन आप ?

कौन जाने पर हैं तो वहीं के ! जाऊँगा तो वहीं, मरा मन फिर भी बोला। शायद उस धरती से कोई जुड़ाव उठे। देख तो आऊँ एक बार। कोई कनेक्शन मिल जाए ?

एक कनेक्शन निकल आया है। तुम्हारा। तुम उसी प्रदेश में रहती हो, इससे माँ थोड़ी आश्वस्त हो चुकी है। तुम मुझ पर नज़र रखोगी।

ज़रूर रखना, मैंने सोचा, अकेलेपन से घिरा। क्या सोचा होगा तुमने

मेरे इस तरह धड़धड़ा के भाग जाने पर ? रोते तो नहीं देखा ?

मैं सो गया। थके सो जाते हैं। मैं थका था।

गहरी नींद न हो तो सपने आते हैं। उथली नींद के सपने। सपने मज़ेदार होते हैं। उनमें कहानी बनती है, टूटती है। सपने उन्हें लय में बाँधने की कोशिश नहीं करते। बेतरतीबी का आनन्द उठाते हैं।

मेरी आँख खुली तो शाम स्याह पड़ चुकी थी। सिर भी, शरीर भी, भारी थे। ग़लत वक़्त पर सोना भूतों को बुलावा देना है। भूतों का वक़्त है ये।

माँ कहती है शाम होते ही बत्ती जला दिया करो। भूत भाग जाएँगे।

निंदासा पड़ा रहा। अँधेरे में ही।

धीरे धीरे अहसास होने लगा कि कमरे में कोई है। मेरे अलावा।

पुराना अहसास था, याद आने लगा। मैंने अँधेरे को चीरकर तस्वीर को देखना चाहा।

कोई तो है।

मैं हिला कि वह भी हिला। खिड़की पर अँधेरे की काया।

एक बार पहले यही हुआ था। मैंने समझा था बाप हैं मेरे कमरे में। पर वह था। उसने घर की दीवारों को छूकर विदा ली थी और फूल सूँघकर मोह छोड़ बैठा और पानी पीकर सब भूल गया। मैं चश्मदीद गवाह हूँ। मैंने पीछा किया था, देखा था।

कह सकते हो वह सपना था। पता नहीं असल था कि सपना ?

पता नहीं यह असल है कि सपना ? सपने में सोकर उठा हूँ या कमरे में सोकर जगा हूँ ?

कौन ? मैंने हरकत सी की।

खिड़की पर काया हिली। माँ।

माँ ? मैं कहता, पर, पिछली दफ़े बाप समझ बैठा और वह निकला ! पता नहीं सत्य या भ्रम !

वह मुड़ी। विराट आँखें। अँधेरे में भी कमान दिख गई। उसने बाँहें खोल दीं।

मैं चला गया उनमें।

70

चुप चुप चुप, वह बोली। जबकि हम चुप ही खड़े थे।

वह जानती थी बाप ने मेरे संग क्या किया। बदला लिया। मैं रो दिया था इस पर मेरी झिझक धुल गई।

बस धुल गई ! न हमने कुछ कहा, न हमने कुछ किया, बस चुप खड़े रहे।

मेरा जीव भी चुप। न सीने में भम्भड़, न कहीं और !

वह जानती थी तीन और अट्ठारह ने उलझकर मुझे उलझा दिया है।

वह नीचे के बाद ऊपर आती थी, वह आज भी आ गई। मैं सो गया था। वह रुकी रही। अँधेरा हो गया। मैं जाग गया। उसकी बाँहें सहल सहल, साँसें नरम नरम।

वह जानती थी माँ और बाप ने तीन और अट्ठारह को मुझमें उलझा दिया है।

हममें कोई उतावली नहीं, कोई जल्दबाज़ी नहीं, शान्त शान्त आलिंगन ये।

वह मुझे उलझाती नहीं।

इसका भी कोई स्वाद है मुझे पता नहीं था। यों थामे जाना, यों थमे रहना।

तुम मुझे अच्छी लगती हो। मैंने कहा।

उसने बत्ती जला दी। उजाले में पड़कर मैंने आँखें झपकाईं। उसको देखा। वह उदास थी। मेरी तरह।

हम बैठ गए।

उसका मोबाइल फ़ोन उसके बैग से झाँक रहा था।

मैंने उठा लिया।

घड़ी देखी। माँ कुत्तों को खिलाने गई होगी। बाप मेरे रहते फ़ोन आजकल मेरे लिए छोड़ देते हैं। लिया घर का नम्बर डायल कर दिया और उसकी तरफ़ बढ़ाया – सुनोगी उसकी आवाज़ ?

वह घबराई। जल्दी से फ़ोन लेकर ऑफ कर दिया। सुन चुकी हूँ, घबरा के बोली।

मेरा वहाँ जाना भी उसका है। मैं उदास बोला।

वह भी उदास। उसने कुछ नहीं कहा।

माँ चाहती है मैं जाऊँ। तुमसे कहती है जाके मना करो ताकि अपनी चाह छिपा सके।

वह नहीं बोली।

मैं जाऊँगा। तुम होगी। मैं नहीं डरूँगा। तुम्हारा भी तो मन है। इस कहानी से तुम्हें भी रोमांच हो रहा है। अब तो ये तुम्हारी कहानी होती जा रही है। तुम भी देखना चाहती हो क्या कहाँ हुआ।

हमेशा की तरह वह मुझे बोलने दे रही थी।

सब कुछ तुम्हें बताता हूँ, सब कुछ तुम्हें दिखाऊँगा। मैंने अमर प्रेम का वादा किया।

71

कुछ ठोस मिल गया बाप को कभी माफ़ न करने के लिए और मेरी अड़ को फ़ैसला करार दिया गया !

ये कोई बहुत अनजाना ढंग नहीं है हौसले पक्के होने का। बड़े ख़याल, अट्ठारह का सवाल, कुछ फ़िक्र से बना, कुछ बेफ़िक्री से सँवरा और सबने ऐतराज़ करना बन्द कर डाला।

तुमने आना बन्द नहीं किया पर अब मुझे फुसलाने समझाने का थिएटर पूरा ! तुम्हारे हर प्रतिवाद ने मुझे नए तर्क दे दिए थे और तिस पर तुम्हारी कमान। अरे यहाँ तो कहानी यह भी बनाई जा सकती है कि अपनी अपनी तरह से क्या बाप, क्या माँ, क्या तुम, मुझे रोकने के दिखावे में, मेरी सारी आशंकाएँ मिटाते जा रहे थे !

ले दे के एक डर रह गया मेरा कि वह ऊपर आएगी कि नहीं ? मालूम है, आएगी, पर फिर भी, आएगी कि नहीं !

वह साल, क्यों न कहूँ, मेरे भी जीवन का सबसे अहम साल था ? कितनी शामें उसकी मैंने डर डरके बिताईं, आएगी, नहीं, कब ?

आज वह माँ के संग आई है, आज वह बाप के संग टोपीवाले फंक्शन में थी, आज वह आई है, नीचे बतिया रही है। तब ऊपर आएगी।

किताब खोलकर बैठा हूँ, पढ़ता हूँ, रुक जाता हूँ। ज़रा और पढ़ लूँ, एक सफ़ा और, तो उस बीच सुई घड़ी की आगे बढ़ ले।

उसकी आवाज़ आ रही है। उन दोनों से क्या बातें करती हो, पूछ लेता हूँ, पर जवाब सुनने का धैर्य नहीं है। अपनी जो सुनानी है ! असल तो वह मुझ ही से जुड़ी है, मुझे भी जोड़ देती है, मैं दुख भूल भी

जाता हूँ और हीरो बन भी जाता हूँ।

उसे मेरी नामालूम अदा भी प्रीतिकर लगती है, इसलिए मुझे भी।

अभी आएगी ऊपर। मैं किताब पढ़ना रोक के शीशे में अपने को पसन्द करता हूँ – बोलता हुआ कैसा लगता हूँ, भृकुटि पर मुट्ठी दबा के सुनूँ, तिरछी मुस्कान फेंकूँ ? इसमें अक्लमन्द, इसमें ऊऽऽऽ सैक्सी, इसमें क्यूट ! दाँत दिखते हैं, थूक निकलता है, बालों में रूसी है ?

उस शाम के बाद उसने मुझे चिपटाया नहीं। पर कोई जल्दी नहीं। इत्मीनान है। उसका दिन आएगा। सही, सुन्दर दिन, खुलता हुआ, फैलता हुआ, बादल बिजली जल सरीखा। अभी और और बातें होने दो, उसे ऊपर आने दो।

आओ न, मैं रूठता हूँ। थोड़ा और पढ़ता हूँ पर जैसे उसका भी सिर किताब पर झुका है, वही पन्ना मेरे साथ पढ़ती ! मेरा ध्यान पन्ने पर कम, उसके सिर पर ज़्यादा !

साँस खींचता हूँ। बाल धोए हैं ? पूछूँगा।

पर आओ, तब तो ! आ रही नहीं, मन में ऐसी बसी हो कि अकेले कुछ कर ही नहीं सकता।

अभी तक उनसे बोल रही है !

जी तो है कि चिल्ला दूँ – बातों का दरिया सूख जाएगा, रेत लेकर यहाँ आओगी ? बाँकपन से कहूँ – कुछ सागर मोहतरमा हमारे लिए भी छोड़िए।

बेबस हुआ जाता मेरा मन उस बरस। इतना कहना था उससे। वह सब जो कह चुका था। वह सब जो रह गया था।

इतना करना है।

क्या करना है, मेरा दिल धड़कने लगा।

वह सब जो सब करते हैं। वह सब जो किसी ने नहीं किया।

वह सब जो कर चुका हूँ।

उँगली से तुम्हारी कोहनी छू दी !

वह सब जो रह गया है।

सीना फट जाएगा। क्या रह गया है ? क्या करना चाहता हूँ मैं ?

क्या कर सकता हूँ मैं ? छोड़ो अपनी कमान से मेरी आत्मा को तीर की तरह कि जाए आज़ाद आगे ... कहीं भी ... दम तोड़ने की आस में ...

झटके से मैं घूमा था और उससे टकरा गया। लगभग !

हे ... यू ... उसने ट्रे सँभाली।

हॉट चॉकलेट की भाप और जीरा कुकीज़ !

और वह बार बार की तरह, उस वक़्त फिर, दोनों जगह – मेरे मन में और मेरे सामने !

72

ऐसा है कि अंग्रेज़ी और गल्प एक से। दोनों मुश्किल, दोनों ज़रूरी, जीवन के व्यापार में। व्यापार क्या, जीवन में। जीवन में क्या, वे ही जीवन।

अब जैसे अंग्रेज़ी की कहें। तो न्यू यॉर्कर को भी चाहिए और जंगल गाँव के बाशिन्दे को भी। करना ये पड़ता है कि बुलाना पड़ता है, जैसे कहानी को, वैसे ही अंग्रेज़ी को। एक ढंग है कि रट लिया 'कम हियर' और इस छोर खड़े हो के हाँक लगाई – कम हियर; और जब उधर बुलाना हुआ तो दौड़ के गए उस छोर और तब हाँक लगाई – कम हियर !

आज़माया तरीका है इसलिए बता रहा हूँ इसकी दिक्कतें। एक, फ़ेल होने का चान्स है। दूसरे, साँस फूलने का। फ़ेल एंड फूल। तो किस लायक ?

दूसरा तरीका बेहतर है कि समझ लो एक छोर है, एक होर है ! कहानी का, जीवन का, अंग्रेज़ी का। इस छोर से कहोगे तो अब कहोगे, होर छोर से कहोगे तो तब कहोगे। तब कहो तो सब होनेवाला है, अब कहो तो सब हो चुका है। तब पंख और उड़ान, अब बाद-ए-तूफ़ान !

पता नहीं मूल बात समझे कि नहीं ? कि दोनों ही सूरत में अन्त हो चुका है। सिर्फ़ क्रम बताने की गल है। एक छोर से सम्भावनाओं की मस्ती, दूसरे से लाशों की गिनती है। बाक़ी ये भी कहानी, वो भी, जीवन की तरह कल्पित।

तो तब कहूँ कि अब कहूँ ?

तब कहूँ या अब कहूँ ?

क्योंकि तब कहूँ जब नया इंसान बना जिसके मन को इश्क और पंख और पंख और इश्क लग गए हैं तो एक बात होगी। मैं हूँ मैं हूँ मैं हूँ, नशा पिला पड़ा था। प्यार और प्यारी आकांक्षाओं के तारों से सब जुड़ा जुड़ा था। पुराने डर, पुरानी खोट, पुरानी हार, चारों तरफ़ की ग्रे ग्रे मलिनता, नई बहार में हरे, लाल, पीले, गुलाबी हुए जाते थे !

ख़ाली जगह हुई असल, बाक़ी तो भरी सदियों की राख से !

पहचान यही असल ! बाक़ी तो क़ैद ! धर्म, राजनीति, आस्थाओं की धरपकड़ !

आओ मेरी तरह ख़ाली जगह में। बढ़ लो तब कहीं भी। बन लो तब कुछ भी। रख दो हाथ जहाँ भी। बना लो घर वहाँ भी। उड़ लो, उतर लो, बस लो, न फँसो इतिहास की दी जगह में। सिर्फ़ आसमान को देखो, देखते जाओ, जब तक चिड़ियों, बादलों, सूर्यों के बीच फैली ख़ाली जगह न देखो, जब तक न देखो कि ख़ाली जगह है आसमान, बाक़ी तो निगाह को अटकाने वाले टुकड़े महज़, पूरी हो चुकी सम्भावनाओं के, मिट गई हस्तियों के ...

ओह तभी बोलूँ, अभी नहीं ! जब बाक़ी हैं सम्भावनाएँ।

जब तैयारियाँ हैं कि जाना है मुझे, उस नामी युनिवर्सिटी में पढ़ने, तुम्हारे प्रदेश में।

अभी कुछ महीने बाक़ी हैं। माँ की संस्था में तुम्हारा प्रोजेक्ट चल रहा है। हम मिल रहे हैं। फ़िल्में भी देखते हैं। मित्रों के यहाँ भी जाने लगे हैं। माँ कहती है ये कितना खुल गया है तुम्हारे संग।

73

तुम्हारे जाने का दिन आने लगा। कभी मन मसोस उठता पर अगले ही पल उछल लेता – मैं भी तो पहुँचूँगा पीछे पीछे।

जब से आ गई हो ऐसे ही दिल मसोसता है तो फिर उचक भी जाता है ! पहाड़ी मौसम हुए जा रहा है। और तुम मेरी मेटनहार मोहिनी कि आगे चलूँ तो नचावे, पीछे चलूँ तो बिरावे !

कल तुम नहीं आई थी। आज आओगी। दो दिन न आओ, नहीं होता।

नीचे माँ बाप भी तुम्हें याद कर रहे होंगे।

माँ पुरानी एलबम देख रही है। भुगतो ! आज फिर तुम्हें दिखाएगी ! तुम भी ऐसे देखोगी जैसे पूरी रम के। इसीलिए सब तुम्हें प्यार करते हैं, उनकी कहानी को, अपनी है, ऐसी कीमत देती हो। सबको लगने लगता है कि उनका कोई दुख, कोई फ़ालतू क्षण भी, बेकार नहीं। बुरे दिन भी मूल्यहीन नहीं।

वह कोहनियों पर सिर झुका के माँ का तुमसे बोलना। बोलते रहना। बाप का हाथ पकड़ के, तुम्हारा उनकी सुनते रहना। शब्दों को अलग अलग नहीं सुन पाता मगर गुंजन की अन्तरंगता ऊपर लहराती है।

जहाँ बैठा रहता हूँ कि आओ, फिर मुझे सुनो ! बताऊँ तुम्हें संक्षेप में कि ...

मगर संक्षेप में नहीं ! इश्क में संक्षेप में कुछ नहीं कहते। लालची, भूखा, भोंडा इश्क। सब सब सब होना माँगता ! भकोस लो। धद्दयौ औ भल्लयौ !

लालच बुरी बला है। जो खाना है वह खा के, जो नहीं खाना वह

भी खाते हैं।

कभी लालच करूँगा कि तुम्हें घोलकर पी जाऊँ। वे भवें जो देखे, हाल मिल जाएगा उसका, अपने हाल से !

पर अभी नहीं। अभी बड़ी बड़ी हसरतें, छोटी छोटी थिरकनों के अन्दर बैठी ही .ख़ुश हैं ! एक उँगली से हल्के से तुम्हें टीप मार देना ! एक दिन हज़ारों उँगलियाँ हल्के से तुम्हें टीप मारेंगी। सूरज की किरणें बनकर तुम पर खेलेंगी। पार कर जाऊँगा अपनी दीवानगी की हद ! तुमसे बातें करता रहूँगा और तुम बोल दोगी बस बातें ही करते रहोगे ? तब कहूँगा छुओ नहीं, आग हूँ।

मगर अभी तो उसे जाना था। मैं और मेरी तनहाई, उफ़ !

बैठा नहीं गया। उतर आया नीचे। माँ घूमकर आता हूँ। निकल लिया बाहर। जॉग करने लगा। पसीना पसीना होने। ज़मीन फिर ज़मीन न हो जाए, घास फिर घास, तुम्हारे जाने के संग। ले न जाओ उनकी स्प्रिंग कहीं तुम कि पाँव नीचे रखते ही सिर उचक के आसमान में ठुँकना बन्द।

तुम्हारे जाने पर, कुछ भी कहो, दुख तो होगा मुझे भी !

जॉगिंग रोककर यह कहना चाहता हूँ तुमसे। इतनी इनायत कर दो। कि मच्छर बनकर तुम्हारे कान के एकदम पास जाकर भन भन करूँ, हर भाषा में, और तुम उड़ाओ पर उड़ा न पाओ और कहूँ जा रही हो, कुछ कुछ दुख है, का लिम वक लो, थोड़ थोड़ दुख आवे छे, कोन्जम वरुत्तमा इरुक्क, थोड़ा थोड़ा दोख होर्‌या, नैक बुरौ लग्यौ है, इल-इ-या अँ प द त्रिस्तेस !

इतने में दुखी तुम पूछोगी तो पूछूँगा तो कितना दुख चाहिए कि फिर .ख़ुशी से दुखी हुआ जा सके और तुम बोलोगी बोलो ...

आज इस समय जॉगिंग ? वह बोली।

मैं मोहल्ले के नाले पर खड़ा हाँफ रहा था। मुड़ा उसकी तरफ़। सहज पल में सहज आँखें मिलीं। आसमान के नीचे।

कभी मिली हो नज़र किसी से आसमान के नीचे बिना ज़रा भी ड्रामे के ? एक चित्र सा अंकित हो जाएगा।

बड़े से आसमान के नीचे दो धूल के धब्बे !

74

"हाय जा रही हो ?" मैं हँस के बोला। "अब किससे दुखड़ा रोऊँगा ?" शिकायत की। "और मेरी कमान ?" फ़्लर्ट किया। "बस रह गए फिर हमीं हम।" उदास हो गया।

उसे विदा करने आया था।

टुक, उसने मारा। कोई अकेले वकेले नहीं तुम। माँ हैं, बाप हैं ...

माँ बाप मैं। मैं माँ बाप। बाप मैं माँ। मैं बौराया।

"और वह।" उसने दूर मैदान के कोने पर देखा। शिक्षा केन्द्र के हॉस्टल के गेट से।

उसे मैं भूल गया ! पर नहीं, वह तो रहता है कहीं न कहीं। वह है तो हम हैं ! एब्सेन्स और प्रेजैन्स की हमारी अदला-बदली कभी बन्द हो सकती है ? मैं कहूँ एब्सेन्ट तो उपस्थित दर्ज किया जाऊँ, जी जनाब कहूँ तो उसकी हाज़िरी रजिस्टर में लगे !

भूल गए उसे ? उसने चिढ़ाया, नर्मी से।

बिज़ी रहा, याद करके याद नहीं किया, पर हम भूल गए उसे, ऐसा भी नहीं।

तुमने बरगला दिया। मैंने भी चिढ़ाया।

अब तक तो वह सब जानती थी। उसका मर के लैजंड की तरह दोहराए जाना, मेरा जीते जी किंवदन्ती की तरह निपटाए जाना !

चलो, चलती हो ? मैंने कहा।

क्या मालूम क्यों ? अपराध बोध कि भूल सा गया या विदाई के पल को आगे सरकाने ? या माँ को .ख़ुश करने कि आया तो दीया

जला आया ? या इस प्यारी लड़की को अपनी निजी कहानी में संग जोड़ने का दस्तूर कायम रखने ?

अरे क्या मालूम, क्या मालूम ? जो हम करते हैं किसकी इच्छा से करते हैं ? अपनी या सामने वालों की ?

मुझे हैरानी है कि आज तक तुमने नहीं कहा। वह बोली।

तुमने भी तो नहीं कहा। मैं भी हैरान हुआ।

इतना साथ साथ करने वाले, दैनन्दिन के कार्यक्रम इन चन्द महीनों में एक दूसरे के गिर्द बनाने वाले, इसे भी साथ करते तो क्या अजीब होता ? शायद वह चाहती थी ? शायद वह चाहती थी मैं कहूँ ?

मैदान। जैसे आसमान।

आख़िरी धूप की लालिमा। उसमें उड़ते हुए चिड़ियों का गोल। फड़फड़ाहट उनकी लाल।

उसके चेहरे जैसी।

लाइट का खेल क्या खेल है ! मैंने कहा नहीं।

पास और पास, स्मारक आता गया।

आ गया।

उसमें एक आला है। वहाँ रखे हैं दीये, बाती, मोमबत्ती, झाड़न, झाड़ू।

इसमें वह होता, लेटा, तो इधर उसके पैर होते, इधर सिर, आसमान को देखता पर वह लेट नहीं सकता था।

मैंने स्मारक को झाड़ा। उसने पोछा। मैंने दीया जलाया। उसने मोमबत्ती। उसका नाम पढ़ा। और पढ़ा –

"क्या उसने एक फूल चुना ?
उसने सौ फूल चुने
क्या उसने एक मुस्कान दी ?
उसने सौ मुस्कानें दीं
क्या वह एक पेड़ चढ़ा ?
वह सौ पेड़ चढ़ा
उसने एक तारा देखा ?

उसने सौ तारे देखे

तो ढूँढ़ लाएँ चलो उसे कि प्यार से कहें लौट आया वह।"

फिर हमने मिलकर स्मारक को घेरे गमलों को ठीक किया। निराई, गुड़ाई, पानी। सूखे पत्ते हटाए, जाले गिरा दिए।

तुमने कहा बाय बाय, मैंने कहा मैं जल्दी आऊँगा।

कहे से कुछ नहीं होता। जैसे घटे से। जो होता है चुप से होता है। उसकी थाह नहीं मिलती।

चुप तो स्मारक ही था !

75

बच रहता है बस कहने को, लौटने का किस्सा।

लौटना !

तीन अक्षरों का शब्द, तीन सौ इसके पेंच ! आधी मुस्कान समेट नहीं सकता, लच्छे पर लच्छे पर लच्छे लपेट सकता है !

थे कभी कोई गुरुजन। उन्होंने कह दिया कि लौटा कभी नहीं जाता। कि न पानी वही जिनमें ये पैर इस बार, न पैर वही जो उस पानी में पिछली बार।

कह दिया तो कह दिया। जिन्हें मानना था मान भी बैठे।

पर सुनो, इस ज़माने की गुलकारी, आज के बूढ़े की ज़बानी, कि लौटा ही जाता है, सिर्फ़ लौटा ही जाता है। पानी वह हो न हो, हम वह हों न हों, लौटता ही रहता है फिर वही पल, वही बिम्ब, वही जड़, वही प्यास, वही बमब्लास्ट !

पर यह भी सुनो कि इस ज़माने के गुमानी जानते ही नहीं कि वे लौट रहे हैं। फिर वहीं से शुरू करना होगा। वे समझ रहे हैं कि वे आगे चले जा रहे हैं और ज़माना कुत्ता, दुम हिलाता, चेन पर, उनके पीछे पीछे।

वैसे बताऊँ, हर ज़माने के पसंदीदा शब्द होते हैं। इसका है – जवाब। पर जिसका यह शब्द पसन्दीदा, उसे शब्द 'लौटना' सख़्त नापसन्द होगा ही, क्योंकि वह खोलता है सवाल और सवाल इस वक़्त को छकाता है, थकाता है। इस वक़्त के पास टाइम नहीं है !

मसलन ऐसे सवालों के लिए –

कि गेंद फेंकी और लपक ली तो गेंद फेंकी तब लौटी या लोक ली तब ? कि बादल भरा लौटा या बरसा लौटा ? कि गुब्बारा मय हवा लौटा कहें या सिकुड़े पिचके को लौटा कहें ? और हँस के पूछूँगा गम्भीर सवाल कि शब्दों के मतलब बदल गए तब मतलब लौटे या शब्द ?

और कड़वे लड़के ने ताना मारा और प्यारी लड़की ने उसे तान बना दिया तो क्या कब लौटा ? और लेखक ने कचड़ा फेंका और अभिनय ने हीरा पेश किया तो लौटा क्या कब ? और कूड़े पर याद करो और बूझो कि बेटा लौटा था कि कूड़ा और कब कहाँ ? और पहले कि बेटों के घर-बार वाले दहाड़ें, मारें, लो उछालता हूँ एक और सवाल कि मार्ता गैर और भवाल संन्यासी की वारदातों में जो विधवा का पति लौटा, जिसे गाँव ने मान लिया पर पहचाना किसी ने नहीं, शायद औरत ने भी नहीं, उसमें किस बिन्दु पर रखोगे शब्द लौटना ?

भटक मैं नहीं रहा, भटकन में ही है लौटना। भटका हुआ प्रौडिगल सन लौटा क़रीबन तीन हज़ार साल पहले। इज़रायल से दस जनजातियाँ आज भी भटकती लौट रही हैं अपने मुल्क ! कहाँ कहाँ जाकर खो गई थीं, लातीन अमरीका की अलग नस्ल से लेकर एशिया की मोन्गोलोयड नस्लों में। अपनी ज़बान, इतिहास, विधि निधि सब भूलकर, शक्ल सूरत अलग नस्लों की अख़्तियार करके, अब लौट रही हैं !

दुनिया बहुत बड़ी है। कोने कोनों से प्रवासी चींटियों के झुंड बने लौट रहे हैं जिलावतन – ऑस्ट्रेलिया अमेरिका से यूरोप, कैरेबिया से एशिया अफ्रीका, ऋग्वेद से चन्द्रमा और पंडित कश्मीर को और .ख़ुदगर्ज़ी आधुनिक डिज़ायनर नकाब में और भ्रूण पेट को और तुम दिल को और मैं अँधेरे को और ... वग़ैरह ... किस पल लौटना ... किस घर में ... सड़क में ... जड़ में ...

अभी की आख़िरी बात बताता हूँ। जानते होगे, गए थे जनाब लौटने। फाटक पर जड़ हो गए कि घर में घुसें तो लौटना या सड़क पर निकलें तो ? नहीं समझ पाए। जड़ हो गए ! जड़ की खोज यों कामयाब हुई।

तो खोलो अपनी हथेली और डाल लो इसे खैनी की तरह उसमें

और रगड़ते रहो रगड़ते रहो और जब कभी कोई पशोपेश हो, चुटकी भर फाँक लो – कि लौटा ज़रूर जाता है पर कहीं नहीं और कहीं नहीं ही है कहीं, क्योंकि जड़ कहीं नहीं होती, हम ही जड़ होते हैं जहाँ होते हैं, खड़े अवाक् कि इधर लौटें तो लौटना या उधर चल दें तो ?

76

जाना था, जाने का दिन आ गया।

किसी से कुछ कहा सुना हो तो मुझे ख़बर नहीं पर बाप भी टैक्सी में बैठ गए। कहने को सवा घंटे की फ़्लाइट पर मुँह अँधेरे से घर में तरहम बरहम।

एयरपोर्ट के रास्ते दूर होते हैं। उन पर चलनेवाले सब एयरपोर्ट जा रहे होते हैं। कोई छोड़ने, कोई फ़्लाइट लेने, कोई पैसा बनाने। गाड़ियों से, उड़ान पर ले जानेवाले एयर बैग और सूटकेस झाँकते हैं। जानेवाले, जहाँ जा रहे होते हैं, वहाँ के मौसम के कपड़े यहीं से डाट लेते हैं। यानी आधी जान उनकी वहाँ चली गई होती है और रुकी होगी कि बाक़ी भी आ पहुँचे।

मेरी भी जान उधर है, मेरी जुस्तजू में खड़ी ! तुमने माँ से वादा किया है कि छुट्टी लेकर आ जाओगी मुझे रिसीव करने और परीक्षा वरीक्षा सारे दौरान मेरी निगरानी करोगी। मुझसे वादा है कि हम तुम साथ साथ उस जगह जाएँगे जहाँ से मैं आया हूँ। मैं तुम्हारा हाथ पकड़ लूँगा।

अभी माँ ने मेरा हाथ पकड़ रखा है, पीछे की सीट पर मेरे संग बैठी। यह भी होता है कि वह हाथ पकड़ती है तो सड़क पर उजाला उतरने लगता है जैसे कोई अँधेरे को बुहार के किनारे लगा रहा हो। उजाले में माँ का चेहरा उजाले में आ जाता है और वह फिर पूछती है सब चेक कर लिया, टिकट, पैसा, उसका पता और फ़ोन, कहीं भीड़ में मिस कर दो उसे ?

मैं और मिस कर दूँ उसे ! लेकिन ऐसे मज़ाक नहीं करता अभी माँ से। न ऐसे कि हाँ सब चेक कर लिया, सब है – वॉच, वॉलेट, टेस्टिकल, स्पेक्टिकल !

बस ऐसा मज़ाक करता हूँ कि मुझे चेक कर लो, अरे मैं हूँ कि नहीं ?

एयरपोर्ट के रास्ते में भी बाप कुछ नहीं बोलते और माँ कम। इतने व्यस्त रास्ते पर अक्सर जनता अपने जज़्बात पिटारे में बन्द करके फ़िलहाल ताक पर रख देती है कि फ़ुरसत से खोलेंगे और तब धुकधुकाएँगे ! टैक्सी, हम, एयरपोर्ट, एक मशीन के मशीनी पुर्ज़ों की तरह फ़ौरी काम में लगे रहते हैं।

इसलिए ख़ास तवज्जोह नहीं देते कि कहीं से एक तितली आ आ के गाड़ी की बॉनेट पर बैठ जाती है। उड़ गई, फिर आ गई।

पर थोड़ी देर बाद, रास्ता इतना लम्बा हो, तो देखने लगते हैं। कि आ रही है, फिर उड़ रही है। नन्हीं सी जान पूरे रास्ते जाएगी ? थकती है तो बॉनेट की सवारी कर लेती है, फिर अपनी फर फर करती है ! रंग कत्थई, चित्तियाँ काली।

और क्या होता है एयरपोर्ट के रास्ते में ? बड़े बड़े साइन-पोस्ट, बड़ी बड़ी बत्तियाँ, सड़क में बीच में लिटी नारंगी डिवाइडर लाइट्स। जैसे जैसे एयरपोर्ट पास आता है आसमान को फाँकों में काटनेवाले हवाई जहाज़ पास आते हैं। वे दिखते हैं, फाड़ा आसमान दिखता है, पर बेआवाज़ रहते हैं।

पर दिल ज़रा ज़रा ऐक्टिव होने लगता है। पहली दफ़े, घर से अकेले, माना कि तुम हो उधर, पर, उससे तो दिल पर वार बढ़ता ही है !

तितली देखो, मैं माँ को तितली दिखाता हूँ।

टैक्सी रुकेगी।

माँ कहती है, जल्दी जल्दी परीक्षा देकर आ जाना।

मैं जल्दी से हँसता हूँ – हाँ, फ़ास्ट फ़ॉरवर्ड का बटन दबा दूँगा और आधे वक़्त में पूरी रील निपटाकर आ जाऊँगा !

बाप चुप हैं। मुस्काए भी नहीं हैं। किसने उनसे आने को कहा ?

कभी नहीं पता चलने वाला।

बापों का अजीब है। बेटों से बोले नहीं। उनके बालों में कंघी नहीं की। बदन पे मालिश नहीं। हाथ पकड़ के नोंक झोंक नहीं। दूर दुनिया की छिड़ी तो दूर की हवा से कुछ कह दिया पर आपस की तो रह गई ना ?

टैक्सी रुक जाती है। मैं लपककर सामान ट्रॉली पर रखता हूँ। माँ को चूमता हूँ और वह भी। ध्यान रखना भी कहती है।

बापों का अजीब है। पैर तो बेटे को छूने ही हैं, झुकता है तो बाप एक हाथ आशीष में उठा देते हैं पर दूसरा भी उठ जाता है, अनजाने ही, शून्य में।

मैं जल्दी से चलता हूँ। तितली याद आती है तो एक बार मुड़ता हूँ कि देखूँ।

यक़ीनन मुड़ता हूँ तो कत्थई रंग और काली चित्तियाँ फर फर करती है पर आँखें फ़ोकस करती हैं तो तितली नहीं है। पर याद में वह तस्वीर कौंध जाती है जिसमें वह, अट्ठारहवीं सालगिरह पर माँ की गोद में बैठा, चियर्स, बीयर से लबालब मग हाथ में ऊँचा उठाए है। उसकी कमीज़ कत्थई है, काली चित्तियाँ हैं।

और बाप हाथ नीचे करना भूल गए हैं। उसी मुद्रा में, दोनों हाथ फैलाए खड़े हैं, बाप की तरह नहीं कि जा बेटा, आशीर्वाद, बल्कि बच्चे की तरह कि गोदी ... गोदी ...।

मेरा दिल टूटा टूटा।

ट्रॉली ढकेल नहीं पा रहा !

कोई बताता है कि ऐसे दबा के रखो तो ब्रेक खुल जाते हैं।

क्या मैं जाना नहीं चाहता ?

जैसे मैंने अपनी ही पीठ पर अपना बेदम हुआ जाता तन लटका लिया हो, जो बाप और माँ की तरफ़ रुख़ किए हुए है और कोई और है जो ट्रॉली ढकेल रहा है।

इस तरह निकला मैं उस यात्रा पर।

77

मैं ट्रॉली को ढकेलता चल रहा था और पीठ पर लदे मेरे तन के असहयोगी पैर ठक ठक ठक ज़मीन पर ज़बरदस्ती खिंचे जा रहे थे। कुछ वैसी आवाज़ जो ग़लतफ़हमी हो सकती है कि ट्रॉली का कोई नट बोल्ट ढीला होकर कर रहा है।

क्यों जा रहे हो, पीठवाले ने पूछा, उधर देखते, जिधर बाप के गोदी के लिए उठे हाथ और माँ का म्लान मुख, बाक़ी उनकी काया से अलग कट के, हवा में रह गए थे।

मगर आगेवाले को क्या पड़ी ? वह एयरपोर्ट में था जो दिली बेरुख़ी और मशीनी मेज़बानी से हरता है। शोरगुल और व्यवस्था। दक्ष चलती मशीनों की आवाज़। पहियों पर बक्से खींचते, स्मार्ट, इस्त्री-फिरे लोग। उनके बीच बलखाती, इठलाती, लम्ऽऽऽबीऽऽऽ, एक में एक डली, ट्रॉलियों की रेलगाड़ी, जिसे एयरपोर्ट कर्मचारी धकिया रहा था। उसकी ट्रॉलियाँ ख़ाली। मेरी पर बक्सा।

ये वह वाला बक्सा नहीं है ! फिर भी फ्रेट बनकर एक्सरे में जा रहा है। ठक ठक, एक्सरे बेल्ट पर, कंकाल सा कूदता। मॉनीटर पर छवियाँ उभरती हैं। क्या दिखा जाँच कर्मचारी को ? एक्सरे कितनी दूर, कितनी नीचे, कितनी पीछे के टुकड़े उठा सकते हैं ? रोकेंगे मुझे ?

मैं बेढब चलता सारे पुराने द्वारों को पार करता गया। सब समझ रहे हैं आगे को चलता, पर पीठ पर लदे अनमने .ख़ुद को खींचता हुआ ! ऐसा महसूस करता कि उल्टी चाल खिंचे जा रहा हूँ। घस घस ठक, अब गिरा तब गिरा !

ये पीछे पीछे होना ? पीछे जाकर खोजना ? क्या खोजते हो भाई ? .ख़ुद को ? तो हो कहाँ तुम भाई ? इधर कि उधर कि दोनों के बीच तने हुए छिछड़े ? जड़ ! पीछे की खोज में !

जड़ ही नहीं, विमूढ़ भी ! अचरज से देखता हूँ कि मेरी ये बेढंग्री चाल कैसे तो सारे यन्त्रों को, एयरपोर्ट में भरे लोगों को, छूत की तरह लग रही है। सबके सब पीछे को जाते हुए। या आँखें मेरी अजीब उलटती हुईं ?

थैंक्यू, मैंने एयर हॉस्टेस को कहा और वह भी उल्टी गति में चलती मुझे मेरी सीट पर पहुँचा आई !

हवाई जहाज़ भी रनवे पर पीछे को भाग रहा था ! मैंने जल्दी जल्दी माँ की दी टॉफ़ियाँ निकाल के मुँह में ठूँसीं। उसने कहा था हवा का दबाव तेजी से बदलता है, कान में फड़फड़ होगी, दर्द हो सकता है, चूसो, निगलो, ठीक रहोगे बेटा।

स्क्रीन पर बदलती ऊँचाई का हिसाब आ रहा था। अब तीस फ़ीट, अब सात सौ पचास फ़ीट, अब तीस हज़ार।

डरकर बाहर देखा। विमान की उड़ान सच में पीछे को ले जा रही थी। नीचे बादलों की धरती, धरती जितनी ठोस। या क्या मालूम धरती बादल जितनी ठोस होती है ? या ...? पहली, पूरी याद में, उड़ान है, डर तो लगेगा ही।

वह वाली चिड़िया बाहर थी जो हवाई जहाज़ के बाहर आती है। व्हरर्र, जहाज़ के पंख करते हैं और चिड़िया के पंख फैल जाते हैं। व्हरर्र, हवा ठोस तश्तरी बन जाती है और चिड़िया उस पर बैठ जाती है। है तो पक्षी ही, ज़रा सा मगज, दाने सा दिमाग – समझ रही है वह .ख़ुद उड़ रही है।

जहाज़ पीछे को उड़ता चला जा रहा था। एयर हॉस्टेस पीछे को चलती सबको नाश्ता दे रही थी। मेरी पीठ – या किसी की तो – पर लदा मैं – या कोई – पीछे पीछे पीछे होता जा रहा था, परीक्षा देने लौट रहा था।

इसे भी लौटना कहते हैं ? जब पीठ आँखें होके गोदी गोदी बाप

की तरफ़ और चेहरा उसे ढोए ले जाए वहाँ, जहाँ वह सोचता है वह कहीं पड़ा मिल जाएगा, जेब से गिरे सिक्के की तरह ? उठा लूँगा उसे और आज़माऊँगा कि खोटा कि नहीं ?

हाँ शायद पीछे पीछे पीछे जड़ खोजते लौटते हैं, हम जड़ होते जाते हैं और पूरी तरह अपने को खो देते हैं ! यहाँ मेरी जड़ें पर यहाँ मैं नहीं !

इसीलिए जा रहा हूँ – या लौट रहा हूँ – कि नकार पाऊँ हमेशा के लिए वह जगह जहाँ का मैं नहीं !

जा रहा हूँ कि पूरी तरह जला दूँ उस जगह को जहाँ का मैं नहीं और कहानी पूरी हो, निजात मिले उससे ?

पीछे उड़ते हुए, फिर उतरते हुए, तब निकलूँगा जहाज़ से और क्योंकि तुम आई हो मुझे लेने उस रात में, एक लमहे के लिए पीठ वाला उतर के घूम लेगा उधर ही, जिधर चेहरे वाला है और तुम्हारी तरफ़, बिना आपसी द्वेष या खींचातानी के, पीठ पेट, दोनों एक संग बढ़ेंगे !

बस एक तुम कि जिधर भी हो उसी तरफ़ पूरा पूरा मुड़ना सही है। सामने या पीछे।

78

शहर न अपने लगते हैं न पराए, जब रात को पहुँचो। बत्तियों की जगमग और प्लास्टिक के नमूनों सी ऊँची इमारतें और दुनिया की राजधानी बनने की उसी एक महत्त्वाकांक्षा में सब बराबर लगते हैं। सेना की तैनाती और सड़क किनारे पारदर्शी प्लास्टिक के कूड़ेदान – ताकि बम जैसी बदमाशियाँ दिख जाएँ ! – भी आम बात।

मर्म है तो सुबह होगा। अँधेरा भी, बत्तियाँ बन्द करेंगे, तब पता चलेगा। कल ! चन्द्रवंशी भी चाँद पर रात को पहुँचेगा तो वही चमक मिलेगी जो पृथ्वी से दिखती रही है ! असल क्या लोक है और क्या हम यहाँ के तो सुबह बताती है।

चाँद पर न जाओ, पास जाओ, एक मुल्क से दूसरे, तो भी यही बात। बरसों किसी मुल्क को अपना मूल-क मानकर, उसे चाँद की तरह मन के भीतर पालनेवालों की कहता हूँ। पहुँचते हैं रात को तो नाहक गदगद होना चाहते हैं कि यही हमारा, यहीं के हम। पर कभी कभी सुबह पता चलता है कि अपना 'मूलक' तो अन्दर पुसा चाँद है, बाहर बेगाना देस है ! क्यों यहाँ लौटे ? अब वहाँ लौटें।

आ अब लौट चलें और अच्छा ही हुआ दिल टूट गया !

अपने अपने मूल शहरों में लौटनेवालो, होशियार, ख़बरदार, कि कहीं ये हश्र न हो तुम्हारा ! लौटते हो तो वहीं क्यों जहाँ तीन बरस की ढिठाई में पड़े हुए थे ? उसके पहले में क्यों नहीं लौटते ?

मगर कहाँ ? मायूसी में ?

देखो, जिगरा है तो, गलियाँ हैं, घर हैं, फुटपाथ हैं, कहीं से भी

निकलकर तुम आ सकते हो। आना चाहते हो ? लौटोगे, लौटनेवाले ?

तो उल्टी चाल का जोश चर्राया है तो कहीं भी लौट लो। किसी भी मोड़ या पड़ाव पर। दूर कल के क्यों, कल वाले कल के और कल वाले कल के ! या आज के ही ! चाहो तो।

यह खेल चाहने का है न कि मूल का।

पर कौन यह सब सोचता है ? चाहते बखत ! तब सोचता ही कौन है ?

हम तो नहीं ख़ैर ! सारे सवालों को पीछे ढकेल, अभी तखलिया आप सबका, सभी का, सबियों का, हम चले जा रहे थे जहाँ वह लिवा ले जा रही थी हमें। अपने किसी रिश्तेदार के घर जो चाभी देकर कहीं चले गए थे।

गाड़ी की अँधेरी सीट पर पड़े हमारे हाथ थे। मेरा मेरी दायीं तरफ़, तुम्हारा तुम्हारी बायीं तरफ़। दोनों के बीच गज़ भर की दूरी जिसमें इश्क का सबसे हसीन दौर, यानी शुरुआती दौर, खेल रहा था। हाँ रे, वह भी तो ख़ाली ही जगह जहाँ नन्ही नन्ही फुलझड़ियाँ छिटक रही हैं जो किसी को नहीं दिखतीं पर जिनकी हरारत हमारे हाथों को गरमा रही है !

पर मुझे कुछ नहीं पता था।

मुझे क्या पता था कि आज रात क्या होनेवाला है ?

या ये वैसी चीज़ कि हर वक़्त पता रहती है कि होगी तो जब होती है मालूम भी था पर कुतूहल भी है। मौत होनेवाली है, जानकर भी, मौत आती है तो पता तो नहीं था न ? मौत होगी, पता है, तो भी, लगता तो है कि नहीं, न ? या उन विनाश के सन्देशियों की लीजिए जो हर वक़्त विपदा घोषित करते हैं और कभी तो हो भी जाएगी, तब कहते हैं कि देखा, क्या बताया रहा ?

मगर रात जो हुआ वह विपदा नहीं थी। न मौत।

वह तीर कमान और दमादम मस्त कलन्दर की अलबेली रात थी जो मेरे सीने में कसते, अपने पर ही लोट लोट जाते – और लौट लौट भी – लिपटते जीव का चढ़ता बुख़ार बता रहा था। पर मुझे नहीं पता था कि सीना फटेगा और वह कूदेगा तो शेर सा दबोचेगा या मेमना बनकर चाटेगा ?

या ... क्या होगा ...?

79

पर तब नहीं, अब कहूँ ? तो ?

तो कौन सा इंसान बचता है ? जो गोंद के दलदल में हाथ पाँव चलाने की कोशिश पूरी करके पस्त पड़ा हो ?

अब कहूँ तो वे सारे शब्द और क्रियाएँ हैं और पंक्तियों के पीछे की पंक्तियाँ और चेहरे के पीछे का चेहरा, जो मेरे सुने देखे के आगे पीछे तब भी था। अब कहूँ तो तब का अनदेखा, अनसुना, सामने है और मैं कहानी के बाहर।

क्यों इसे इत्तेफ़ाक मानूँ ? दास्ताने कहानी-बाहर ! हर बार। दुनिया हर हुए का सिलसिला बनाती है। टाँके, मन से बुन के, अपने नाम का कसीदा काढ़ती है और पेटेंट कर लेती है। तो मैं ही क्यों ऐसा गया गुज़रा कि मेरे हुए बस बेमक़सद, बेदिशा, बेतार, महज़ इत्तेफ़ाक ?

नो, आई प्रोटेस्ट। मैं भी निर्धारित हूँ ! किसी का प्यादा नहीं तो किस्मत का बदा ! यही हूँ मैं, एक सन्दर्भविहीन पर धासूँ पाठ ! अ रिच रिच टेक्स्ट विदाउट अ कॉन्टेक्स्ट।

इसीलिए बना कि फिसल आऊँ हाशिए से ऐन बीच की भ्रान्ति में और पाऊँ दमजोश से कि हम तो बाहर ही थे, रह गए बाहर ! पड़े हुए ख़ाली जगह में। वही हमारा नाप। उसे ही करूँ आ गले लग जा !

उस ऍटम की तरह जो फ़ील्ड से टकराकर बदला बदला महसूस करता है ! अँधेरे की फ़ील्ड है तो उसमें हो जाता है तिरोहित। उजाले की तो प्रकाशमय .खुद को पाता है। और ऐसा .खुश हो जाता है कि

फूल जाता है। प्रफुल्ल ! उसके इलैक्ट्रौन्स में ढेरों ऊर्जा भरती है और वह मस्त मस्त चौड़ाता है। पर फिर ...

पर फिर, होना ही होता है कि देर सबेर वह आ जाए अपने पुराने साइज़ में ! वापस ? लौट गया ? झेली नहीं जाती अपनी ही एनर्जी तो किसी न किसी तरकीब से उसे बहा देता है ? लाइट की मायल। या एक्सरे के ज़रिये। किसी तरह लुट कर !

होना ही है। मेरे जैसों के संग। जो बम के जने हैं। इस वक़्त के जोड़ तोड़ में अटके हैं। कि रह जाना है बार बार कहीं के नहीं, किसी के नहीं, पार करते जीवन, जीवन के नहीं ! बस एक जगह — ख़ाली।

आज कहूँ तो बहुत कुछ कह सकता हूँ। जब हो रहा है तो कुछ हो रहा है, जब हो चुका है तो कुछ और हुआ था। न दिल मिले थे, न वक़्त, न राय, न नज़र। हम कहीं जा रहे थे, समझते उस तक और उसका कहीं जाना, मानते .ख़ुद तक !

बुजुर्ग बोलते हैं तो आत्म दया या ग्लानि में नहीं, आए वक़्तों के मोती बिखेरते। सुनो, कि इसी को कहते हैं सम्पर्क, संसर्ग, प्रेमालाप, लेन-देन, चाहे जीवन से, चाहे जीवों से। ये आसपास आना, बिना मिले भँवराते, भरमाते जाना, गुलकुइयाँ मार के अगल बगल से गुज़र जाना, गोटी का कहीं न लगना, मिस्ड येट अगेन !

पर अभी तो रात बाक़ी है !

मतलब तब! रात बाक़ी थी।

तब वह बोली आओ न।

अनूठे वातावरण में जहाँ वह भी अकेली है और हम भी अकेले थे। शहर वही था जहाँ कल, मुझे उम्मीद थी, किसी गली से दौड़ता दिखाईं पड़ूँगा, कंचे खेलने निकला, बरसों पहले की अपनी छवि में उतना ही प्यारा जैसा उसके संग अभी। कि उमड़ पड़ेगी मन में वह सारी उन्सियत जो उसको ही हो सकती है जो इस शहर का। ये मेरा, मैं इसका ! बड़े दुख हमने जाने पर साथ के सुख के दिन आए !

ऍटम और फूल रहा था। मैं, मेरा शहर, तुम। ऐसे में ही सुनूँगा

कोई भाषा और याद आ जाएगी पुरानी। देखूँगा कोई टुकड़ा और बना दूँगा पूरी तस्वीर ! कि शहर आधा मेरे बिना और तुम भी। वह मुझमें अपना पूरक ढूँढ़ता और तुम भी ! और पा के तुम्हें और उसे, मेरे अधूरे को मिल जाएगा पूरा।

इसीलिए आया हूँ मैं। अपने सारे तार खोले कि ज़ा लगें 'अर्थ' से और बिजली की तरह चमकें। यह भूल कि नंगे तार और बिजली और भी कुछ करते हैं !

सब कुछ तुममें समेट देने को आर्द्र मैं पीछे पीछे आ गया फ़्लैट में।

कल बहुत कुछ करना है आज आराम करो वह बोली और चली गई दूसरे कमरे में।

आराम कहते हैं क्या इसे ? मन में तुम घूमती, तुम्हारी आवाज़ घूमती, तुम्हारा कहा घूमता। बगल के कमरे में तुम, मेरे कमरे में तुम, मेरे बाहर, मेरे भीतर तुम। चकराता मैं। आराम का चक्कर ?

आवाज़ों में तुम। नहाने में तुम। नहा के निकलने में तुम। भीगी महक में तुम। अलमारी का खुलना, हैंगर का गिरना, फ़र्नीचर का खिसकना, बुलाती हो मुझे ? बुलाओ। नहीं बुलाती। बुलाओगी। बुलाओगी ?

नहीं रुक पाया।

खट खट। दरवाज़ा खोल दिया।

सामने तुम, बड़े से आईने में, आँख उठा के हल्की हैरानी से देखती, शीशे से।

लड़के ने पहली बार देखे लड़की के खुले बाल। घुँघराले। पानी की बूँदें। कविता।

कविता भी पुराना मुहावरा नहीं छोड़ती !

80

लड़का कमरे में आ जाता है। जहाँ लड़की बैठी है भीगे बाल पुरानी कविता की तरह खोले।

पता नहीं लड़का जानता भी है कि कौन से भाव उसके अन्दर घुमड़ते हैं ? या कि सदियों से ये भाव घुमड़ते रहे हैं ? जो आँखों में अंगार बनके सुलगते हैं जब जब वह, दुनिया के किसी भी कोने में, इस पल में लड़की के कमरे में आ जाता है। ऐसे में लड़की के मुँह से ओह निकलती है जो आह है और आहा भी। और लड़के के मन में सदा उठती है कि ए ख़ुदा कुछ देर मुझे बख़्श दे पाप पुण्य के एतराज़ों से !

लड़की ने बाल समेटे कि लपेट ले वापस और खोंस दे पिन में, मानो बाल नहीं आदम इच्छाएँ खुल गई हैं, लौटा दे उन्हें।

ना। लड़के ने मना किया। आईने में उसकी आँखों में आँखें डाल।

अटक गईं आँखें होके चार और वह ताप का गोला, बेचैन जन्तु सा दौड़ने लगा, बदन में, आगे पीछे ऊपर नीचे, कि फूट पड़े और गिर पड़े, जितना भी नीचे क्यों न गिरता जाए।

सदियों से होता आया है ये पल, लड़के और लड़की के बीच, जैसे ही उनकी आँखें एक दूसरे में फँस जाती हैं। कि कौन शिकारी है, कौन शिकार, पता नहीं चलता। अपलक ताकती हैं आँखें कि झपक दीं तो शिकार भाग जाएगा या शिकारी मार खाएगा।

स्टूल पर बैठी लड़की की पीठ है लड़के की तरफ़। पर आईने में बैठी लड़की सामने है। स्टूलवाली लड़की मुड़ने का उपक्रम करती है।

लड़का आईनेवाली लड़की को रोकता है। वह रुक जाती है। लड़का क़दम बढ़ाता है आईने की तरफ़ शिकार/शिकारी आँखों में चौकन्ना। स्टूलवाली लड़की उसे अपनी बगल से आगे निकलने देती है, आईनेवाली लड़की के पास।

एकदम पास है वह आईने की लड़की से। इतना कि छू सकता है उसे, आईना छू दे तो।

तन में दौड़ता जीव लड़के की तर्जनी में लपक आया है। उँगली उठती है अक्स की तरफ़। जहाँ लड़की के छितरे बाल हैं। बाल पर बूँद है। उँगली बूँद पर बैठती है जैसे जीव तितली है। ज्यों ढलकाने को। लड़की के सिर में जुम्बिश सी होती है और वाकई बूँद ढलक जाती है। जुगनू बनी।

ढलकती जाती है माथे पर। तीर कमान पर सरकती और ऐन बीचों बीच, जहाँ भवों की नोक बनती है, वहाँ कूद जाती है।

उँगली को ललकारती कि कूद पड़ो तुम भी मेरे रास्ते।

उँगली बताए रास्ते पर चल पड़ी है। नाक को सोहराती, होठों पर सरक आई है। लड़की का सिर बेकाबू लरज़ गया है और ज़रा से खुले लबों का स्पर्श उँगली पा जाती है ! ज्यों बोसा।

अरे ! काँपती सी आवाज़ स्टूलवाली लड़की करती है।

क्या कर रहे हो ? भर्रायी सी आवाज़ लड़के की निकलती है और उँगली थिर जैसे आईने की लड़की के मुँह में नर्मी से भर जाए।

क्या करती हो ? लड़की की सिसकारी बन गई। .ख़ुद से कह रही हो या उससे, कोई फ़र्क नहीं।

कोई फ़र्क नहीं क्योंकि गठजोड़ जो बन रहा है उसमें लड़का लड़की दोनों, अपने में ही, मर्द, औरत और बनैला पशु हैं एक संग।

छोटी छोटी आवाज़ें छिटकनी शुरू हुई हैं। उँगली सरक रही है। पहली बार औरत के तन पर। शीशे पर उसका स्केच बनाते हुए। होठों से चिबुक से नीचे गर्दन, जहाँ जहाँ पड़े लड़के की उँगली, वहाँ वहाँ फड़कन जाए। उँगली जहाँ घूम रही है, लड़की वहाँ छोटा सा झटका देती है, हटाने नहीं, आगे बढ़ाते जाने।

गर्दन के नीचे दोनों तरफ़ उभरे हुए कॉलर-बोन हैं। उनकी छाँव में चाँदी का सिक्का अटकाया जा सकता है।

लड़का गोल सिक्का बनाता है।

कन्धों पर उँगली फिसलती है जहाँ लड़की का गाउन है। रुक जाती है शीशे पर, रुकने से गाउन को उकसाती। लड़के की आँखों की बेबस ढिठाई आईने की लड़की की आँखों में गहरा आसमानी घोल देती है।

नहीं, लड़की सख्ती से देखना चाहती है पर उस कोशिश में और भी ढह जाती है। कसमसाती है तो गाउन ढलक जाता है। गोल बाँहें।

गोल बाँहों पर उँगली, गाउन को नीचे नीचे नीचे गिराती जाती है।

कोई डर, कोई सम्मोहन, कोई मदहोशी, आईने में भाप बनके फैलती। जहाँ एक उँगली एक बदन को मेहँदी की तरह रच रही है।

तुम बहुत छोटे हो, स्टूल पर बैठी लड़की डाँटने की आवाज़ बनाती है पर आईने की लड़की और बिफर जाती है।

यह ठीक है ...? डूबी आवाज़ पूछती है। आईने में आँखें मुँदी मुँदी, चेहरा पिघला पिघला, तन लरज़ता।

उँगली कँपकँपाते सीने पर। शनीला शनीला, नशीला नशीला।

यह ठीक नहीं है ...? गर्दन पीछे गिरी हुई, बाँहें उन्मत्त उठी हुई। उँगली सादगी से सब जगह प्यार करती हुई। छुअन ही तपन और अक्स ही असल।

नहीं करो, ज़ोर से झूठ बोलती है लड़की और कस के गाउन को नाभि के नीचे जकड़ लेती है, पागल नज़र से देखती, उँगली को गोले तराशते, नोकें उभारते, लकीरों में भूले जाते, छाँव में रेशे खोलते।

स्टूल की लड़की देख रही है आईने की लड़की के मरमरे तन पर फिरती लड़के की उँगली। देख रही है और देख रही है ! काँच पर, खुले अंगों पर, लमहों का जुड़ना। उँगली जहाँ भी जाती, कोई मनाही नहीं, सब कुछ वहीं खींचे लाती।

बेतरह मिसमिसा के गिर जाता है गाउन और उँगली कमर के नीचे फिसल आती है, किसी स्रोत पर जीवन में पहली बार। लड़का उँगली की तरह फिसल जाता है और घुटनों के बल गिर के आईने से लिपट

जाता है। होंठ उस स्रोत-बिन्दु पर, सारी सृष्टि और उसके तांडव को श्रद्धांजलि में छू देते हैं।

कोई एक पल पहले कभी ऐसा लम्बा एक पल न था। उस उँगली से ज़्यादा महसूसती किसी शख़्स, कलाकार, संगीतज्ञ की उँगली न थी। होठों की छुअन ऐसी कभी न हुई, न फिर, न पहले, कि उँगली सँभाले है, वह हटे तो लोट जाएँगे। शीशे में कभी, न पहले, न बाद में, ऐसी मुहब्बत भरी।

बस उसके बाद शीशे पर जहाँ जहाँ उँगली बेकाबू होकर खिंचती गई थी एक इंसानी धड़क का नम आकार चमकने लगा।

81

क्योंकि जैसे ही लड़के ने आईने को चिपटाया उसमें बैठी लड़की ग़ायब हो गई !

मैंने ऊपर देखा तो मैं ही मैं, अक्स बना !

मेरे पीछे स्टूलवाली लड़की छटपटाई। मैं मुड़ा।

उसकी आँखें हवन्नक, खोजती पल भर पहले के लड़का लड़की उर्फ़ औरत मर्द जानवर। उसी कोशिश में उसने उँगली बढ़ाई, मेरे लब को छुआ, वापस खींची तो अपने लब पर लटका मैं बाक़ी भी चला आया।

मुझे लिये लिये वह स्टूल की बगल में गिर पड़ी। कस के आँखें बन्द कर लीं। कुछ बचाए रखने। मैं फुसफुसा रहा था, छू रहा था, पर मैं भी पल भर पहले का लड़का बनना चाह रहा था जो लड़की का अक्स गया तो .ख़ुद भी गया।

कटी छिपकली की पूँछ की तरह कुछ देर हम छटपटाए, बस !

वह तड़ाक से उठी। आँखें खोल दी। जो बचा रही थी निकलकर भाग गया।

वह रह गई और मैं। सँभली, सयानी लड़की, जो मुझे मेरी उम्र का नहीं होने देगी।

पहले बातें करेंगे। वह बोली।

मैं समझा ?

अभी देर हो गई है।

मैं समझा।

कल शहर देखना है।

कुछ नहीं समझा।

वह उठी, स्टूल उठाया, मुझे उठाया, गाउन उठाया, मेरा बाज़ू पकड़ मुझे दूसरे कमरे में ले गई। बिस्तर पर लिटाया। माथे पर हाथ रखा। बोली सो जाओ। मैं सो गया।

जैसे जो हुआ सपना था।

जैसे सुनाहैजोअपनाशहरहै आया हूँ एयरपोर्ट से, रात सोने, सुबह उठ के निकलने, अपने निशान ढूँढ़ने।

उसी तरह उठा। सवालों की बोरी को आगे आने दिया। न जाने किनके ये सवाल, किन किन के, कि मैं कौन हूँ, कहाँ का हूँ, यहाँ का हूँ, अतीत मेरा, भारी भरकम, उसके जैसा ...?

वह भी तो यहीं का।

माँ की याद आई। पुरानी राख में एक सूना बटन जो वह चाह रही है मैं उठा दूँ। जिस मिट्टी से नफ़रत है कि उसके लाल का ख़ून है वहाँ, उस पर सिजदे में गिर पड़ूँ कि उस मिट्टी ने आख़िरी बार चूमा था उस लाल को।

और यहीं कहीं, न जाने किस हाल में होगी मेरी वह ख़ाली जगह ...

हमने बालकनी पर नाश्ता किया।

रात कुछ हुआ था क्या ? उसे होना कहते हैं ? उसका चेहरा सयाना। देखा मैंने।

दूसरी बातों में हम व्यस्त हो चले। जिस तरह प्रोग्रेम्ड हैं, उस हिसाब से ! जड़ें, दीवारें, तहरीरें, बौम्ब, स्मार्ट बौम्ब, लिटल बॉय, रिसर्च योर आइडेंटिटी, तार बीनो, जोड़ो, बन जाओ जो हो, पता करो क्या हो। फ़ाइंड योर कनैक्शन !

गाड़ी में बैठे। अभी भी शहर न अपना बना है, न पर्यटक का है, न तीर्थ लग रहा है। चल रहे हैं क्योंकि उसी लिए आए हैं। आँख, कान, नाक, सब खोल के बैठो कि उतरे भीतर शहर, इस लायक हो तो, नहीं तो रह जाए एटलस के एक नक्शे में धब्बा।

दीवारों पर लिखा है चाँचड़ माकड़ जूँ जाति, मार्‌या में कोई

पाप नथि।

पट्टा पहने, औज़ार, हथियार मचकाते जुलूस में गाड़ी फँस गई। सब जगह मिलने वाले जुलूस। इस पर्व, उस तारीख़ पर निकलने वाले। डर की बात नहीं – ज़रा देर ट्रैफ़िक जाम, ज़रा देर गाड़ी के शीशे के पार, एकदम क़रीब, ताकत चुआते चेहरे, बहुतेरे अट्ठारह अट्ठारह, मौसम उनका सुहाना। अब तो वे अमन के दिनों का हिस्सा हैं, बशर्ते कि उस दिन कुछ भड़क न जाए !

हम ड्राइव करते चले और जब रुके तो सामने युनिवर्सिटी का कोऑपरेटिव स्टोर था।

चमक धमक। माल असबाब। लाल पुती दीवारें। और एक तरफ़, टैरेस में खुलता, घिरा कोना, जहाँ प्लास्टिक के मेज़ कुर्सियाँ लगे थे।

यहाँ कॉफ़ी मिलती है। हॉट एंड कोल्ड। उसने कहा।

यही हो चुका था वह जला भुना कैफ़े मेरे बचपन का, औरों की जवानी का।

यही वह जगह है, यहीं पर कहीं आप हमसे मिले थे !

82

एक वो मिलना ! एक ये मिलना !

उसने चारों तरफ़ नज़र दौड़ाई और किनारे की मेज़ पर मेरे संग बैठ गई।

''यहीं कहीं मैं था।'' मैं हँसा।

जैसी आती है हँसी उस बच्चे को याद करके जो कल्पना है, मैं नहीं !

''और यहीं वह भी।'' उसने कहा।

''यहीं कहीं वह भी।'' मैंने कहा।

मैं समझा ? कोई यकीन दिलाता कण नहीं दिखा चारों ओर।

''यहीं।'' वह बोली।

मैं समझा ? नहीं समझा।

''इसी जगह। हो सकता है इसी मेज़ पर।''

नहीं न समझा।

''हाँ इसी मेज़ पर।'' उसने कहा था।

''शायद तुम थी यहाँ !'' मैंने कहा था। जैसे बन चुका है क़ायदा मेरा, मुस्करा के, बात बात में, यों ही कह देने का और तब समझने का कि यही तो बात है !

''मैं थी।'' अनाटकीय दुकान में, अनाटकीय कॉफ़ी कार्नर में, अनाटकीय उसका मेरी तरफ़ देखना, अनाटकीय उसका कहना कि वह थी।

यहाँ !

"मुझे बता दिया होता।" मैं मुस्कराता गया।

क्या मैं समझा ?

"कोशिश तो करती थी।" वह बोली।

हाँ, शायद कुछ मैं समझा। नाट अ बैंग, बट अ व्हिम्पर !

हम चुपचाप कॉफ़ी पीने लगे। मैंने चीनी के लिए हाथ बढ़ाया, उसने चीनी मुझ तक सरका दी और हाथ वहीं पड़ा रहने दिया।

मैंने अपना हाथ उसके हाथ पर रख दिया और फिर बोला "बता तो दिया होता।"

"तुमने बताने नहीं दिया।"

"ख़ुद बताता रहा !" मैं मुस्कराया पर अपने हाथ में नहीं था जो उसके पर था।

"ख़ुद बताते रहे, हाँ," वह अपनी आँखों में छलछल थी।

तब मुझे याद आया मैं तो यहाँ भी बतानेवाला था। दयनीय, भाव-विभोर सीन फिर निर्मित करनेवाला था। ऐसी ही छलछल आँखों के लिए।

तब मुझे लगा कि मौका तो निकल गया हाथ से। अब कैसे सुनाऊँ, रुलाऊँ, प्यार पाऊँ, ख़ुश हो जाऊँ ? कुछ दिन और रुक लेती, ज़रा और बता लेने देती, अभी तो काफ़ी कुछ छूट रहा है बताने को। रूठ के मुँह फेरने लगा कि अब क्या सुनाऊँगा जब आँसू नहीं बहेंगे।

आँसू पहले ही बह रहे हैं, कौंधा। मेरे सुने पे नहीं, कौंधा। पहले जब बहे थे तो भी मेरे कहे पे नहीं, कौंधा।

मैंने उसका हाथ छोड़ दिया। पर मेरे अन्दर रुलाई जो भरने लगी इसलिए वापस उसके हाथ में लौटा दिया।

"बता तो सकती थी।" मैं उसका हाथ थपकाता बोला।

"तुम सुनने को तैयार नहीं थे।"

मैंने उस येवहीजगहहै में, मन में एक बेवकूफ़ मंज़र देखा। कि वह जाम बिछाए बैठी है, मैं ठुमक मटक कैबरे करके ललचा रहा हूँ और वह मन में उसे देख के ललच रही है और मैं बेवकूफ़ नाचे जा रहा हूँ और वह इसी कैफ़े में है और वह भी था और वह भी थी और

मैं नहीं।

"पहले कब आई यहाँ ?" मैंने पूछा। अभी भी बेवक़ूफ़ !

"पन्द्रह बरस बाद, आज।" उसने जवाब दिया।

तब मुझे पता चला ? हाँ तब मुझे पता चल गया।

"उसके साथ ?" मैंने पूछा। या बताया।

"उसके साथ।"

"उस दिन ?" बताया।

"उस दिन।"

"जब बम फटा ?"

"जब बम फटा।"

उसका चेहरा आँसुओं से तरबरतर। लोग देखने लगे। फिर हमें हमारी प्राइवेसी में छोड़ दिया।

मेरे लिए ऐसा तरबतर चेहरा कभी हुआ ?

राख बनाम राख, इधर उड़ती उधर उड़ती।

"जहाँ बैठी हूँ यहीं मैं बैठी थी और उधर वह, जहाँ तुम बैठे हो।" उसने बताया, मेरी तरफ़ देखते।

या उसके !

83

क्या ये ही इत्तेफ़ाक होना था ?

हाँ ये ही इत्तेफ़ाक होना था।

ग़लतफ़हमी में मत पड़ो कि ये कहानी मेरी, नहीं मेरी नहीं, उसकी, नहीं उसकी नहीं, उससे छोटी, मुझसे बड़ी, लड़की की, कि नहीं, माँ की, बाप की, कि ...? दिशाभ्रम मत हो। ये कहानी बौम्ब की कहानी है जिसमें सब कहानी के बाहर हैं सिवाय ग़ैरहाज़िरी के।

यही कह रहा हूँ मैं कि ग़ैरहाज़िरी है जो सबकी साँस की नली में ऊपर नीचे भाग रही है। बौम्ब न हो तो ग़ैरहाज़िरी कहाँ और ग़ैरहाज़िरी नहीं तो हम कहाँ ? यही कह रहा हूँ मैं कि ...

पर मैं कहाँ कह रहा था ? मैं तो चुप बैठा था और वो कह रही थी ! वहमेरेबारेमेंकुछनहींजानती की मेरी बेहूदा उछाल में जो कह नहीं पाई थी। जो वह थी और वह था और दोनों के बीच था।

वह उसके बड़े भाई का दोस्त था। असली भाई नहीं, उसके चाचा का बेटा। असली चाचा नहीं, उसके बाप के बेस्ट फ्रेंड का बेटा। छुट्टियों में वह आती थी भाई नहीं पर भाई के पास, तब उससे मिलती थी जहाँ दोनों दोस्त एक स्कूल में पढ़ते थे।

"वे तुम्हारे शहर में पढ़ते थे।"

"कौन सा शहर ?"

"माँ बाप वाला।"

कौन से माँ बाप, मैं पी गया !

"हम छोटे थे।" वह बताती रही।

कमाल कि उसकी बगल में एक छोटा सा अक्स उभरने लगा। वह था कि मैं ?

"तीन बरस के तो नहीं न ?" मैंने छेड़ा और फिर थपकाया उसका हाथ जब उसने इलज़ाम से देखा।

वह बताती गई। बढ़ते भोले प्यार की। उनके खत, उनके सवाल जवाब, उनके अरमान, उनकी प्रखर होती इच्छाएँ, उसका गाँव, उसका देश, उसकी इस प्रदेश में आने की ख़्वाहिश, सारी बातों का एक जगह जुटते चले जाना।

"मैं तुमसे कुछ छिपाना नहीं चाहती।" वह बोली।

"बोलो बोलो।" मैंने बड़ा बड़ा हो के कहा।

"उसे एयरपोर्ट लेने मैं गई। पहली बार अकेले।"

अझपक टकटकाना और सुनना किसी और की। विश्वासघात का पल जिसमें विश्वास की आदत चादर की तरह अभी भी बिछी पड़ी है।

"मुझे मालूम था," वह बोली, "कि उस दिन हमारे बीच सब कुछ होएगा।"

कर लिया होता मेरा ख़याल ! कम से कम पहली बार का साथ ...। पर वह नहीं बदा था ! न मेरा ऐसा कुछ उससे कहना।

वह सामने बैठी थी और उसकी बगल का अक्स बड़ा हो रहा था, अट्ठारह का हो जाएगा, पहली बार अपनी प्रेमिका के संग उस पल को पाएगा जिसमें सब जुड़ जाता है, सारी इन्द्रियाँ एक संग जी उठती हैं, महक, स्वाद, मंज़र, त्वचा, चीत्कार ...

"तुम सुन रहे हो मैं क्या कह रही हूँ तुम सुन नहीं रहे मैं क्या कह रही हूँ।"

उसके आँसू, किसी और वक़्त के, किसी और कहानी के, किसी और शख़्स के।

मेरी विश्वास की चादर में एक छेद उधड़ गया है। तीन बरस का झाँक रहा है उसमें से।

मेरी आँख में सिर्फ़ एक, एक ही सिर्फ़, किरिच बनी है। काँच की

किरकिरी चुभती है। पर हाथ उठ नहीं रहे कि मलूँ। किरकिरी पीछे खिसकती है, छिपी रह के, उतरती है मेरे जिस्म में, धमनियों के रास्ते, मेरी नसों पे ढुलकती मेरी बगल में आ गई है जहाँ बाल उग आए हैं और मर्दानी बू है। वहाँ वह आँसू बन जाती है जो दबी बगल से सरकता है, कमर तक, कमर के नीचे, रानों पर, ढरकते चले जाने। कमीज़ की ओट में मैं उसे सरकते देख रहा हूँ, सुन रहा हूँ, महसूस कर रहा हूँ। और कुछ नहीं।

"वी मेड लव।"

"बताओ बताओ," मैं कहता हूँ। विश्वासघात के बाद सब तफ़सील है, चद्दर पर चीरे पर चीरा और निरे पैबन्द से झाँकता मैं !

कमाल है, मैं उसे देख रहा हूँ और बगल में एक उजागर होते अक्स को, पर वह भी मुझे देख रही है और मेरी बगल में उसी अक्स को !

84

अब वह आराम से बोल रही है। पहला थप्पड़ लगाना मुश्किल होता है। हाथ काँपता है, हुक्मउदूली करता है, जिसे पड़ा वह हंगामा पेलता है। पर उसके बाद मुश्किल-तमाम और आदते-सलाम !

उसके बाद कहती है सब कुछ हमेशा के लिए बदल गया। कि उसे पता चल गया कि वह हो, चाहे नहीं, हमेशा उसमें है। और मर्द आएँ, न आएँ, वह रहेगा। मन में, तन में।

ये ऐसा प्रेम। कि कोई प्रेम करे, पुराना प्रेमी लपक के आएगा ! कोई छुए, वह भी छू रहा है। या कभी कभी वह ही छूता है, हम बाक़ी प्रेमी लाल झंडी दिखाकर अलग खड़े हो जाते हैं।

मेरे पीछे कोई हँसा। मैं मुड़ा। कोई भी हो सकता था। इतने लोग उस स्टोर और कॉफ़ी कॉर्नर में।

युनिवर्सिटी का कोऑपरेटिव स्टोर, नई तर्ज़ की चमक वाला है। स्टेशनरी, शटल कॉक, सैनिटरी नैपकिन, मोमबत्ती, टॉयलेट, हर माल की नुमाइश है। यहाँ पड़ा था मैं ? ऊपर उड़ती चिंगारियों को आतिशबाज़ी मान के किलकारा ? सुना आपने ?

बरामदे के पार सड़क दिख रही है। कोई अपनी गाड़ी धुलवा रहा है। पाइप से धोना, साबुन बनाना, पानी की जेट मारना, कपड़े से रगड़ा रगड़ी, हाय बड़ी बेदर्दी से, कहीं भी उखाड़ने, दरारों में रेतने ! पास बच्चों की टोली हँस रही है। शायद उन्हीं के पापा की गाड़ी है। शायद उन्हीं में से एक मैं कभी था !

कमाल कि इसी शहर की किसी गली से किसकी उँगली पकड़ एक

बच्चा निकला था और इस कैफ़े में आया और किसी ने ध्यान नहीं दिया ? किसी को याद तक नहीं ? अमाँ मेरे लिए न सही, सुरक्षा की नज़र से तो होना चाहिए था कि हर आगन्तुक का चेहरा पहचानो ? जिसकी उँगली थामे आ रहा था उसे तो देख लिया होता। कहीं उसी के दूसरे हाथ में तो नहीं था बम ?

वह सामने बैठी। बोलती। चेहरा आराम का। सिर से पाँव तक चेहरा ही चेहरा।

बोलती वह कुछ पर मुझे सुनाई पड़ने लगीं वह बातें भी जो मैंने उससे कीं। मेरी हर बात एक फूला हुआ गुब्बारा जिनका गुच्छा लिये मैं बैठा था उसके सामने। उसके हर बोलने पर मेरे गुब्बारे फूट रहे थे ! फुस्स फुस्स, एक एक करके। मैं समझता रहा था नई अजूबी सुना रहा हूँ उसे पर वह पहले ही सब जानती थी ? मन्द मन्द मुस्कराती थी क्या ?

यह कॉफ़ी कॉर्नर है पर यहाँ नूडल भी सुड़क सकते हैं। परीक्षा में जाने के पहले। ढेरों जीन्स शर्ट वाले हँसते बोलते लड़के लड़की। इतना हँसना, इतना बोलना, एक गुब्बारा और फुस्स !

जी में आया मेज़ के नीचे उसे लात मारूँ कि चुप !

पर कहीं उसका पाँयचा खिसका के टखने न सहला दूँ ?

जैसे उसने किया होगा।

जैसे मैं कभी नहीं करूँगा।

बैठा रहूँगा यहाँ। जहाँ तब से बैठे हैं। जब से ये था !

"हम बदल चुके थे जब हम यहाँ आए," बता रही है।

लकी फ़ेलो, उसे कुछ नहीं सुनना होगा !

"एक बार मैं तुमसे सब कुछ कह देना चाहती हूँ। हमारे तन गा रहे थे जब हम यहाँ आए।"

"हम क्यों यहाँ आए ?" मैंने पूछा।

वह चौंक गई। "आना चाहते थे इसलिए !" चौंककर बोली। "तुम ...।"

"और तुम ?" मैंने पूछा और उसका जवाब आया कि नहीं, फ़िक्र

नहीं की। ये सभी का तीर्थ है ! माँ का, मेरा, इसका, उसका ...।

''तुमने बताने नहीं दिया।'' वह बोली।

''क्या ?'' मैंने पूछा।

''कुछ भी उससे जुड़ा। कह दिया कि मैं पहली हूँ जो तुम्हें उससे नहीं जोड़ती।''

मैं मुस्करा दिया। सामने वाली मरेगी, मरती जा रही है मेरे सामने !

''माँ ने भी मना कर दिया।''

माँ को भी पता था। बेटे ने माँ से कहा माँ एक लड़की मेरे दिल में उठापटक कर रही है। माँ ने उस लड़की को प्यार किया और कहा कि वह जो दावेदार आया है बेटे की जगह उसे कुछ मत बताना। कहा कि वह दिल का बड़ा कच्चा है उसे बचा के रखना। मुझे छूत की तरह अलग रखा, अपने बेटे को बचा लिया ! मैं वह वह मैं !

बस बाप ठीक। प्यार व्यार का नाटक नहीं, अक्स अक्स है, वह नहीं। औरतों के संग बाप का रवैया ठीक। उन्हें लकीरों में बाँचों, तहों में गोदो, एक उँगली से चीरने लगो, थोड़ा टूटें, थोड़ा दर्द हो, थोड़ी वे बिखरें, थोड़ा मैं जुड़ूँ, मालिकाना इशारे करूँ — इधर ... उतारो ... घूम जाओ ... उलटी टंग जाओ ... और कुछ न दूँ उन्हें सिवाय कुछ इंच के जो मुझसे बाहर निकलते हैं मुझे अन्दर कहीं नहीं छूते, फोड़ते, उन्हीं कुछ इंचों से भोग लूँ।

''उसके आख़िरी शब्द थे,'' वह कॉफ़ी कप उठाकर बोली। पर अब वह अपने आप से, पुराने कैफ़े से मुख़ातिब थी। ''टू अस ... और फिर ...।''

''धमाका।'' मैंने कहा। चुप, मैंने कहना चाहा। वह सामने बैठी थी और मैं उसे मिस कर रहा था। उफ़ कितना मिस कर रहा था।

85

वह सामने बैठी है। बोलती जा रही है।

एक भूला पड़ा साया भीमकाय होता जा रहा है।

वह सामने बैठी है। मैं उसे मिस कर रहा हूँ।

बोलती जा रही है, मेरी लिखी लाइनें मिटाती जा रही है।

चुप, मेरा मन कह रहा है। चुप।

उसका माथा छोटा हो गया है, गर्दन पर चमड़ा सिकुड़ गया है।

बोलोगी तो कुछ नहीं बचेगा। मैं कहता नहीं।

चुप रहना चाहिए, मैंने नहीं कहा, पुरानी कहानियाँ कहती हैं। कि माँ ने बेटी को भेजा कि खाना लाओ और बेटी बतख का बच्चा उठा लाई। क्या बोली बतख, माँ ने पूछा ? कुछ नहीं, बेटी ने कहा, चुपचाप पलटकर चल दी। तो लौटा दो उसका बच्चा, माँ ने कहा। न जाने क्या है चुप के पीछे। ख़तरा है। तो बेटी ने बतख लौटा दी और एक चूज़ा उठा लाई। क्या बोली मुर्गी, माँ ने पूछा। मार चीख़ी रोई गलियाई, बेटी ने कहा। तो चलो खा लें चूज़ा, माँ बोली। कोई बोले चिल्लाए तो डर भी नहीं बचता।

वह बोलती रही। अपने तीर्थस्थल पर !

यहाँ वे एक होकर आए थे। उसने कॉफ़ी कप उठाया था। चियर्स, टू अस।

बताते बताते उसने मेरा हाथ उठा के अपनी आँखों पर लगा लिया था।

तीर्थ और ओझाई में ख़ास फ़र्क नहीं। उसी बात को दो तरह कहने

का ढंग। पहले में कहते हैं कि अल्लाताला को पाने जा रहे हैं। दूसरे में कहते हैं भूत उतारने आ रहे हैं। अल्ला मिल जाए तो भूत उतर गया। भूत उतर गया तो अल्ला मिल गए।

अगर।

अल्ला मिले !

भूत उतरा !

पर मैं तीर्थ और ओझाई के इनके अनुष्ठान में क्या हूँ ? धूनी ? झाड़ू ? निबर लें मेरे ज़रिए अपने पिशाच से ? पा लें मुझे निगल के अपना भगवान ?

सामने आने की मेरी हिम्मत नहीं हुई, कह रही थी।

इतने बरस छिपी रही। अपराधी की तरह। माँ बाप के पास उनके बेटे की मौत का पैगाम लेकर जाना।

मुझे पता था जो वहाँ हो रहा था।

बम वाली फ़ैमिली के एक एक कारनामे की ख़बर थी !

हर बार सोचती कैसे करूँ सामना। पर तुम्हें भी देखना चाहती थी।

कौन आया है उसकी जगह, देखना चाहती थी !

मगर 'पर' क्यों ? मैं 'पर' से ही परिभाषित होता हूँ ? मेरी परिभाषा है परभाषा !

हिम्मत की, जब अन्त्येष्टि की ख़बर पढ़ी। ख़त लिखा, सब बताया।

माँ को पता, इसे पता, उसे पता, जाने न जाने गुल ही न जाने, गुलरूँ हुआ जाए है ! सीना जितना है उससे और चौड़ा मान, बाँहों को पंख समझ उचकाये, फुर्र फुर्र करे है, धरती को बनाकर सातवाँ आसमान !

माँ बाप ने घर बुलाया, हज़ार बाँहों में भर लिया। वह उनके बेटे की मौत नहीं, जीने की साक्षी थी। उसकी अन्तिम साँस की साथी। जिस कैफ़े में सबने उसे मरा देखा, इसने उसे बोलते हँसते देखा है।

हम मिले तो ख़ूब रोए।

नीचे। जिसे मैं प्रतीक्षा कक्ष समझता था, असली कहानी का, जो ऊपर चलेगी। ऐसा था नहीं ! ऐसा मैंने समझा था कि हुआ।

मेरे घर का उसे सब पता था जब उसने मुझसे पता माँगा। उस

पेड़ के नीचे।

तो वह पेड़ फ़रेब ? तो झूठ पीछे कहाँ तक फैलता जा रहा है ? कहाँ लौटूँ कि वह असल था ? इसी जगह ? यहीं कहीं था ? वह तो मैं ही था ना ? यही, जो मैं हूँ ? फूँककर देखूँ अपने आपको ? चिकोटी काटकर देखूँ ?

इतनी शिद्दत से चाहने लगा कि इस शहर से नाता जोड़ पाऊँ। वह तीन बरस का कौन था, कहाँ से आया, किसी का ? पता नहीं चलेगा तो यही लगेगा कि वह था ही नहीं और फिर मैं हूँ क्या ?

या वाकई बस वह था जो यहाँ उड़ गया और उड़ के गोविन्द की तरह हर कतरे में आ गया कि जिधर देखो उधर तुम ही तुम हो ? हर गोपी के तुम, हर यशोदा के तुम, उनकी चाहत उनका दर्द तुम, तुम्हें पाने बढ़े सब हैं, जिए सब हैं, नहीं हैं तो बस हम ही नहीं हैं !

वह बोलती गई। मैं चुप होता गया।

मेरे भीतर मेरा सन्नाटेदार शहर उतरता गया जिसके एक कोने में नामालूम सा कुछ पड़ा है जिस पर लिपटती जा रही है इच्छा कि सरक आए बीचों बीच और फटे बारूद की तरह हर चीज पर चढ़ जाने और अब के ख़ाली जगह न छोड़े और अबके मुझे भी न छोड़े। हे बौम्ब, मुझे मत धत्कारो ! इसे भी मारो, उसे भी मारो, पर मुझे भी मौत के लायक समझो !

''पर मैं सच तुम्हें पसन्द करती हूँ ...'' वह बोली और जो भी था मेरे चेहरे पर, एकदम से तड़पकर झुकी मेरी तरफ़।

पर जो भी था मेरे चेहरे पर कि वह पीछे हुई, खड़ी हो गई, शिकार/शिकारी आँखों ने मुझे देखा और वैसे ही देखते हुए वह लहराती हुई कुर्सी पर बैठी पर निशाना ग़लत था, सरकती गई नीचे उस कॉफ़ी कॉर्नर उर्फ़ बीते कैफ़े की फ़र्श पर, अप्सरा की तरह जो अम्बर से नीचे आ रही है ... जा रही है ...।

86

मर्डरर की तरह बैठा रहा, धमाके का इन्तज़ार करता रहा।

धमाका। कभी धमाका होता था तो बच्चे डरते थे और सबको हँसते देख .खुश हो जाते। शादी में पटाखे चले होंगे, त्योहार में लट्टू उड़े होंगे। या आसमान को मस्ती चढ़ी है – लेट के पूरे पे, पेट के बल, मुँह से, नाक से, हाथों से, बादलों के छल्ले उड़ा रहा है और बीच बीच में तबले की तरह बजा देता है। बादल धमाके से फटता है और क्षितिज तक गड़गड़ाहट जाती है और बिजलियाँ नाचती हैं।

पर आज बादल भी गड़गड़ाए या कागज़ का पैकेट ही फट जाए तो उछल जाते हैं लोग कि बम कहाँ ?

मैं बैठा रहा कॉफ़ी पीता रहा।

वह नीचे पड़ी रही।

मुझे उसकी शिकार/शिकारी आँखें दिखती रहीं।

मैं उसे मार देना चाहता रहा।

मैं उसे मिस करता रहा।

मैं बैठा कॉफ़ी पीता रहा।

उठो, मन कह रहा था, मारो तो मुझे। कस के थप्पड़। थूको। ज़लील करो। जो मिले, ये काँटा, ये छुरी, भोंक दो मुझमें कि अन्दर जो ठस्स पड़ा है बिलबिलाए, ख़ून निकले, दर्द हो, चीखूँ, मारने दौड़ूँ। मामूली दैहिक चोट लगाओ कि रोने का मन करे, रोने की वजह बने।

पर वह क्यों उठे ? करे मेरे मन की ?

मैं सुन्न बैठा रहा, कॉफ़ी कप थामे। इस कहानी में क्या ? जो

उसने बताई है। कि भाई के दोस्त से प्यार हो गया और वह प्यार याद आता है।

उठो, मारूँ। उठो, मारो।

दूसरे लोग चिल्लाने लगे। मैं चुप बैठा रहा। सोचने दो कैसा निर्मोही, निर्दयी, कि गिरी पड़ी है और उठाता भी नहीं।

दौड़ने लगे लोग इधर और उधर। कम्बल में लिपटे किसी को बाँहों और टाँगों से उठाए भागे, पर उसके चेहरे और तन से ऐसी लपटें निकल रही थीं कि बीच राह उसकी बाँहें छोड़ दीं और वह वहीं गिर पड़ा, होम की आग की तरह जलता।

बहुत जो भाग रहे थे ख़ून से लथपथ थे।

बाहर नहलाई जानेवाली गाड़ी आधी उड़ गई थी। वहाँ गड्ढ़ा बन गया था। बाक़ी आधी जली खड़ी थी। ड्राइवर काली मूर्ति बना अपनी जगह में अकड़ा बैठा था।

पीछे लोथें पड़ी थीं, फटे भुसे चीथड़ों में।

एक आदमी या औरत या जानवर का कोई हिस्सा दीवार पर फच्च चिपका था जैसे किसी ने ज़्यादा पके फल की गेंद मारी हो।

जगह जगह गुलाबी ख़ून की धाराएँ बह रही थीं।

ऐसा कुछ मैंने पहले भी कहीं देखा है, याद सी बन रही थी। देज़ा-वू इसे ही कहते हैं।

या सपना ? या सच ?

एक बार भारत के शहर पूना में अंग्रेज़ एक अफ़सर था जिसके कैम्प में बम फटा उसे ज़रा सा मिस करता हुआ। हटिए, चलिए, अंगरक्षक तेज़ी में आए कि तम्बू कहीं और लगाएँ। ज़हीन जपट अंग्रेज़ हँसा कि यही महफ़ूज़ जगह है, बम और ख़तरे उसी जगह दो दफ़े नहीं टूटते। अगले ही पल दुश्मन ने उसे उड़ानेवाला बम फिर फेंका और वह उड़न छू हो गया !

मैं हँस देता।

शायद।

मगर तभी पहुँची मेरे कानों में वह आवाज़ जो हुई पहले थी, सुनाई

अब दे रही थी। धमाका। बम का। दूसरे बम का।

उस बार उधर वह बैठी थी, इधर वह बैठा था। इस बार उधर वह बैठी थी, इधर मैं।

मैं सलामत बैठा रहा। बम मुझे बिना छुए निकल गया था। जैसे मैं फ़ालतू। रिजैक्ट हिम !

बाद में पता चला कि नाइट्रेट की बोरी में बम था और कीलें। एक कील उड़ी और सीधे उसके दिल पर लगी और अप्सरा अम्बर से उतरती, उतर गई।

मेरे चेहरे में क्या था जो वह झुकी मेरी तरफ़ ? क्या था मेरे चेहरे में कि वह पीछे हुई, खड़ी हुई ?

न होती खड़ी तो कील उसके ऊपर से निकल जाती।

87

तो आगे क्या बचा था कहने को ? जो होना था हो चुका था और इसी तरह होना था। मुझे ही उसे मारना था इसलिए ही मेरे चेहरे के भाव ने उसे कील की सीध में ला दिया। और कील को दिल पर ही लगना था !

इस तरह मैंने उसे दुनिया की सबसे ख़ूबसूरत माशूक़ बना दिया। अप्सरा की तरह अम्बर से उतरती हुई, लहरा के नीचे ज़मीन पर बिछ जाने, अनन्त तक प्यार की सबसे पूरी, सबसे हसीन, सबसे आला सम्भावनाओं को अपने संग ले जाने।

जीनेवालों के साथ का आधा अधूरा, ठस्स होते जानेवाला, रिश्ता मार दिया मैंने !

ऐसा सुन्दर दृश्य वह था – अप्सरा का आसमान से गिरना ! शिकार/शिकारी आँखों पर वह जानलेवा कमान !

यही तस्वीर दिनोंदिन छपती रही, उस दूसरे विस्फोट की ख़बरों के संग – चारों तरफ़ उछल उछल के मरतों का अँधड़ और उनके बीच, अदृश्य बुलबुले में सुरक्षित एक मैं कुर्सी पर बैठा, एक वह कुर्सी से लहराती जाती। (बौम्ब का यह सिलसिला अभी नैसर्गिक नहीं हुआ कि दो जन एक ही ख़ाली बबल में बच जाएँ ! दो फँस गए तो एक को जाना है और मुझे तो अभी बचना है, अगले विस्फोट में भी, दावा करता हूँ !)

तो तस्वीर ! मैं कॉफ़ी सिप करते हुए। वह फ़र्श को स्लिप करते हुए।

जो तस्वीर में नहीं आया वह है कि कैसे जड़वत् बैठे रहने के बाद

मैंने कॉफ़ी का कप नीचे रखा और अपने घेरे के बाहर फैली राख और छीछड़ों की गठरी भरी और लगा उन्हें नचाने हाथ घुमा घुमा के और बढ़ती बेचैनी से कि कहाँ फेंक दूँ ब्रह्मांड में लाशों की झोली को क्योंकि कब तक मरों गयों बीतों के पुच्छल्ले बने रहेंगे और कब आएगी मेरी बारी कि पता चले मैं हूँ और कोई तो अनुभव सचमुच मेरा है और असल है और विशिष्ट है पर कोई जगह नहीं मिली कि झोली फेंक दूँ।

तो तब से उसी तलाश में हूँ कि शायद जड़ों की बनिस्बत सामूहिक कब्र ज़्यादा मुफ़ीद हो।

ये ऐसी तलाश कि जिसमें तुम्हारी याद और तुमसे बातें करने की आरज़ू हो आती है। तो आके बैठना पड़ता है इस मेज़ पर तुम्हें सामने बिठा के और बकता हूँ और माँ बाप को याद करता हूँ। फिर चुप से चुपतर होना पड़ता है तो चला जाता हूँ माँ बाप के पास और उनके संग टेलीविज़न के आगे बैठ जाता हूँ।

क्योंकि आजकल सारी हरकत टीवी में होती है और देखनेवाले बेहरकत होते जाते हैं।

●●●